Rotbuch Krimi

Über die Autorin:
Cornelia Arnhold, geboren 1943 in Frankfurt, Reitlehrerin, Mitbegründerin und Darstellerin im literarisch-erotischen Frauenkabarett »Die LiteratHuren«. Sie veröffentlichte mehrere Kurzgeschichtenbände mit erotischer Prosa, *Liebe – eine Schlachtbeschreibung* (1990), *Lieb mich wie im Kino* (1991) und *Bastardlieben* (1995). Im Rotbuch Verlag erschien 1999 ihr erster Krimi, *Rififi*.

Pressestimmen zu Rififi:
»Cornelia Arnhold erzählt so amüsant frech und locker vom Hocker, spürt dabei den Charakterzügen ihrer schrägen Typen mit so viel Liebe zum entlarvenden Detail nach, dass man sofort gefesselt in den Zeilen hängt. ... Ein Nachwendekrimi ganz eigener Art.« Die Zeit

»Seitdem die deutsche Einheit festgeschrieben wurde, folgt ihr der Ruf nach einem Vereinigungsroman. ... Nun erfüllt ausgerechnet ein Krimi die Erwartung, an der die versammelte Dichterschaft bislang gescheitert ist: Der Underground-Krimi *Rififi* von Cornelia Arnhold lässt sich genauso lesen, als freche Posse auf deutsch-deutsche Befindlichkeiten.« Kieler Nachrichten

Über dieses Buch:
Die 14-jährige Meltem findet die Welt ziemlich beschissen. Ihre Mutter ist in die Türkei zurückgekehrt, und die »neue Schlampe« ihres Vaters kann keine Hunde leiden. Als Meltems Pitbull Hasi ins Tierheim soll, weil sie ihm einen Judenstern umgehängt hat, haut sie mit ihm ab. Am Berliner Ostbahnhof trifft sie auf Heiko und seinen Köter Tyson. Heiko denkt rechtsdeutsch und will mit Tyson bei einem Hundekampf viel Geld und eine Wette gewinnen. Das Pflaster für die beiden wird heiß, denn es herrscht Kampfhundehysterie im Land.

Freya Beckstein, aus »gesundheitlichen Gründen« vorzeitig pensionierte Hauptkommissarin, hängt ebenfalls viel am Ostbahnhof rum, halb aus alter Polizeigewohnheit und halb aus neuer Saufkumpanei. Manchmal schläft sie auch dort ein. Eines Morgens wird auf »ihrer« Bank eine verkohlte Leiche gefunden. War der Tote einer der Penner, mit denen sie gestern Nacht den guten Rotwein geteilt hatte? Haben etwa die Kids mit den rechten Sprüchen einen so genannten »Sozialschädling« angezündet?

Cornelia Arnholds *Pitbull Ballade* berichtet aus dem Unterholz der Stadt, aus einer Ecke, die die Scheinwerfer des neuen Hauptstadt-Glamours nicht ausleuchten.

CORNELIA ARNHOLD
PITBULL-BALLADE

Rotbuch Verlag

Die Deutsche Bibliothek – CIP-Einheitsaufnahme

Ein Titeldatensatz für diese Publikation ist bei
Der Deutschen Bibliothek erhältlich

Die Krimi-Reihe wird von
Gabriele Dietze herausgegeben
Umschlaggestaltung: typoly, Berlin
Illustration: Theres Weishappel
Herstellung: Das Herstellungsbüro, Hamburg
Satz: H & G Herstellung, Hamburg
Druck und Bindung: Druckerei Himmer, Augsburg

ISBN 3-434-54027-X

Informationen zu unseren Verlagsprogrammen
finden Sie im Internet unter
www.europaeische-verlagsanstalt.de bzw. www.rotbuch.de

Die blonde Mähne reicht ihr weit über den Rücken und weht wie eine Fahne hinter ihr her. Bei jedem Schritt schleudert sie ihr Haar mit einer herausfordernden Kopfbewegung von einer Seite auf die andere. Ein Männer-umschwirren-mich-Blick unter blauschwarzer Wimperntusche zu fuchsiafarbenem Lidschatten und brombeerrot schimmernden Lippen. Nachlässig schlenkert ein Täschchen an langen, dünnen Riemen über der Schulter. Die Kunstpelzjacke umschließt die schmale Taille knapp über dem runden Po. Die Hose sitzt eng auf den Hüften und endet über den Schuhen mit weitem Schlag. Die Plateausohlen geben ihren Schritten etwas Federndes, wie auf einem Trampolin. Sie macht zwei gut gelaunte Hüpfschritte durch das feuchte Laub, das den Waldboden bedeckt. Ein leichter Wind fährt durch die Bäume und lässt einzelne Blätter durch die Luft segeln. Die Nachzügler sinken auf das übrige Laub, das bereits einen glitschigen Belag auf dem Boden bildet. Durch die kahlen Baumkronen schimmert der bleigraue Himmel.

Schnurgerade wie eine Landebahn führt der breite Weg durch den Kiefernwald der Wuhlheide auf das Freizeitzentrum zu. Mit dem Schwimmbad, dem phantasievollen Spielplatz samt Halfpipe für Skater und vielen anderen Spielmöglichkeiten für Kinder und weiteren Sportangeboten für Erwachsene ist es ein beliebter Ausflugsort. Die renovierte Freilichtbühne, auf der inzwischen Stars wie Bob Dylan auftreten, zieht auch Westberliner in den Osten der Stadt.

Aus der Dämmerung wird langsam Nacht. Links und rechts der Landebahn gehen die Laternen an, funzlige gelbe Lichter, die gerade mal den Radius um den Laternenfuß leidlich ausleuchten. Die Lampen stehen in großen Abständen. Die Frau blinzelt, wenn sie aus der Dunkelheit dazwischen wieder ins Licht tritt. Ihre Schritte werden ausgreifender.

Auf dem Trampelpfad, der parallel zum Hauptweg durch die Büsche führt, raschelt ein Tier. Ohne den Kopf zu wenden, läuft sie weiter. An der nächsten Laterne bleibt sie stehen, bückt sich und fummelt ausgiebig an ihren Schuhen, dabei sieht sie sich unauffällig nach beiden Richtungen um. Aber außer ihr ist niemand auf dem Weg zu sehen. Sie richtet sich auf und geht weiter.

Vor dem Rollheimerdorf grölen sie. An der Sackgasse, die zum Wasserwerk führt, stehen betrunkene Männer mit ihren Pitbulls in einem Kranz aus Bierdosen. Noch haben sie die einsame Frau nicht entdeckt.

Sie macht kurz kehrt und biegt in einen unbeleuchteten Seitenweg ein. Die Dunkelheit legt sich wie eine Strumpfmaske über ihre Augen. Mit den Sohlen tastet sie über den Boden nach quer wachsenden Wurzeln. Wo er eben genug erscheint, beginnt sie zu laufen und trabt den schmalen Weg zwischen den Büschen durch.

Plötzlich hört sie jemand hinter sich keuchen. Ein Mann folgt ihr und gibt sich keine Mühe, es zu verbergen. Äste brechen, wo er schwerfällig durchs Unterholz trampelt. Ihr Verfolger ist kein geübter Läufer. Sie hängt ihn mühelos ab. Jeder Muskel ihres trainierten Körpers tut seinen Dienst. Sie strengt sich kaum an, verlangsamt sogar ihr Tempo und lässt ihn hechelnd näher kommen. Dann sprintet sie davon und lacht, als wäre das ein Spiel. Der Mann keucht Schimpfwörter hinter ihr her. Sie dreht sich halb nach ihm um und ruft kindisch über die Schulter: Fang mich doch, du Eierloch!

Dabei stolpert sie über eine Wurzel, knickt um, fängt sich und tritt erneut ins Leere. Sie hinkt weiter. Bei jedem neuen Schritt auf dem holprigen Boden kraulen ihre Arme in sinnloser Panik durch die Luft. Die Plateausohlen geben keinen Halt.

Der Verfolger hat ihre Schwäche erkannt und lässt sich Zeit. Sie entkommt ihm jetzt nicht mehr. Der Jäger will erst zu Atem kommen, damit er sein Vorhaben in aller Ruhe genießen kann. Ein schwarzer Riese gegen den grauen Himmel, so kommt er näher.

Sie hastet zwischen den Stämmen hindurch auf den Weg zu, der zur Hinterseite des Rollheimerdorfes führt. Ihr Herz rast, pfeifend zieht sie Luft, ihre Adern drohen zu platzen, hinter ihren Augäpfeln pocht es.

Kurz vor dem Weg hat er sie eingeholt. Mit einem Ruck wird ihr Kopf nach hinten gerissen. Ihr Haar bleibt in seiner Hand. In ihren Ohren klingt sein fettiges Lachen. Er schlägt ihr locker ins Gesicht, probeweise, für den Anfang noch nicht sehr fest.

»Ja, ja, ja«, kollert er dabei vor sich hin wie ein Truthahn. Etwas in dieser Stimme kommt ihr bekannt vor. Hände auf ihrer Brust, zwischen den Beinen. Sie riecht seinen Atem nach Döner fressendem Raucher und schlägt ziellos um sich. Nix Karate, nix Judo, alles weg, vergessen vor diesem idiotischen Gebrabbel. Sein Nasenbein knirscht unter ihrer Faust. Zum Dank wird ihr Kopf zur Seite geschlagen, sie spürt Druck auf dem Kehlkopf, bekommt keine Luft und lässt die Tasche fallen.

»Ich …«, krächzt sie.

»Ja, ja, ja, ja …«, antwortet ihr die Stimme eines Wahnsinnigen.

Das Messer bewegt sich dicht vor ihren Augen. Die Spitze kämmt ihr Haar, die Schneide ritzt Wange und Kinn, schlitzt den Pullover unter der Jacke auf, ritzt die oberste Hautschicht ihrer Brüste.

»So«, brummt er zufrieden. »So.«

Da schnellt ein Schatten aus der Dunkelheit, springt ihn an und verbeißt sich knurrend in seinem Arm. Sie kann wieder atmen.

»Voran! Asco! Guter Hund!«

Der Hund hält den Mann gepackt und lässt sich nicht abschütteln. Ihre Umrisse stürzen ineinander. Schnell, wo ist die Tasche? Fieberhaft tastet sie in der Dunkelheit den Boden ab. Endlich. Sie greift in die Tasche und entsichert die Pistole mit fliegenden Fingern. Warum sind die so steif und viel zu langsam?

Sie hebt die Waffe und richtet sie auf die kämpfenden Schatten. Ein schwarzes Gewoge, das nicht zu unterscheiden ist. Plötzlich ein hoher, winselnder Ton. Schlagartig hört das Getobe auf. Ein Körper rutscht ab und fällt zu Boden. Über ihm steht reglos der Mann.

»Ja, ja, ja, ja ...«, kollert er zufrieden und kommt auf sie zu, das Messer in der Hand.

Sie schießt ohne Vorwarnung. Nach dem zweiten Schuss bricht er zusammen. Jetzt erst ruft sie: »Halt! Stehen bleiben! Polizei!«

Das Mädchen schaukelt auf der Leitplanke unter dem blauen Hinweisschild zur Autobahn. Erwartungsvoll reckt es sein Gesicht den anbrausenden Autos entgegen und schneidet den Vorbeirasenden eine verächtliche Grimasse hinterher. Seine Füße stecken in klobigen schwarzen Stiefeln, die es gegen den Rucksack im Gras stemmt. Durch die zerschlissenen Jeans schimmern nackte Knie. Es ist Mitte Juni.

Endlich bremst ein großer Opel.

Sie hopst von der Leitplanke und streckt ihren giftroten Schopf durchs geöffnete Fenster. In ihrer linken Braue steckt ein Ring mit grünem Stein.

»Fahren Sie nach Berlin?«

Der Fahrer, ein älterer Familienvater in kariertem Jackett, öffnet ihr die Wagentür. Sie wirft ihren Rucksack auf den Beifahrersitz und pfeift einem gelben Hund, der sich gähnend aus dem Gras erhebt.

»Ohne Hund!«

Wortlos nimmt sie ihren Rucksack vom Sitz, legt ihn zurück auf die alte Stelle und hockt sich drauf. Das Kinn auf den Hundehals gestützt, würdigt sie ihn keines Blickes mehr.

So viel Verachtung hält er nicht aus.

»Na gut. Steig ein. Aber wisch ihm die Füße ab.«

Er reicht ihr eine Packung Papiertücher von der Ablage. Sie wirft ihren Rucksack wieder neben ihn, hebt dem Hund nacheinander die Pfoten wie einem Pferd, breitet ihre braune Cordjacke auf dem Rücksitz aus, schiebt den Hund drauf und hockt sich daneben.

Er hat eigentlich erwartet, dass sie sich neben ihn setzt, öffnet den Mund, um etwas zu sagen, dann lässt er es und startet den Motor.

An der Autobahnauffahrt beschleunigt er und lenkt den Wagen auf die Mittelspur. Er konzentriert sich auf den Verkehr, bis er seinen Rhythmus in der Wagenkolonne gefunden hat. Ab und zu wirft er einen Blick in den Rückspiegel. Das Mädchen hat die Arme um den Hundehals gelegt, als wäre der aus Plüsch, und sieht aus dem Fenster.

»Wie alt bist du?«

»Siebzehn.«

Ihre Antwort kommt zu schnell. Sechzehn, denkt er, allerhöchstens.

»Hast du keine Angst allein?«

Sie streichelt den Hund. »Ich hab ja Hasi.«.

»Hasi?« Er lacht. »So sieht der aber gar nicht aus.«

»Ich find schon.« Sie küsst den klobigen Hundekopf. »Gell, mein Schatz?« Dann kuschelt sie sich neben den Hund und vergräbt ihr Gesicht an seinen Flanken. Kurz darauf ist sie eingeschlafen.

Mit dem Mädel hat er eine Niete gezogen. Er ist oft lange auf der Autobahn unterwegs und nimmt gern Anhalterinnen mit, gegen die betongraue Langeweile. Manchmal ergibt sich daraus auch mehr. Die hier will nur in seinem Auto schlafen und am Ende der Fahrt mit einem knappen »Danke« aussteigen. Als Gegenleistung ist ihm das zu wenig. Sie sollte sich wenigstens mit ihm unterhalten.

Ärgerlich stellt er das Radio an ... tagsüber freundlich mit einzelnen Regenschauern ... Er sucht nach einem anderen Sender. Mist auf allen Kanälen.

Es dämmert schon, als er auf einem Rastplatz in Brandenburg anhält.

Er stellt den Motor ab und streckt sich. Dann beugt er sich nach hinten.

»Ich brauch jetzt einen Kaffee. Und du?«

Sie liegt zusammengerollt auf dem Rücksitz. Das knappe Oberteil ist über den gepiercten Bauchnabel hochgerutscht und legt einen blutigen Kratzer frei.

»Was hast du denn da gemacht?«

Er versucht ihn mit dem Finger zu berühren. Der Hund hebt den Kopf, und das Mädchen murrt verschlafen:

»Fick dich doch selber, Opa.«

Das ist zu viel. Jetzt hat er endgültig genug.

»Raus!«

Er öffnet die Wagentür, packt ihren Rucksack und wirft ihn nach draußen. Der Hund nimmt es als Spiel und springt mit einem fröhlichen Satz hinterher. Wortlos klettert das Mädchen ihm nach.

Er hat angenommen, dass sie ihn bitten, ja anflehen würde, sie weiter mitzunehmen und nicht hier auf dem fast menschenleeren Parkplatz sich selbst zu überlassen. Sie sieht nicht aus, als ob sie genug Geld einstecken hätte. Er hätte sich eine Weile bitten und dann durchaus erweichen lassen, schließlich ist er kein Unmensch und hat selbst eine Tochter.

Aber sie kehrt ihm den Rücken, als wäre sie am Ziel.

Er zögert noch einen Moment. Sie dreht sich nicht mal um, als er die Wagentür zuschlägt und Gas gibt. Im Rückspiegel beobachtet er, wie die Gestalt mit dem Rucksack zu einem Punkt zusammenschrumpft.

Mit einem Satz nimmt Jana Rudolph, Hundeführerin bei der Berliner Diensthundestaffel, die letzten zwei Stufen zu ihrer neuen Wohnung im vierten Stock. Sie keucht, aber ihr Atem geht bereits ruhiger, während sie den Schlüssel im Schloss dreht. Ihre Kondition wird von Tag zu Tag besser. Wenn sie konsequent weitertrainiert, hat sie bis zum Herbst ihre alte Form wieder. Dann heißt es aufpassen, dass sie im Winter nicht nachlässt und im Frühjahr wieder bei null anfangen muss. Also vor Dienstantritt raus und mindestens eine halbe Stunde joggen, auch bei Hagelregenschneematsch. Sie schneidet eine Grimasse und stößt die Tür auf. Sie hasst und fürchtet die nasskalte Jahreszeit, in der sich ihr Gemütszustand regelmäßig verfinstert, auch ohne zusätzliche Belastungen. Der letzte Winter hat sie fast umgebracht.

»Na komm schon«, ruft sie dem schwarzen Schäferhund zu, der abwartend stehen geblieben ist und ihr erst nach der Aufforderung in den Flur folgt. Sie reißt sich den verschwitzten Trainingsanzug vom Körper und wirft ihn in den Wäschekorb. Nackt läuft sie durch die Wohnung, die ihr immer noch fremd ist. Sie öffnet die Balkontür und stemmt sich mit ausgebreiteten Armen in den Rahmen. In der Ecke steht der Eimer mit dem Hundefleisch. Vor ihr liegt der Rummelsburger See, ein Seitenarm der Spree, der hinterm Osthafen die Halbinsel Stralau umfließt und sich vor ihrem Fenster zum See weitet. Auf ehemaligen Industriegeländen der DDR ist an seinem Ufer eine moderne Wohnsiedlung entstanden, die als »Wasserstadt Stralau«, auf großen Werbetafeln angepriesen wird. Der Blick auf das Wasser ist wie eine Droge, auf die Jana nie mehr verzichten möchte. Sie fühlt sich glücklich und ausgeglichen, wenn sie beobachtet, wie das Wasser sich kräuselt und faltet oder kleine Schauer über die spiegelglatte Fläche jagen, die nie die gleiche Farbe hat. Sie beglückwünscht sich, dass sie sich dazu durchgerungen hat, aus der alten Wohnung hierher umzuziehen, wo nichts mit Erinnerungen belastet ist. Eigentlich müsste sie dem Kerl dankbar sein. Ohne diesen schrecklichen Tag im letzten Oktober wäre sie nie auf die

Idee gekommen, aus der Zweiraumwohnung in der Otto-Braun-Straße, in der sie 15 Jahre gewohnt hat, auszuziehen, obwohl der Verkehrslärm mit jedem Jahr unerträglicher wurde. Aber schon als Kind brauchte sie immer erst einen schmerzhaften Stoß, bis sie bereit war, ihre Gewohnheiten zu ändern.

Das Haus hat keinen Lift. Deshalb stand die oberste Wohnung lange leer, und die Miete war günstig. Bisher kennt sie niemanden im Haus. Nur ein älterer Mann mit einem braunlockigen Mischlingshund grüßt. Anfangs hat er seinen wild bellenden Hund zu sich herangezerrt, und beide verharrten aufrecht gegeneinander gepresst in der starren Angriffshaltung eines Hamsterpärchens, sobald sie sich mit Perro näherte. Die übrigen Mieter machen ihr schweigend Platz, wenn sie ihnen in Uniform im Treppenhaus begegnet.

Sie geht ins Bad. Mit einer tastenden Geste fährt sie sich vor dem Spiegel über das stoppelkurze Haar. Obwohl der Friseurbesuch, bei dem sie ihre Lockenpracht radikal abscheren ließ, schon ein paar Monate zurückliegt, genießt sie immer noch das ungewohnte Kitzeln, mit dem die weißblonden Haarspitzen an ihrer Handfläche entlangstreichen. Seither lässt sie monatlich nachkürzen. Nie mehr Locken, nie mehr lange Haare, egal was irgendein Mann irgendwann dazu sagen würde. Es gibt sogar Kollegen, die ihren Locken nachtrauern.

Aber keine Männerhand soll sich je wieder in ihren Haaren verkrallen, um ihren Kopf daran zurückreißen zu können. Sie spritzt sich Wasser ins Gesicht und fängt die Tropfen mit der Zunge auf. Die Kerben um den Mund sind schärfer geworden, und in den Augenwinkeln kräuselt sich die gebräunte Haut. Das ist der Nachteil feinporiger Haut, sie neigt zu frühzeitiger Faltenbildung, hat die Kosmetikerin sie belehrt und als Gegenmaßnahmen Lasern oder Unterspritzen empfohlen. Lange betrachtete sie Janas Gesicht, als hätte sie etwas vergessen. Bis sie dahinter kam, was sie irritierte. Das linke Auge ist braun, das rechte blau. So was habe sie nur einmal vor Jahren bei einer Katze gesehen, meinte die Kosmetikerin. Die sah immer so aus, als ob sie schielte. Dabei standen die Augen ganz gerade. Darauf erzählte Jana, wie oft sie als Kind zu verschiedenen Augenärzten geschickt wurde. Sie prustet abfällig, als sie daran denkt, und kneift sich in den schweißglänzenden, flachen Bauch.

It aint necessarily so ... summt sie versonnen. Trotzdem, es wäre mal wieder an der Zeit. Solange ihr Körper so gut in Form ist, sollte er genutzt werden. Jetzt hat sie ihn wieder voll im Griff.

Sie dreht die Dusche auf und streckt den Kopf drunter. Da klingelt das Telefon. Sie überlegt, ob sie drangehen soll, dann dreht sie den Wasserhahn zu. Vielleicht gibt es eine Dienstverschiebung. Sie sind im Moment sowieso zu wenige auf dem Revier. Die Urlaubszeit fängt an, und Kollege Hellmanns Frau kriegt ihr erstes Kind, und er leidet unter Schwangerschaftsbeschwerden.

Ein paar Wassertropfen rinnen aus ihrem Haar über die Brüste, wo sich die Warzen wie Schneckenhörner aufrichten, als sie nach dem Telefon greift.

»Rudolph«, sagt sie in den Hörer. »Ja?«

Eine Weile bleibt es still in der Leitung, dann sagt eine wohl bekannte Stimme: »Ich krieg dich, Jana.«

Als hätte sie sich verbrannt, fährt Jana zurück. Sie haben ihr doch versichert, dass er ihre neue Nummer nicht rausfinden kann. Ihre Stimme überschlägt sich. »Was soll das? Lassen Sie mich in Ruhe. Woher haben Sie überhaupt meine Nummer?«

Aus dem Hörer dringen gequetschte Laute, die alles sein können, erregtes Stöhnen, hämisches Gelächter oder Schluchzen. Jana weiß nicht, was am schlimmsten ist.

»Jana!? Bist du noch dran? Komm, mach endlich Schluss mit mir. Mach mich fertig, das wolltest du doch. Komm, ich warte auf dich.«

»Lassen Sie den Quatsch. Ich hab keine Zeit. Ich muss zum Dienst.«

»Du lügst, Jana. Ich weiß, dass du lügst. Du hast Zeit. Du musst jetzt immer für mich Zeit haben.« Die Stimme wird weinerlich. »Wir gehören doch zusammen. Wir werden uns nie mehr loslassen. Nie mehr. Lebenslänglich, verstehst du?«

Der Hörer in ihrer Hand wird schweißnass. Das grässliche Kichern sickert in ihr Ohr wie ein Gift, das lähmt, ohne zu töten.

»Seien Sie doch vernünftig«, krächzt sie, »lassen Sie mich in Ruhe. Das hat doch keinen Zweck.«

»Ach nein!? Das könnte dir so passen, was?« Jetzt brüllt er. »Dein ganzes Leben wirst du keine Ruhe mehr vor mir haben. Du bist schuld. Du Fotze, du ...«

Ihr Finger zuckt auf den Unterbrecherknopf. Und sie dachte, sie hätte sich befreit. Sie greift sich in den Nacken. Die Gewichte, die monatelang auf ihr lasteten und sie fast zerquetscht hätten, drohen sich aufs Neue auf sie herabzusenken. Sie muss sich zusammenreißen. Als das Telefon wieder zu klingeln beginnt, starrt sie es sekundenlang an wie einen Gegner. Plötzlich nimmt sie den Hörer und kreischt: »Fick dich doch selber, du Krüppel!« Kraftlos lässt sie den Arm sinken, reißt ihn noch mal hoch und brüllt hinterher: »Nichts tut mir Leid. Gar nichts. Recht ist dir geschehen. Ich wünschte ...«

»Jana??«, dringt eine Stimme ungläubig aus der Leitung. »Jana, bist du das? Bist du krank?«

Sie nimmt den Hörer wieder ans Ohr.

»Wie? Wer? Jürgen? Oh, entschuldige.« Sie streicht sich über ihre Stoppeln. »Entschuldige, ich habe die Nerven verloren. Ja, immer noch die alte Geschichte. Er hat irgendwie meine neue Nummer rausgefunden. Dabei haben die mir versprochen, die wäre sicher. Er muss irgendwelche Informanten haben.« Sie stöhnt resigniert. »Mit einem Rollstuhlfahrer haben sie eben Mitleid, egal, was ... nein, ich mache mir keine Vorwürfe. Ich dachte, ich wär drüber weg ... ach, egal. Scheiße. Lass uns von was anderem reden. Wie gehts dir? Lange nichts gehört. Was macht Frankfurt?«

Sie lauscht der Stimme, die ihr noch vor zwei Jahren Herzflattern verursacht hat, und staunt, wie normal ihr Pulsschlag geht bei ihrem Klang.

»Wegen Melli rufst du an?« Sie kratzt ihren Nabel und fragt sich, was er wirklich will. »Wieso? Ich bin nicht beleidigt.« Sie geht mit dem Telefon auf den Balkon und sieht aufs Wasser. »Sie ist abgehauen? Meine Güte, Jürgen, mach dich nicht verrückt. Du weißt doch, wie die in dem Alter sind, die verschwinden und tauchen wieder auf. Wie alt ist Meltem jetzt? Vierzehn? Bald fünfzehn? Na also. Wenn sie hier auftaucht, ruf ich dich an. Alles klar?« Sie will das Gespräch so schnell wie möglich beenden und endlich unter die Dusche. Allmählich beginnt sie zu frösteln.

»Jana, bitte, hast du einen Moment Zeit?«

Jürgens Stimme klingt ungewöhnlich nervös. Das lässt sie zögern. Eigentlich ist er ein No-Problem-Typ, der Schwierigkeiten so lange verdrängt, bis er bis zum Hals drinsteckt. Jana zieht die gelbe Tischdecke vom Tisch, wickelt sich darin ein und stemmt den Fuß gegen die Balkonbrüstung.

»Schieß los.«

Während sie zuhört, pult sie an ihren Zehen. Fußpflege wäre auch mal wieder angesagt. Dabei nickt sie zustimmend.

»Hab davon gehört. Hier diskutieren sie das auch. Es gibt ständig Ärger mit diesen Hunden und ihren Besitzern. Meistens junge Männer. Für die ist ein bissiger Köter ein Statussymbol. Mackergehabe. Hier sind die besonders bei jungen Türken in Mode. Und bei den Rechten.« Auf dem Nagel des kleinen Zehs kleben Reste von dunkelrotem Lack. Sie kratzt sie herunter. »Aber was hat das jetzt … komm, machs kurz, ich will unter die Dusche. Wie, Melli hat einen Pitbull?!« Sie richtet sich auf. »Und warum hast du ihr das erlaubt?« Ihr Gesicht bekommt einen gespannten Ausdruck. Den Hörer am Ohr, steht sie auf, geht durch die Wohnung, sucht im Bad nach einer Nagelfeile, kehrt damit auf den Balkon zurück und beginnt ihre Fußnägel zu feilen. Plötzlich hält sie mitten in der Bewegung inne.

»Was sagst du da, einen Judenstern? Sie hat ihm einen Judenstern aufgeklebt?« Die Feile schwebt über dem Nagel. »Ja, ich weiß. Ein paar Verrückte hatten hier die gleiche Idee. Die wollten so demonstrieren. Haben sie dann aber doch sein lassen.« Kein Wunder, dass seine Stimme sich gestresst anhört. »Können sie dir das anlasten, dienstlich, mein ich?«

Jana hat die Schönheit ihrer Fußnägel aufgegeben und lauscht angespannt in den Hörer.

»Ach du Scheiße, dann steckt sie aber in Schwierigkeiten.« Und du mit, fügt sie in Gedanken hinzu. Unwillkürlich erinnert sie sich an heftige Eifersuchtsattacken. Einmal hatte Melli einen Frühstückstisch umgestoßen, an dem Jürgen für sie mitgedeckt hatte. Damals war das kleine Biest gerade mal zwölf. Sie war also nicht umgänglicher geworden mit der Zeit.

»Nein, hier ist sie bisher nicht aufgetaucht. Außerdem bin ich umgezogen. Sie würde mich gar nicht finden. Woher hast du überhaupt meine neue Nummer? Ach so, die Kollegen. Du hast ihnen Bescheid gesagt, für den Fall, dass Melli anruft? Wie, sie sollen sie zu mir schicken? Bist du …« Sie verzieht entsetzt das Gesicht, dann entspannt sie sich. »Ja, gut. Schon in Ordnung. Ich kümmer mich drum. Wieso glaubst du eigentlich, dass sie hier auftaucht? Ich hatte nicht den Eindruck, dass sie mich besonders leiden konnte damals.« Sie hört zu und seufzt. »Na gut, wenn du meinst. Ich ruf dich an, wenn ich was höre.« Dann fügt sie doch noch teilnehmend hinzu: »Mach dir keine Sorgen. Sie wird sich schon melden. Ihr passiert schon nichts. Meltem ist ein starker Charakter. Bis dann.«

Nachdem sie fast gleichzeitig aufgelegt haben, starrt Jana eine Weile auf den See, über dem die Sonne zu sinken beginnt, ohne dass der Anblick des Wassers sie beruhigt. Jürgens Stimme klang, als wäre er kurz vorm Überschnappen. Schwierig sei sie. Auf einmal. Die Erkenntnis kommt für Janas Geschmack ziemlich spät. Dauernd hatten sie Krach gehabt wegen Melli. Jürgen hatte von ihr mehr Verständnis für die Launen seiner Tochter gefordert, die ihren Vater terrorisierte, der ihr alles durchgehen ließ. Am Ende hatte sie Jürgen unmissverständlich klar gemacht: Ich bin keine Mutter, nicht mal eine Ersatzmutter. Der Konflikt hatte sich dann von selbst erledigt, weil Jürgen sich nach Frankfurt/M. beworben hatte. Aber der Satz gilt nach wie vor. Insgeheim verstand sie Meltems Mutter, die in ihre türkische Heimat zurückgekehrt war, aus Heimweh, wie es hieß. Oder war sie vor dem fordernden Wesen ihrer Tochter geflohen?

Würde sie Meltem überhaupt wiedererkennen? Sie erinnert sich an dunkle, meist gefurchte Brauen und eine kräftige Nase. Kein niedliches Gesicht, aber eingerahmt von glänzendem Schneewittchenhaar. Aber inzwischen sind zwei Jahre vergangen. Und die Pubertät verändert Kinder auf abschreckende Weise. Schüchterne Zopfmädchen mit Zahnspange mutieren zu Ratten tragenden Punkerinnen. Und was sie gerade gehört hat, lässt nichts Gutes erwarten. Sie braucht dringend einen Rat und greift erneut zum Hörer. Die Beckstein hat zumindest Erfahrung mit einem Sohn, auch wenn der inzwischen erwachsen ist.

Nachdem sie die Kriminalhauptkommissarin Freya Beckstein mit ziemlich miesen Tricks in den Vorruhestand abgeschoben hatten, weil sie der Karriere ihrer jungen Nachfolgerin im Wege stand, hat Jana die ältere Kollegin zunächst nur aus Solidarität besucht. Inzwischen fragt sie sie sogar wegen der Wohnung um Rat. Die Beckstein ist zynisch, rücksichtslos und stur und kann unglaublich grob werden. Ihre betrunkenen Auftritte waren gefürchtet und beliebter Klatsch gleichermaßen. In der letzten Zeit war sie meistens betrunken. Berüchtigt ist auch ihr unberechenbarer Kleidergeschmack. Jana erinnert sich mit Schaudern an ein Betriebsfest, zu dem die KHK Beckstein in einem uigurischen Brautkleid erschienen war. Es gefällt mir, war ihr ganzer Kommentar. Es kam vor, dass Kollegen am Bahnhof Zoo ihre Papiere kontrollierten, weil sie sie für eine Pennerin hielten. Wochenlang ließ sie ihre Haare zu unbeachteten grauen Zotteln wachsen, um am nächsten Tag zu Udo Walz zu gehen und sich eine Zehlendorfer Partyfrisur schneiden zu lassen. Kein Wunder, dass der Chef die attraktive, berechenbare Kollegin vorgezogen hat. Aber auf ihre Menschenkenntnis kann man bauen. Sie hört sich die Dinge erst mal an, bevor sie urteilt, und überfällt einen nicht sofort mit vorgefassten Meinungen. Falls sie dazu aufgelegt ist, denkt Jana und zieht die Schultern hoch.

Natürlich meldet sich nur der Anrufbeantworter. Jana legt auf, lässt die Tischdecke fallen und geht endlich duschen. Sie dreht das warme Wasser voll auf und hält sich den Duschkopf lange zwischen die Schenkel. Das entspannt. Danach bleibt noch Zeit, sich hinzulegen. Die Schicht würde bis in die Morgenstunden dauern. Sie schläft sofort ein.

Heiko, Sven und Lars stehen zur selben Zeit mit Bierdosen vor dem Ostbahnhof. Lars, ein pausbäckiger Riese mit käsigem Teint, kratzt ausdauernd den silbernen Adler auf seinem schwarzen T-Shirt und zieht Rotz hoch. Heiko hält einen kräftigen, gelbschwarz gestromten Pitbull an der Leine und starrt vor sich hin. Ein unvoreingenommener Beobachter würde ihn gut aussehend nennen, wären da nicht die hängenden Mundwinkel und der mürrische Gesichtsausdruck. Sven, der Kleinste und Schmächtigste, trägt trotz des warmen Wetters eine Bomberjacke. Alle drei haben die Haare so kurz geschnitten, dass die Kopfhaut hell durchschimmert. Hinter ihnen beult sich rostiger, halb runtergetretener Maschendraht. Heiko gibt sich einen Ruck und wirft seine Bierdose hinter sich ins Gebüsch zu denen von gestern und vorgestern.

»Nix los heute.«

Mit jedem Dröhnen eines einfahrenden Zuges strömt eine neue Gruppe junger Leute mit Rucksäcken die Treppe runter, an der kleinen Rothaarigen vorbei, die neben ihrem Hund auf den Stufen kauert, in Richtung Bushaltestelle. Aber als sich ein älterer Herr teilnehmend zu ihr hinunterbeugt, schrillt ihre helle Stimme bis zu den dreien herüber: »Fick dich doch selber, Opa!« Erschrocken flüchtet der Herr die Treppen hinab und prallt gegen ein nervöses Paar mit Rollkoffern, das die Stufen zu den Gleisen hinaufhastet. Ein Koffer rutscht die Stufen wieder zurück, wo die Pächterin des Schreibwarenladens gerade den Ständer mit den Zeitungen in den Laden schiebt. Feierabend.

Sven wippt auf den Absätzen und spielt an seiner Uhr.

»Ich hab Hunger.«

Lars hört auf zu kratzen. Die Idee gefällt ihm. Er deutet auf einen der Imbisswagen im Hintergrund.

»Gehn wir 'n Broiler vernichten.«

Heiko betrachtet seinen Hund und würgt, als müsste er gleich kotzen.

»Buähh, die schmecken wie Tyson seine Kauknochen.«

Sein Blick wandert unentschlossen zum gegenüberliegenden Dönerstand, wo ein schwarzhaariger Mann am Grillfleisch säbelt.

»Bei den Kanaken?«, fragt Sven ungläubig.

»Riecht nicht schlecht.« Heiko atmet aufwendig durch die Nase.

»Nee, du, die fressen Hunde und Katzen.«

»Da sind klein gehackte Ratten drin, kannste nich unterscheiden«, ergänzt Lars.

Heiko schweigt und reißt eine Dose Köstritzer auf.

»Ick hol mir n Broiler. Für euch auch einen?«, fragt Lars in die Runde.

»Bring mir einen mit«, sagt Sven und wirft einen fragenden Blick auf Heiko, aber der winkt ab.

»Der brät die in Heizöl«, rülpst er, »is billiger. Bring mir n Bier mit.«

Lars schiebt ab.

Heikos Augen schweifen wieder begehrlich zum Döner-Grill.

Sven, der ihn beobachtet, vermutet: »Die wischen sich den Arsch mit den Fingern, weil Allah det Papier verboten hat, und danach packen sie dir det Rattenfleisch ein.«

»Halts Maul«, sagt Heiko.

»Kanakenfraß«, kreischt Sven, der schon ziemlich betrunken ist, »so was kannste deinem Hund füttern.«

»Nee, Tyson frisst so was nicht. Der kriegt nur vom Feinsten. Nicht mal die Aldi-Dosen nimmt er. Steaks frisst er gern, aber nur angebraten.« Heiko betrachtet seinen Hund voll Besitzerstolz. »Bist gut in Form, was, Alter?«

»Vorwärts und nie zurück, deutsche Republik«, lallt Sven.

Er hat seine letzte Dose geleert und zerquetscht sie mit der Hand, dann wirft er sie in Richtung Döner-Stand. Sie knallt kurz davor auf und klappert über das Pflaster. Der Verkäufer sieht hoch und sagt etwas über die Schulter. Das säbelartige Dönermesser in der einen, den Wetzstahl in der anderen Hand, taucht ein zweiter Mann aus dem Hintergrund auf und stellt sich neben ihn. Beide starren aus dem erleuchteten Rechteck zu Sven und Heiko herüber.

»Eselficker!«, schreit Sven und versucht, Tysons Leine auszuhaken. »Los, Tyson, hol sie dir.«

»Lassn in Ruhe, du Arsch«, schimpft Heiko und zerrt an seinem Hund.

»Warum lässtn nich mal los? Dann traun die sich nicht mehr raus aus ihrem Rattenstall. Zeigs ihnen, Tyson! Los! Fass!«

»Halt doch dein verdammtes Maul.« Heiko zieht seinen Hund, der plötzlich steif geworden ist, enger zu sich ran. »Du machst ihn ja ganz verrückt. Wenn der losgeht …«

»Na und? Wofür hastn den Köter? Zeigs ihnen, Tyson! Das hier ist deutsche Erde.«

»Hör auf, Mensch. Haste das Messer gesehn? Meinste, ich lass mir meinen Hund abstechen?«

Sven lacht sich kaputt. »Braucht der erst ne Schutzweste oder was?«

»Wasn los?«

Lars nähert sich, beladen mit Broiler in Folie und Bierdosen.

Sven zeigt auf die Türken, die sich abgewendet haben und wieder ihrer Arbeit nachgehen. »Die sind mitm Messer auf uns los. Wollten Tyson abstechen, aber der hats ihnen gegeben. Was, Alter?« Er wirft Heiko einen hämischen Blick zu. »Sind se wieder rein.«

Lars ist beeindruckt. »Echt?«

Heiko streckt die Hand nach dem Bier aus und murrt: »Ich lass mir mein Hund nich abstechen.«

Lars betrachtet Tyson bewundernd, der seinerseits den Broiler fixiert. »Bist echt der Größte, Tyson. Lässt dir nix gefallen, was? Kriegste auch was ab.« Er wühlt suchend in dem Hahn, dreht ihm schließlich einen Flügel ab und hält ihn Tyson vors Maul, der ihn vorsichtig aus seiner Hand nimmt. Was übrig bleibt, teilt er sich mit Sven. Auch Heiko greift sich ein Stück, schiebt es in den Mund und verzieht das Gesicht.

»Heizöl«, nickt Sven mit fettigen Lippen und grinst.

Lars rülpst und wirft Tyson den Rest hin. »Mahlzeit!«

Sven gibt plötzlich gurgelnde Geräusche von sich.

»Wasn?«

Sven zeigt nur sprachlos mit seiner Bierdose auf die gegenüberliegende Straßenseite. Heiko dreht sich um und stößt einen Pfiff aus. Auch Lars staunt mit offenem Mund.

»Ick fass et nich.«

Alle drei starren auf den untersetzten, kunstgebräunten Mann in türkisfarbenem Seiden-Blouson, der das Runde seiner ganzen Gestalt noch betont. Auf dem Kopf trägt er eine hochgerollte zartgelbe Strickmütze, an seinem abgewinkelten Arm hängt ein blau ausgeschlagener Einkaufskorb. Zwei Meter vor ihm zerrt ein Mops schnaufend an seiner Leine. Den Döner-Stand in der erhobenen Nase, lenkt er die Schritte seines Herrn in diese Richtung. Dessen helle Slipper schaben hinter ihm über das Pflaster.

»Oioioioi …«, flötet Sven mit gespitzten Lippen. Er hält seine Bierdose geziert zwischen zwei Fingern von sich gestreckt wie eine Balancierstange und stolziert mit obszön wackelnden Hüften vor ihnen auf und ab. Lars und Heiko brüllen vor Lachen. Der Türkisfarbene würdigt sie keines Blickes. Nur der Mops bleibt einen Moment stehen und wendet ihnen sein flaches schwarzes Gesicht mit den Knopfaugen zu.

»Kiek ma, der hatn Frosch anne Leine.«

»Quak, quak, quak ...«, Sven beginnt zusätzlich zu hüpfen, »n Frosch mit Wackelarsch.«

Lars lässt sich auf alle viere nieder und wackelt mit dem Hintern. Wegen seines Biergehaltes kippt er immer wieder zur Seite. Tyson bellt. Sven und Heiko lachen sich schief.

Der Türkise ist vor dem Döner-Stand angelangt, stellt seinen Korb ab und deutet mit ausgestrecktem, siegelringgeschmücktem Mittelfinger auf das rotierende Fleisch.

Lars, Sven und Heiko rücken näher.

»Ich hätt gern nur von dem Fleisch da.«

Seine Aussprache klingt süddeutsch, weich und rund, genau wie sein Äußeres. Die harten Konsonanten bleiben irgendwo im Rachenraum stecken.

Der Verkäufer zerteilt routiniert einen Fladen, so dass er aufklappt wie ein Maul, und lächelt abwesend. Sein Kunde wedelt protestierend mit der molligen Hand.

»Nein. Ohne Brot.« Er zeigt auf den Mops. »Es ist für sie. Sie ist schon elfeinhalb, aber noch sehr gut in Form.« Sein Gesicht verklärt einen Moment mütterlicher Stolz. Dann wendet er sich wieder dem Verkäufer zu. »Und Lamm bekommt ihr am besten. Das ist doch Lamm?«

Der Verkäufer nickt. Ohne Heiko und seine Kameraden aus den Augen zu lassen, legt er den Fladen zurück und beginnt Fleisch abzuschälen.

»Sie hat leichtes Rheuma, aber sonst ist sie topfit. Wir werden ja alle mal älter, nicht wahr? Im Alter muss man besonders auf sich Acht geben. Ich hab sie jetzt über zehn Jahre, und wir lieben uns wie am ersten Tag, gell, mei Mädelsche?« Er lächelt sie liebevoll an. »Eine Liebe ist das, so was gibts bei den Menschen gar nicht.«

Der Verkäufer säbelt Fleisch ab und schaufelt es in eine Plastikschüssel. »Tomate nix? Gurke?«

Seine Hand kreist über den Gemüsen, während seine Augen an dem Kunden vorbei zu den drei jungen Männern im Hintergrund gleiten.

»Das verträgt sie nicht mehr. Sie ist ja so empfindlich im Magen.« Er macht eine wegwerfende Handbewegung. »Die sind ja so überzüchtet. Da geht nichts mehr natürlich. Die müssen alle mit Kaiserschnitt geholt werden. Der Kopf ist zu dick. Wenn Sie verstehen, was ich meine.«

Hinter ihm brechen Heiko, Sven und Lars in grölendes Gelächter aus.

»Hörste des, der Kopf ist zu dick!«

»Hauptsache, die Eier passen rein.«

»Auf, Tyson, fick sie!«

Als hätte er die drei eben erst bemerkt, dreht sich der Türkise um und macht zwei Schritte zur Seite.

»Das wäre ihr Tod. Bitte, halten Sie Ihren Hund zurück, meine Herren. Aphrodite ist elf Jahre, sie hat noch nie ... das würde sie nicht überleben.«

»Haste gehört, Heiko, elf Jahre und noch Jungfrau. Auf, Tyson, schnapp sie dir!«

Sven lacht.

»Ja, Tyson, zeigs ihr.«

Der Verkäufer beugt sich aus seinem Fenster. »Lass das Mann in Ruhe.«

»Wir lass das Mann in Ruhe«, äfft Lars ihn nach. »Wir mache nur die Hund was Spaß. Spaß, verstehst du?«

Er stößt seine Hüfte vor und zurück, zur großen Freude der beiden anderen.

Der Türkise strafft sich und zieht an der Leine, an deren äußeren Ende der kleine Mops steht und die Aufregung um sich herum beobachtet. »Komm, Aphrodite, wir lassen uns nicht beleidigen. Die Herren haben keine Manieren.«

Aber Aphrodite sträubt sich und stemmt die Streichholzbeine fest in den Boden. Mit ernsten Knopfaugen betrachtet sie den stämmigen Rüden, in dessen Maul sie hineinpassen würde wie Rotkäppchen in den Wolfsrachen. Heiko lässt seinen Hund von der Leine, und Tyson stürzt sich auf Aphrodite. Ihr Liebhaber will sich mit einem Aufschrei dazwischenwerfen, wird aber von Lars, der ihm den Weg verstellt, daran gehindert.

Den Heldenmut hätte er sich sparen können. Noch im Vorwärtssprung prallt Tyson zurück. Schrill keifend ist ihm die winzige Mopshündin blitzschnell ins Gesicht gesprungen und steht schon wieder steif auf ihren dünnen Beinen, während der Pitbull überrascht niest. Verlegen wedelt er mit dem Schwanz und lässt sich auf die Vorderbeine fallen, um die fällige Verbeugung vor der Dame nachzuholen. Sie mustert ihn streng. Hüte dich, sagt ihr Gesichtsausdruck. Er robbt, heftiger wedelnd, näher. Der Mops knurrt und rührt sich nicht. Tyson startet einen zweiten Versuch. Giftig wie eine Kobra schnellt die Hündin vor, und Tyson macht einen weiten Satz rückwärts.

Die Türken lachen schadenfroh.

»Mensch, Tyson, du Schlappschwanz!« Lars ist hörbar enttäuscht. »Von so ner Krüppeltöle lässt du dich einmachen?«

»Schisser!«

Auch Sven lässt seiner Verachtung freien Lauf. Heiko, der rot geworden ist, packt seinen Hund am Halsband und zerrt ihn heftig weg.

»Schlechter Hund«, sagt der türkische Verkäufer verächtlich und legt das Dönermesser, das er demonstrativ zur Hand genommen hat, zur Seite. »Taugt nicht. Hat keine Eier.«

Seine Wachsamkeit ist den üblichen Handgriffen gewichen. Er reicht seinem Kunden das Päckchen mit dem Fleisch. Der verstaut es umständlich in seinem Korb, bedankt sich und zieht erleichtert an der Leine.

»Komm, Aphrodite, wir gehen.« Hoch erhobenen Hauptes verlassen sie den Schauplatz ihres Triumphes. »Proletenstadt«, zischt er im Vorbeigehen verächtlich, »kein Benehmen.«

Die Nase des Rüden wittert der Hündin hinterher. Heiko, immer noch rot im Gesicht, tritt dem Hund in die Seite. »Vergiss es!«

»Weiber«, meint Lars und zuckt die Achseln.

Sven ruckt mit dem Kopf hinter den Fortstrebenden her.

»Schwule Sau. Geben wir ihm eins aufs Maul? Hat er sich echt verdient, ey.«

Aber Heiko zieht den Hund, der jetzt willenlos neben ihm hertrottet, wortlos in die entgegengesetzte Richtung. Das schadenfrohe Gelächter der Türken im Rücken, ziehen sie ab.

»Scheißkanaken.« Sven tritt gegen eine Dose. »So musste dich beleidigen lassen, im eigenen Land. Von sone ... das ist gegen die Ehre. Das hat Folgen.«

Lars fummelt an seinem Handy, hält es sich im Laufen ans Ohr, drückt Knöpfe, hält es wieder ans Ohr, kriegt aber keine Verbindung zustande. Sven gibt sich noch nicht geschlagen und versucht weiter, die anderen aufzustacheln.

»Eins aufs Maul. So was darfste erst gar nicht durchgehen lassen. Dann hamse keinen Respekt mehr vor dir. Eins aufs Maul und fertig. Dann is Ruhe.«

Heiko bleibt abrupt stehen und dreht sich um. »Hat einer mal ne Zigarette?«

Lars holt eine leere Schachtel aus der Jacke, zerknüllt sie und lässt sie fallen. Vom Tresen eines Imbisswagens winkt ein Kurzhaariger. Sie stellen sich dazu. Ein Mann geht mit seinem Rottweiler vorbei, und Tyson stemmt sich knurrend gegen die Leine. Heiko reißt ihn zurück. »Jetzt kannste, was? Aus! Platz, sag ich!«, brüllt er den Hund an. Der duckt sich.

Sie stehen dort, bis es dunkel ist und das Bier raus will. Heiko stolpert hinter einen Imbisswagen, holt den Schwanz raus und pisst sich das Unbehagen aus dem Körper. Aber bevor er damit fertig ist, fängt ein riesiger, dort angebundener Rottweiler wie rasend an zu bellen. Tyson macht einen Satz auf ihn zu, und Heiko stolpert Tropfen sprühend in die eigene Pisse. Daraufhin kommt der Besitzer des Rottweilers aus der Tür und brüllt:

»Kannste nich woanders hinpissen, du Penner? Wir sind doch hier nich im Urwald!«

Zu allem Überfluss klemmt Heiko sich beim hastigen Hochziehen des Reißverschlusses eine empfindliche Körperpartie. Seine Stimmung verfinstert sich noch mehr. Er ist nachtblind und kann bei der Beleuchtung kaum die Umrisse der größeren Hindernisse erkennen. Fluchend sucht er das Weite und Licht. Das Haus mit den zugemauerten Fenstern schirmt die Stelle ab gegen die Lampen und Leuchtreklamen vom Bahnhof. Ein idealer Platz für Wohnsitzlose, die hier neben Kerzenstummeln lagern. Prompt stolpert er über einen Querliegenden. Wütend tritt er gegen ihn.

»Musste hier im Weg liegen, du Penner?«

Die Gestalt vor seinen Stiefeln lallt, er solle ihn in Ruhe lassen und sich gefälligst verpissen. Zustimmendes Murmeln klingt vielstimmig aus der Dunkelheit. Heiko spürt unheimliche Bewegungen im Finstern. Wo ist Sven? Wo sind die anderen?

»Willste eine aufs Maul, du?«, brüllt er und will vorwärts stürzen gegen den unsichtbaren Feind, fühlt, wie sein Fuß sich in etwas Weichem verfängt, das ihn festhält. Er taumelt und droht hineinzufallen in das Gewürm unter ihm, das nach ihm greift, Monster und lebende Tote, die ihn mit ihren verwesenden Händen herunterziehen wollen zwischen Skelette und faulendes Fleisch. Wie irre schlägt er um sich.

»Man muss Gott mehr gehorchen als den Menschen«, schallt es ihm höhnisch aus der Schwärze entgegen.

»Was willste? Ich mach dich alle. Du Wichser!« Er tritt und schlägt auf den unter ihm liegenden Körper ein. Tyson stürzt dazu und verbeißt sich in die wabbelige Masse, die erst stöhnt und dann schreit vor Schmerz, nicht spitz, eher dunkel blökend wie ein Tier auf dem Schlachthof, das die Gefahr zu spät erkennt. Bewegung kommt in die unsichtbaren Gestalten ringsum. Heiko hört, wie sie sich herumrollen und mit schwerfälligen Zungen protestierend lallen. »Nee, du, lass man, in Ordnung, Meister, keen Stress. Der hat das nich so gemeint. Lassn in Ruhe, Kumpel, komm, willsten Schnaps?«

Heiko erhebt sich taumelnd und zerrt Tyson weg von der Gestalt am Boden, die sich jammernd aufzurichten versucht, und tastet sich stolpernd zurück in die Welt der erleuchteten Reklametafeln. Galeria Kaufhof weist ihm neongrün die Richtung. Plötzlich zieht Tyson hörbar die Luft ein. Im Gegenlicht steht ein anderer Hund und versperrt den Weg.

»Hey, pass auf deinen verdammten Köter auf!«, brüllt Heiko, noch immer nervös.

»Pass doch selbst auf, du Arsch!«, schallt es zurück.

Heiko blinzelt geblendet zu der kleinen, buckligen Gestalt hin, bis sich seine Augen an das Licht gewöhnt haben und er die kleine Rothaarige von der Bahnhofstreppe erkennt.

»Ich hab dich gewarnt«, murrt er und zieht Tyson näher zu sich ran. »Tyson mag keine fremden Hunde.«

»Hasi ist lieb, die verträgt sich mit jedem. Gell, mein Schatz?«

Das Mädchen beugt sich vor und krault seinen Hund am Ohr. Dabei rutscht ihm der Rucksack in den Nacken und bringt es aus dem Gleichgewicht. Der gelbe Hund wedelt zustimmend zu ihm hoch, dann tänzelt er näher. Heiko zerrt an der Leine, die beiden Hunde wirbeln umeinander herum und drehen ihn mit, weil er die Leine nicht loslässt. Das Mädchen lacht. Eine rote Strähne hat sich aus seinem kurzen Haar gelöst und fällt ihm über die kräftigen Brauen. Es streicht sie hinters Ohr. Die Hunde halten sich gegenseitig die Nase an den Darmausgang, wedeln mit den Schwänzen und fallen voreinander auf die Vorderpfoten.

Das Mädchen zeigt mit beiden Händen auf die Hunde. »Siehste. Ich wusst es. Die mögen sich.« Es lacht. »Du hast echt komisch ausgesehen. Wien verrückt gewordener Leuchtturm.«

Heiko findet den Vergleich nicht komisch, überhaupt gefällt es ihm nicht, dass die Kleine sich über ihn lustig macht. Schon gar nicht heute. Er hat die Schnauze voll. Einem Typ hätte er längst eine gegeben. Aber gegen Mädchen kann ein Mann ja nicht grob werden. Stattdessen poltert er: »Wieso hatn der son blöden Namen? Hasi! So kannste dein Hamster nennen. Hasi! Das is doch keine Name fürn Pitbull.«

»Warum?« Die Kleine starrt ihn herausfordernd an. Ihre Augen blitzen sehr blau unter den dunklen Brauen hervor. »Eigentlich heißt sie Hass. So hat der, der sie vor mir hatte, sie genannt. Aber ich find, Hasi passt einfach besser zu ihr.« Sie zieht die schmalen Schultern hoch und reibt ihre Arme unter der dünnen Jeansjacke. »Mir ist kalt. Gibts hier nichn McDonalds in der Nähe?« Sie rückt ihren Rucksack zurecht und läuft wie selbstverständlich neben ihm her. »Ich will ne Freundin von meinem Vater treffen. Die ist Po ... die arbeitet hier. Ich hab schon zweimal bei der angerufen.« Sie niest und wühlt in ihrer Tasche nach einem Taschentuch, hält es sich vors Gesicht und wendet sich ihm zu. »Weißt du, wo man hier pennen kann? Könnte ich bei dir ... ich meine, falls die nicht kommt.«

Ein unbeleuchteter Radfahrer, dem Hasi in den Weg läuft, enthebt ihn einer Antwort. Beim Versuch, dem Hund auszuweichen, prallt er hart gegen den Rucksack und stößt seine Trägerin zu Boden. Kein Wort der Entschuldigung. Ohne sich umzudrehen, rast er wortlos weiter.

»Pass doch auf, du Arschloch«, schreit Heiko ihm hinterher. Die Kleine hat sich aufgerappelt und steht bibbernd da und sieht aus, als wollte sie gleich losheulen. »Ich hab ne Jacke im Auto, die kannste erst mal anziehen«, sagt Heiko. Ihr den Arm um die Schultern zu legen, wagt er nicht.

Sie nickt. »Ich heiße Melanie. Aber alle nennen mich Melli.«

»Heiko«, sagt Heiko und hofft, dass ihnen nicht ausgerechnet jetzt die besoffenen Kameraden begegnen.

Vor der Unterführung an der Warschauer Straße kommen Jana zwei junge Männer mit ihren Pitbulls entgegen. Die machen sich den Spaß, ihre Hunde zu Attacken zu animieren, die von der Leine nur knapp gebremst werden. Wie erwartet, gibt Perro knurrend und geifernd den wild gewordenen Ordnungshüter.

»Nehmen Sie Ihre Hunde zurück«, ruft Jana und stemmt sich gegen die kurz gefasste Leine.

»Keene Angst, Frau Wachtmeister, die wollen nur spielen«, grinsen die beiden. »Wir haben die voll im Griff.«

Arschlöcher! Nichts habt ihr im Griff! Jana hasst diese Würstchen, die sich nur am kurzen Ende einer Leine stark fühlen. Aber ohne den Kollegen von der Hundestaffel, mit dem sie sonst gemeinsam Streife geht, ist sie im Nachteil. Der Kollege hat Urlaub.

Die jungen Männer fragen herausfordernd: »Wollen Sie unsere Papiere sehen?«

Mit drei feindselig gegeneinander tobenden Hunden wäre das für sie schwierig. Das wissen sie und nutzen es aus.

»Bitte, bitte, kontrollieren Sie mich«, fleht der eine mit anzüglichem Unterton.

Obwohl sie innerlich kocht, sagt Jana kühl: »Dazu besteht kein Anlass. Schlechte Manieren sind noch keine Straftat.«

Leider, fügt sie in Gedanken hinzu, ruft Perro zur Ordnung und setzt ihren Streifengang fort. Der führt wie üblich die bemalten Mauerreste an der Spree entlang bis zur Oberbaumbrücke, die Warschauer Straße hoch bis zum Besarin-Platz und durch wechselnde Straßen zurück zum Ostbahnhof.

Die Mühlenstraße, auf der tagsüber die Touristenbusse langsam an den Gemälden auf der Mauer entlangfahren, ist abends in beiden Richtungen zugeparkt. Vor dem Nachtclub SPEICHER stauen sich die Autos der Discobesucher, die hupen und bremsen und wieder anfahren mit quietschenden Reifen und aufgeblendeten Scheinwerfern. Als Blickfang parkt auf der anderen Seite ein kleiner Doppeldecker zwischen den Gebrauchtwagen auf dem hell erleuchteten Gelände eines Berliner Autohändlers.

Wie viel Anlauf braucht so ein Flugzeug, um abzuheben?, fragt Jana sich jedes Mal, wenn sie vorbeikommt. Würde die Strecke bis zur Oberbaumbrücke ausreichen? Weiter südlich, vor dem Treptower Ufer, landen oft kleine Wasserflugzeuge graziös wie Libellen auf der Spree. Wie würde es sich anfühlen, darin Sex zu haben? Angeschnallt auf dem Sitz. Mit so einer kitzligen Angst im Bauch, wenn es sich beim Looping auf den Rücken dreht. Sie versucht es sich vorzustellen, um die Langeweile zu vertreiben. Auf ihren Streifengängen passiert wenig. Mal ein Autodieb, der gerade im Begriff ist, einen Wagen zu knacken, und jetzt so tut, als wollte er sich nur im Rückspiegel die Haare kämmen, sobald sie sich nähert. Da war der Mann, der wie gestochen herumfuhr, als sie plötzlich auftauchte, während er gerade versuchte, einen Draht durch die Seitenscheibe zu schieben, um an den Türöffner zu gelangen. Vor Schreck stotterte er. Es war der alkoholisierte Besitzer des Wagens, der seinen Schlüssel drinnen stecken gelassen hatte. Ob er in seinem Zustand gefahren war oder hätte fahren wollen, blieb ungeklärt. Viel mehr war nie.

Hinter einer Mauerlücke flackert es hell. Ein paar junge Leute haben aus rumliegenden Paletten ein Feuer gemacht, sitzen davor und rauchen. Jana befielt ihnen, es zu löschen. Sie gehorchen ohne dumme Sprüche. Nicht nur deswegen ignoriert sie den intensiven Grasgeruch des Rauchs. Sie sieht es nicht als ihre Aufgabe an, jeden kleinen Kiffer zu verfolgen.

Da müsste ich auch jeden Säufer festnehmen, hat sie sich in einem Gespräch mit Beckstein beklagt, die Gefahr, dass der randaliert oder seine Frau verprügelt, ist doch größer. In der Hinsicht vertritt deine Nachfolgerin Ansichten wie ein Politiker vor der Wahl. Hauptsache, wir tun so, als hätten wir alles im Griff. Die würde am liebsten jeden Raucher verhaften. Neben den wenigen Abstinenzlern gibt es unter den Kollegen Raucher, Säufer, Kiffer und Konsumenten von diversen anderen Hilfsmitteln zum Seelenglück. Entsprechend unterschiedlich fallen ihre Meinungen über deren Bekämpfung aus.

Privat könnt ihr meinen, was ihr wollt, hielt ihnen der Revierleiter bei einer internen Diskussion vor, im Dienst halten wir uns an die Gesetze. Und solange die sind, wie sie sind, ist das strafbar. Aber auch er wäre sicher nicht begeistert, wenn sie ihm von jedem Streifengang ein paar Haschkonsumenten mit aufs Revier brächte. Sie haben so schon genug Kleinkram, mit dem sie sich rumschlagen müssen. Geklaute Fahrräder, bissige Hunde ohne Steuermarke, demolierte Telefonzellen, jede Menge Graffiti und Touristen, die es nicht lassen können, Teile aus der denkmalgeschützten East Side Gallery herauszupopeln, von Verrückten, die sie mit Farbe beschmieren, ganz abgesehen.

Vor der verhängten Westseite des Ostbahnhofs parken Mannschaftswagen. Auf der anderen Seite gibt es einen Döner-Stand, der hat fast die ganze Nacht geöffnet. An rostigen Toren vorbei geht Jana unter den Gleisen durch. Hier ist es stockfinster. Jana stolpert über Bauschutt und flucht. Für alles haben sie Geld, nur für ne anständige Beleuchtung im Osten nicht. Trotzdem hat sie Glück. Der Döner-Stand ist noch erleuchtet. Der türkische Verkäufer lächelt müde. Sie kauft einen Döner mit Schafskäse und bereut es sofort. Der erste Bissen quetscht Knoblauchsauce über ihre Finger, die läuft das Handgelenk hinunter in den Uniformärmel.

Irgendwo in der Ferne donnert es. Das Gewitter, das seit Stunden über der Stadt hing, hat sich nach Brandenburg verzogen. Die Luft ist feucht. Aber der Regen ist Gott sei Dank ausgeblieben. Jana sieht auf ihre Uhr. Es ist zwanzig nach eins. Sie wischt ihre klebrigen Finger an der viel zu kleinen Serviette ab und nickt dem Verkäufer zu. Noch einmal die Runde rückwärts, dann ist es Zeit für einen Kaffee im Revier.

Perro ist unruhig. Die Nase mal am Boden, mal in der Luft, drängt er vorwärts. Jana lässt sich über den menschenleeren Parkplatz hinter dem Bahnhof nachschleppen, der eingerahmt wird von Plattenhochbauten, deren erleuchtete Fenster wie ferne Lichtpunkte in einem düsteren Universum erscheinen. Sie leuchtet mit der Taschenlampe hinter die verschlossenen Imbisswagen. Von einem aufgerissenen Müllsack hebt eine Ratte ihren Kopf ins Licht und gleitet dann träge ins Dunkel weg. Im Schutz eines leeren Hauses, dessen Parterrefenster zugemauert sind, schnarchen die üblichen Freiluftsäufer. Jana kennt Kollegen, die sie bei jedem Rundgang hochscheuchen und nach Ausweispapieren fragen. Zermürbungstaktik nennen sie das. Perro hebt unruhig witternd den Kopf und zieht sie auf die gegenüberliegende Seite zu der winzigen, malträtierten Grünfläche hinter den Verbotstafeln, die keiner beachtet. Auf dem Spielplatz dahinter treffen sich gelegentlich Drogenabhängige mit ihren Dealern. Jetzt ist dort alles still und dunkel. Perro stellt die Ohren auf und beginnt aufgeregt zu bellen. Jetzt riecht sie es auch. Es riecht verbrannt. Aber nicht nur das. Irgendetwas stinkt. Der Geruch wird mit jedem Schritt ekelhafter, mit dem sie sich dem kleinen Rondell nähert. Dort stehen Bänke im Halbkreis, auf denen nachmittags Schüler sitzen und rauchen und nachts Säufer ihren Rausch ausschlafen oder Reisende, die ihren Zug verpasst haben.

Jana würgt. Der Gestank erinnert sie an die verbrannten Tierkadaver einer Mastanlage, in der die Schweinepest ausgebrochen war. Sie mussten die Anlage sichern, damit der Besitzer nicht heimlich einen Teil der Schweine wegbrachte. Auf einer der Bänke trifft der Kegel ihrer Taschenlampe auf einen Gegenstand, der im ersten Hinsehen wie eine überdimensionierte, heruntergebrannte Zigarre wirkt, die noch leicht qualmt. Aus einem Ende quillt eine seltsame, schwarz verkrustete Beule.

Janas Finger zittern so stark, dass sie zweimal die Taste ihres Funkgerätes verfehlt, bevor sie die Kollegen erreicht.

Einen verbrannten Menschen hat sie noch nie gerochen.

Während sie auf die Ankunft der Kollegen wartet, sucht sie die Umgebung nach etwas ab, das sie dazu benutzen kann, den Fundort abzusperren. Dabei vermeidet sie es, dass die

Bank noch einmal in den Lichtkegel ihrer Taschenlampe gerät. War das ein Mann oder eine Frau? Jana spürt nicht den geringsten Wunsch, das herauszufinden.

In Wirklichkeit dauert es nicht mal zehn Minuten, bis die Martinshörner endlich die Stille zerreißen und die Kollegen mit Lärm und Licht und der ganzen Ausrüstung anrücken. Jana berichtet kurz, wie sie den Toten gefunden hat, dann hilft sie, die Neugierigen vom Fundort fern zu halten. Es sind nicht viele, und keiner von ihnen ist nüchtern. Danach läuft alles routiniert nach Plan. Absperren. Ausleuchten. Der Arzt, der nach einem kurzen Blick abwinkt. Die Sicherung der Spuren beginnt. Das kann Stunden dauern.

Plötzlich rennt ein Hund unter der Absperrung durch und bleibt geblendet im Scheinwerfer stehen wie ein Hirsch.

»Wem gehört der Hund?«, brüllt der Einsatzleiter in die schweigend glotzende Runde. »Nehmen Sie Ihren Hund zurück!«

Der Hund hat sich inzwischen an das Licht gewöhnt und nähert sich schnüffelnd der Bank. Ein Mann in weißem Overall dreht sich um und wedelt mit den Armen. Der Hund weicht ein Stück zurück, kommt aber sofort wieder näher, sobald sich der Wedler umdreht. Jetzt wedeln auch andere Kollegen mit den Armen. Der Hund umkurvt sie in eleganten Slalomlinien, bis er wieder dicht vor der Bank steht.

»Verdammt! Kann jemand vielleicht mal dieses Vieh einfangen?!«, brüllt der Einsatzleiter, aber keiner von den Kollegen fühlt sich angesprochen.

»Ich lass mich doch nicht zerfleischen«, murrt der Kollege neben Jana. »Das istn Pitbull.«

»Was ist? Soll der Köter uns hier die ganze Zeit zwischen den Beinen rumlaufen?«, schimpft der Einsatzleiter und brüllt noch mal in die Runde: »Wem gehört der Hund? Nehmen Sie Ihren Hund an die Leine!«

»Soll ich einen Hundefänger rufen?«, fragt sein Assistent.

»Das kann ne Stunde dauern, bis der hier ist.«

Jana überquert die Absperrung. Vor dem fremden Hund

geht sie in die Hocke und streckt ihm einen Hundekeks hin, den sie in der Hosentasche gefunden hat.

»Na, komm schon, du Blödmann«, säuselt sie, »so ein feiner Mistköter, ja, ja, komm her, du dummes Tier.«

Der Hund stellt ein Ohr hoch und macht einen zögernden Schritt auf den Keks zu. Jana zieht ihre Hand zu sich ran, der Hund schnappt sich den Keks, sie fasst ihn an seinem roten Halstuch und zieht ihn hinter die Absperrung.

»Todesmutig, Frau Schimanski«, spöttelt der Kollege, der sich gerade noch vor dem Zerfleischen gefürchtet hat.

»Idiot«, zischt Jana, »der ist harmlos. Das hättest sogar du erkennen können.«

Plötzlich reißt der Hund sich los und springt ekstatisch an einem Mädchen mit verstrubbeltem rotem Haar in einer viel zu großen schwarzen Lederjacke hoch.

»Hi, Jana«, sagt die.

»Melli!?«

Ohne Jürgens Anruf hätte Jana sie schwer wiedererkannt. Sie ist gewachsen, das war zu erwarten gewesen. Außerdem ist sie hübscher geworden, damit hat sie nicht gerechnet.

»Ist das dein Hund?«

»Ja. Warum?«

Der finster herausfordernde Blick ist noch der gleiche geblieben. Nach wie vor scheint es sie große Überwindung zu kosten, zu lächeln.

»Hast du nicht gehört, wie unsere Leute nach dem Besitzer gerufen haben?«

Meltem zuckt die Schultern. »Ich hab gepennt. Da hinten.« Sie zeigt auf die andere Seite des Platzes.

»Du kannst den doch nicht einfach so rumlaufen lassen.«

»Hasi ist lieb. Die läuft nicht weg. Die kommt immer wieder.«

Jetzt ringt sie sich doch noch ein zaghaftes Lächeln ab, das ihr Gesicht überraschend verändert.

»Wie kommst du überhaupt hierher?«

»Ich hab auf dem Revier angerufen, und die haben mir gesagt, dass du noch auf Streife bist und ich sollte herkommen und auf dich warten. Aber das wollte ich nicht. Die hätten doch sofort Papa angerufen und mich zurückgeschickt. Und dann hab ich dich hier gesucht. Da bist du doch früher auch gegangen. Aber du warst nicht da.«

Plötzlich schiebt sich ihre Unterlippe vor und fängt an zu zittern. Sie runzelt die Brauen und kann doch nicht verhindern, dass Tränen aus ihren Augen rollen.

»Jana«, schluchzt sie, »kann ich bei dir bleiben?«

Jana legt ihr den Arm um die Schultern, und die Kleine klammert sich an sie.

»Wir finden schon was. Aber ich hab hier noch zu tun, siehst du ja. Setz dich da hinten hin und wart auf mich. Und halt deinen Hund fest!«

Melli schnieft und nickt.

Jana reicht ihr ein Taschentuch und grinst aufmunternd.

»Kannste behalten. Ist erst einmal benutzt.«

Die Erde bebt. Das allein kann sie nicht geweckt haben. Vielleicht schwankt auch nur der Boden, auf dem sie liegt. Ein Schiff? Wie zum Teufel kommt sie auf ein Schiff? Und wieso? Vor den Augen nichts als Schwärze. Sie zwinkert. Für den Fall, dass ihre Augen doch noch nicht richtig auf sind. Selbes Ergebnis, gesprenkelte Schwärze. Sie tastet. Ihre Finger sind steif und gefühllos, spüren nur so viel, dass der Untergrund hart ist, auf dem sie liegt. Sie liegt nicht im Bett, das steht fest. Ihre Schulter tut weh. Ihr Mund ist trocken. Spülbürsten im Hals. Es ist kalt. Sie friert. Das hat sie geweckt. Logisch. Bleib logisch, immer eins nach dem anderen, wie die Klöße, wie Vater früher sagte. Immer logisch, immer sachlich. Denk nach, wozu hast du einen Kopf, Freya? Also wo? Wind. Da ist Wind in ihrem Gesicht. Also nicht drinnen, sondern irgendwo draußen. Weit oben, Schwarz vor Dunkelgrau, bewegen sich Zweige. Bäume? Im Park? Eine Bank. Sie liegt auf einer Bank im Park. Das wäre geklärt. Und das knarzende Geräusch? Da schnarcht doch jemand. Sie hält die Luft an, um sicherzugehen, dass sie es nicht selbst ist. Nein, irgendwo ganz in der Nähe schnarcht einer. Sie versucht sich aufzurichten, aber die Erde dreht sich plötzlich zu schnell. Ihr wird schlecht, sie sinkt zurück. Egal. Am besten weiterschlafen. Die Beine angezogen, die Arme gegen die Kälte um sich geschlungen, versucht sie, wieder einzuschlafen. Aber ihr Gehirn ist jetzt wach und sucht Beschäftigung. Wie zum Teufel kommt sie hierher? Budapest fällt ihr ein. Wieso Budapest? Rentner fahren doch nach Teneriffa oder Mallorca. Auch eine Kommissarin im Ruhestand, im vorzeitigen Ruhestand, könnte nach Mallorca fliegen. Dann schon lieber Budapest, hatte sie sich gesagt. Sie war noch nie in Budapest. Jetzt fällt es ihr wieder ein.

Auf das Geländer der Schillingbrücke gestützt, hat sie den Entschluss gefasst, nach Budapest zu fahren. Die Möwen, sie erinnert sich genau an die Möwen, wie Bierschaum schaukelten sie auf dem Wasser der Spree, das schwarzgrau zwischen den Ufern schlappte. Es war warm, und sie hat über den Winter nachgedacht, den nächsten, den übernächsten und die folgenden. Die Kanaren, Gomera, Malta. Ideal für rheumatische Gelenke, und saufen kannst du überall. Du hast ja jetzt Zeit. Zeit für einen Volkshochschulkurs über die Hethiter oder für Proust. Jeder gebildete Mensch sollte Proust gelesen haben. Das war die Stimme ihres Vaters. Dafür wäre jetzt Zeit. Endlich ausschlafen. Hat sie sich das nicht immer gewünscht? Stattdessen wird sie um vier oder fünf wach, steht auf, raucht, trinkt und geht wieder ins Bett mit der Frage: Wozu überhaupt noch aufstehen?

Der Arm, auf dem sie liegt, beginnt abzusterben. Sie verändert ihre Lage. Ihr Magen brennt. Im Mund schmeckt es sauer nach der aufgestoßenen Magenluft.

Du trinkst zu viel, Beckstein. Pommer, in diesem heuchlerischen Ton. Er wollte sie zur Kur schicken und anschließend auf irgendeinen unbedeutenden Schreibtischposten abschieben, um den Platz frei zu machen für ihre attraktive Nachfolgerin. Sie hätte klagen können. Serebrina hätte den Posten trotzdem bekommen.

Wie spät mag es sein? Seit ihre Tage keiner strikten Einteilung mehr unterworfen sind, kommt ihr das Zeitgefühl zunehmend abhanden, nachdem sie Jahre gebraucht hat, um sich an das frühe Aufstehen zu gewöhnen. Am letzten Arbeitstag hat sie ihre Uhr weggelegt und seither nicht mehr draufgesehen.

Sie wollte am Ostbahnhof eine Fahrkarte nach Budapest kaufen. Ihr fällt das japanische Touristenpaar ein, das steif lächelnd vor dem bemalten Mauerrest stand und von einem Mann mit ausgestrecktem Arm dirigiert wurde, der sein Stativ auf dem Mittelstreifen aufgebaut hatte. Um die Mannschaftswagen, die vor dem wegen Bauarbeiten gesperrten Westeingang geparkten waren, machte sie einen Umweg, um von keinem der Exkollegen erkannt zu werden, und passierte die zu schäbigen Imbissbuden umgebauten Wohnwagen, in denen Döner, Broiler, Falafel und Popcorn, staubiges Geschirr und billige Klamotten angeboten werden. Die grüne Leuchtschrift Galeria Kaufhof schwebte hoch über allem Elend. Das Reisezentrum, in dem sie einen Liegewagenplatz nach Budapest buchte, war vorübergehend in einem Container untergebracht. Dahinter lagerten Obdachlose neben ihren mit Plastiktüten voll gestopften Einkaufswagen. Die Jungen schon ebenso verwittert wie der alterslose Rest. Wie immer saß die einzige Frau stumm über ein Blatt gebeugt dabei. Bestickte Hosenträger hielten die grauen Männerhosen genau auf der Mitte ihrer mageren Gestalt. Der verfilzte Pullover passte im Ton zu dem weinroten Strumpf, den sie um den Hals geknotet hatte. Sie malt immer das gleiche Bild: Kirche, Baum, Auto, darüber die schmale Sichel eines zunehmenden Mondes. Jedes Bild kostet zwei Mark. Warum malst du keine Menschen? Mal doch mal einen Vollmond. Fragen beantwortete sie nie. Viele hielten sie für schwachsinnig.

Mit hochgeschlagenem Kragen und ausgebreiteten Armen stand einer von denen vor seiner Gemeinde und fuchtelte mit einer Flasche, aus der es tropfte: »... ihr aber sollt mit dem Heiligen Geist getauft werden ...«

Er entdeckte sie, wie sie rasch vorbeigehen wollte, und deutete eine Verbeugung in ihre Richtung an, verlor dabei fast das Gleichgewicht und kreiselte um sich selbst wie ein losgelöster Reifen.

»Gegrüßest seist du, Maria, Allerschönste, Holdeste ...«

Seine Kumpel grölten. Wieder verneigte er sich, dabei stolperte er über seine Hosenaufschläge, fiel gegen die Malerin, stützte sich auf deren gesenkten Kopf ab und taumelte auf sie zu.

»... Gold und Silber hab ich nicht, was ich aber habe, das gebe ich dir ...« Er fasste sich in den Schritt. Die Männer wieherten, ruckten mit den Hüften und warteten mit gierigen Augen, wie sie reagieren würde.

»Komm, ich zeign dir. Willste ma sehn? Komm her! Du!«

Nur die Malerin blieb über ihr Blatt gebeugt, als gehörte sie nicht dazu.

Sie war stehen geblieben, und einem, der sie mit seinem dunklen Stoppelgesicht entfernt an Jean Gabin als Clochard erinnerte, wurde es unbehaglich.

»Det müssen Sie nicht so nehmen, meine Dame. Die sind besoffen.«

»Max, du Schleimer«, schimpfte einer.

»... sie sind voll von süßem Wein ...«, behauptete der Prediger.

»Nee, du, Lichtenberger Goldbrand«, verbesserte ihn ein anderer.

»Bols, et jeht nischt über Bols.«

»Für mich nur deutsches Bier. Da weißte doch, watte zu dir nimmst. Det andere Zeugs is doch allet vergiftet, da dürfen die doch jetzt alles reintun auser ganzen EWG.«

Sie überließ sie ihrer Debatte über Billigsprit und löste die Fesseln eines Supermarkt-Einkaufswagens. Bis zur Zugabfahrt waren noch drei Stunden Zeit, um ein paar Sachen einzupacken und Reiseproviant einzukaufen. Gleich neben dem Eingang rechts standen die Flaschen. Rotwein, damit sie bei dem Gerüttel etwas schlafen könnte, z.B. zwei Flaschen Cabernet Sauvignon für je DM 6,99. Warum schrieben die nicht gleich sieben Mark?

»Würden Sie den für acht Mark nicht kaufen?«, fragte sie einen Mann, der neben ihr einen Bordeaux für DM 7,99 in der Hand drehte. Der musterte sie, als hätte sie sich nach der Farbe seiner Unterhosen erkundigt, und wandte sich wortlos ab. Sie stellte eine Flasche Jim Beam zu den beiden Flaschen, zerrte ihren Seidenschal vom Hals und warf ihn dazu. Es war heiß hier drin. Dabei beobachtete sie, wie der abweisende Weinfreund, während er scheinbar entschlusslos vor der Wursttheke verharrte, eine Packung Lachsschinken in die Innenseite seines Sakkos gleiten ließ, als handelte es sich um seine Brieftasche. Sie widerstand dem Impuls, ihm auf die Schulter zu tippen, sie war keine Polizistin mehr, und schob ihren Wagen zur Kasse, stellte die Flaschen aufs Band und ließ sich zwei große Tüten geben. Die Kassiererin sah sie komisch an.

»Hebn Se mal det Tuch hoch!«

Sie begriff nicht gleich, und die Frau deutete in den Wagen.

»Det Tuch.«

Sie nahm ihren Schal hoch, darunter lag ihre Tasche. Die Kassiererin, halb von ihrem Sitz erhoben, griff mit diesem Nawussticksdochgleich-Gesicht nach der Tasche.

Jetzt endlich hatte sie begriffen.

»Finger weg!« Unwillkürlich fiel sie in ihren dienstlichen Ton, der die Frau zurückfahren ließ, dann aber erst recht reizte.

»Geben Sie die Tasche her, oder ich ruf die Polizei!«

Ihre Hand zuckte nach dem Dienstausweis und stockte. Die Wartenden hinter ihr beobachteten sie interessiert. Das Gesicht der Kassiererin vor ihr war rot angelaufen. Sie spürte ihre plötzliche Angst. Die meisten Kunden ließen sich ihre herrischen Kontrollen wahrscheinlich widerstandslos gefallen. Zögernd, als hätte sie tatsächlich was zu verbergen, reichte sie ihr die Tasche. Die Zuschauer warteten gespannt. Auch der Liebhaber kostenloser Lachsschinken sah interessiert zu, wie die Kassiererin gierig in die Tasche griff, wühlte, glotzte und sie zurückgab, mit einer bemüht großzügigen Geste, als gewährte sie eine besondere Gunst. Diesmal hast du noch Glück gehabt, sagte ihre Haltung, das nächste Mal erwisch ich dich. Ein Verdacht war nie damit ausgeräumt, dass er nicht bewiesen werden konnte.

Früher hätte sie gelacht, eine Kriminalhauptkommissarin als Ladendiebin, ein Witz für die Polizeikantine. So was passierte ihr nicht zum ersten Mal. Diesmal war alles anders. Früher war vorbei. Sie wollte sich nichts anmerken lassen und verließ kommentarlos den Laden. Vor der Tür begann sie zu zittern. Die Flaschen in den Tüten klirrten gegeneinander. Mit einem hämischen Klick sprang ihr die Mark entgegen und rollte unter die ineinander verkeilten Einkaufswagen. Ihr wurde schwindlig bei dem Versuch, sich danach zu bücken, und ließ es bleiben. Der Lachsdieb, der dank ihrem Zutun unkontrolliert den Laden verlassen hatte, beobachtete sie. Sie musste unbedingt etwas trinken. Sofort.

»Hat einer von euchn Korkenzieher?«, fragte sie die Penner.

»Für wat brauchen denn Sien Korkenzieher? Steckt er zu tief?«

Grölendes Gelächter.

Um die Diskussion abzukürzen, holte sie die Flaschen aus der Tüte und stellte sie vor sie auf den Boden. Ein anerkennender Seufzer löste sich aus mehreren Kehlen und kletterte die Tonleiter hinauf. Sogar die Malerin hob den Blick. Der Prediger zog seinen Hut.

»Wer den Namen des Herrn anruft, soll gerettet werden …«

»Mensch, Apostel, det is ne Dame, siehstn du dat nich? Die Dame brauchtn Korkenzieher.«

Jean Gabin wankte auf sie zu, wobei seine Ähnlichkeit mit dem verstorbenen Filmstar abnahm.

»Dann nehm Sie aber auch einen mit uns, ja?«

»Max, du Frauenvabrecha!«

Mit den verwackelten Gesten eines gealterten Conferenciers bat der sie herein in ihren Kreis. »Nehm Sie Platz, meine Dame, nehm Sie Platz. Ich bin der Max. Aber hören Sie nicht auf die.«

Einer mit Strickmütze wischte den Beton neben sich sauber. Aber Jean Gabin stieß ihn zur Seite und breitete eine Zeitung für sie aus.

»Bitte sehr.«

Sie wollte eigentlich zu der Bank am Spreeufer zurück, aber ihre Knie gaben nach, und sie setzte sich. Der Cabernet kehrte geöffnet zu ihr zurück.

»Eine göttliche Gabe«, bestätigte der Apostel lippenleckend.

Jean Gabin drohte ihm mit der Faust.

»Du Sau! Häng dein dreckiges Maul nich in die Flasche von der Dame.«

Sie trank gierig und reichte ihm die Flasche weiter. Er wischte sich über den Mund, bevor er sie ansetzte. Seine Hände zitterten.

»Zum Wohl«, sagte er.

Zwei Flaschen waren schnell leer. Dazwischen machte der Jim Beam die Runde. Sie holte ihre Zigaretten raus und kramte nach dem Feuerzeug, das Aaron ihr zum Geburtstag geschenkt hatte. Ein viel zu edles Stück aus Chrom und Silber mit eingravierten Initialen. Max griff mit zitternden Fingern danach, um ihr Feuer zu geben, und sie musste sein Handgelenk festhalten, damit sich die Flamme mit ihrer Zigarettenspitze vereinen konnte. Aber auch ihre Hand zitterte.

»Hübsches Feuerzeug«, sagte Max, als ihre Zigarette endlich brannte, und besah es sich. »F. B.? Was heißtn das?«

»Freya Beckstein. Das bin ich.«

»Hat gut Geld gekostet«, meinte er fachmännisch und reichte es ihr zurück.

Sie schloss seine Hand darüber. »Schenk ich dir.«

»Nee, nee, die denken doch, ich hätt es geklaut«, protestierte er.

»Dann sollen sie mich fragen. Ich schenks dir. Basta.«

Daraufhin besichtigte er das glänzende Teil noch einmal gründlich von allen Seiten und meinte: »Du bist in Ordnung. Du bist schwer in Ordnung, meine Dame, ganzschwerinordnung.«

»In Ordnung«, echote der Junge mit der Strickmütze.

»Sünde, Sünde«, schrie der Apostel.

»Ich hol mir auch ne Frau«, lallte die Strickmütze. »Ick hol mir 'ne Thailandesin.«

»Nee, nee, du, keen Schlitzauge«, brummte Max, »die sind tückisch.« Er beugte sich zu ihr und legte den Finger auf die Lippen. »Ich hab nochn ganz besonderen Schnaps«, flüsterte er, »aber nich für die anderen.«

»Unzucht, Unzucht«, kreischte der Apostel, »das Antlitz des Satans leuchtet wie ein Engel.«

Das war der letzte verständliche Satz, an den sie sich erinnert. Danach umgaben sie die Worte und Geräusche wie Wellen. Sie hörte ihr Rauschen, erfasste aber ihren Sinn nicht mehr. Einer hatte Kerzen angezündet. In ihrem unruhigen Licht tauchten Gesichter aus der Dunkelheit auf und wieder ab. Max wurde Jean Gabin immer ähnlicher. Sie lehnte an seiner Schulter. Es war ein angenehmes Gefühl. Es störte sie auch nicht, dass er die Hose öffnete. Sie schloss die Augen und musste irgendwann eingeschlafen sein.

Da liegt sie also immer noch. Die Kerzen sind erloschen. Der Schnarcher muss Max sein oder einer von den anderen. Sobald es hell ist, wird sie aufstehen und nach Budapest fahren.

Mit dem beruhigenden Gefühl, die Fragen: Wo? Warum? Wann? Was? geklärt zu haben, schließt sie erneut die Augen. Sie fühlt sich endlich müde genug, weiterzuschlafen.

Irgendwann wird sie durch hartnäckiges Rütteln gestört. Schließlich öffnet sie widerwillig die Augen. Ein Gesicht hängt über ihr wie ein dunkler Mond. Es dauert eine Ewigkeit, bis sie es erkennt.

»Ach, du bist es. Ich dachte schon, es wäre die Polizei.« Sie schließt die Augen.

»Mein Gott, Mutter!« Aaron versucht sie aufzurichten. »Ich bring dich jetzt nach Hause.«

Er zerrt sie von der Bank hoch auf die Beine, die nachgeben wie Brei. Seine Schulter drückt gegen ihren Magen und presst bitteren Speichel aus ihrem Mund. Der Boden kommt ihr entgegen, dann kippt er unter ihr weg. Unvermittelt schwebt sie über staubige Straßen, gleitet lautlos über alte Villen in weitläufigen Gärten. Tief unter ihr überspannt eine Brücke einen glitzernden Fluss. An seinen Ufern eine sonnenbeglänzte Stadt. Sie beugt sich zu ihrem Nachbarn hinüber. Ist das Budapest? Aber der hat kein Gesicht. Sie fällt ins Leere. Erschrocken reißt sie die Augen auf.

Eine rote Henkeltasse mit weißen Herzen versperrt ihr den Blick auf das Gesicht ihres Sohnes dahinter.

»Jana hat angerufen.«

Sie richtet sich vorsichtig auf. »Wie spät ist es?«

»Gleich Mittag. Trink!«

»Dann ist er weg.«

»Wer?«

»Der Zug nach Budapest.« Sie lässt sich in ihre Ausgangslage zurückfallen und zieht sich das Kissen über das Gesicht. »Lass mich schlafen.«

Das Kissen wird ihr weggezogen, nicht eben sanft.

»Trink! Dann geht es dir besser.«

»Bestimmt nicht. Bevor du mich geweckt hast, ging es mir nämlich sehr gut.«

Es war ein wunderbares Gefühl, so schwerelos über den Fluss zu schweben. Sie zieht die Decke über sich und versucht, zurück in den Schlaf zu flüchten. Aber Aaron lässt sich wie üblich nicht abschütteln.

»Jana wird gleich hier sein.«

»Was will sie? Warum hast du nicht gesagt, ich bin nicht da oder krank. Irgendwas. Sie soll mich in Ruhe lassen. Warum kann sie ihre Probleme nicht einmal alleine lösen?«

»Was Dringendes. Sie klang ziemlich aufgeregt.«

»Jana klingt immer so.«

Obwohl sie das Gesicht wegdreht, verfolgt er sie unnachgiebig mit der Tasse. Wenn er sich etwas in den Kopf gesetzt hat, lässt er nicht locker. Als Knirps konnte er tagelang schweigen, um seinen Willen durchzusetzen. Es schien ihm nicht mal was auszumachen. Er zog sich in seine stumme Welt zurück, in der er nichts zu vermissen schien, nicht mal sie. Resigniert dreht sie sich um, das Zimmer dreht sich mit.

»Mir ist schlecht.«

»Kein Wunder.«

Er hält ihr die Tasse hin, bis sie danach greift. Dann überwacht er, dass sie auch schluckt. Es schmeckt bitter, so bitter wie ihr Speichel. Die Tasse in der Hand, lehnt sie sich gegen das Kissen und betrachtet sein Gesicht, das starr ist vor Missbilligung. Sie staunt nicht zum ersten Mal über das Aussehen ihres Sohnes. Wo er das herhat? Von ihr sicher nicht. Unter zu viel Schönheit hat sie nie gelitten. Auch Arthur könnte man höchstens als durchschnittlich gut aussehenden Mann bezeichnen. Sie hatten Aaron nicht geplant und ihre Schwangerschaft zunächst widerstrebend zur Kenntnis genommen. Trotzdem war Arthur bei der Geburt dabei, und es war einer der intensivsten Momente ihrer schwierigen Liebe. Danach waren sie einige Monate richtig glücklich. Sie sollte ihn mal wieder anrufen. Seit ein paar Jahren lebt er in einem Gemäuer im Oderbruch und entdeckt sich als Künstler. Aaron hat ihn einmal dort besucht und abfällig von seinem Vater gesprochen, der sich sofort Geld von seinem Sohn geliehen hatte. Einen Versager mit Größenwahn hatte er ihn genannt.

Sie trinkt, hustet und nimmt unter Aarons aufforderndem Blick einen weiteren Schluck. Plötzlich überkommt sie das Bedürfnis, ihn zu provozieren, herauszulocken aus seiner selbstgerechten Festung. »Eigentlich müsstest du schwul sein.«

»Ach ja?« Er ist nicht aus der Ruhe zu bringen. »Und wie kommst du darauf?«

»Bei der Mutterbindung.«

Nachsichtig wie ein Arzt sieht er auf sie hinunter. »Warum musst du immer so viel saufen? Noch dazu mit diesen Typen. Wirklich ... ich versteh dich nicht.«

Eine dunkelblonde Strähne fällt ihm in die Stirn, er streicht sie mit einer gereizten Geste zurück. Mit seinem Aussehen hätte er Schauspieler werden können oder Fotomodell. Aber Sozialarbeiter? Das versteht sie bis heute nicht. Ich habe genug von denen kennen gelernt, sagt sie ihm vielleicht zu oft, verhinderte Propheten, neurotische Heilsbringer, Weltverbesserer und Mutter-Teresa-Doubletten. Früher oder später kriegt da jeder 'nen Knall. Der Mensch taugt nicht zum Heiligen. Ihr kommt immer erst, wenn alles zu spät ist, hält er ihr entgegen, vorher musst du ansetzen, wenn man noch was ändern kann. Kann man das?, fragt sie ihn dann. Bald kommt auf jeden Steuerzahler ein Therapeut und ein Sozialarbeiter. Findest du, dass sich die Gesellschaft dadurch zum Positiven verbessert hätte? Es ist ein eingespielter Dialog mit wechselnden Gewinnern und offenem Ende. Aber in letzter Zeit verschließt sich seine Miene bald, und sie hat wieder das Gefühl, dass er sich in eine Welt zurückzieht, zu der sie keinen Zugang hat. Manchmal möchte sie wissen, was in ihm vorgeht.

Sie beobachtet ihn scharf. Heute scheint er ihr noch verschlossener als sonst.

»Wie spät war es eigentlich heute Nacht?«

»Spät. Gegen Mitternacht.«

»O je, ich hab überhaupt keine Erinnerung mehr. Das Kurzzeitgedächtnis soll einem ja mit zunehmendem Alter abhanden kommen.« Sie seufzt und streckt sich vorsichtig. »Und bist du es?«

»Was?«

»Schwul.«

Seine durchsichtigen grünen Augen weichen ihr nicht aus, vielmehr scheinen sie sich in sie hineinzubohren, bis sie plötzlich das Gefühl hat, sie ist wieder ein Kind, das etwas ausgefressen hat. Wie schafft er es nur, ihr immer wieder ein schlechtes Gewissen zu machen?

»Dir muss es echt schlecht gehen, wenn du mit so einem Psychoquatsch ankommst.« Er schiebt ihr die Tasse mit dem Alka-Selzer wieder hin. »Austrinken. Im Ernst, glaubst du, ich hätte es nötig, das zu verheimlichen, wenn es denn so wäre?« Er zwingt sich zu einem vertraulichen Grinsen. Dabei biegen sich seine Mundwinkel zuerst nach unten, dann wie in einer resignierten Handbewegung wieder nach oben.

»Bei deiner Erziehung?!«

Wie meint er das? Vielleicht sollten sie darüber reden, jetzt, wo sie genug Zeit dafür hat. In dem Augenblick schellt es. Aaron erhebt sich und geht zur Tür. Als Beckstein noch leicht schwindlig hinter ihm Richtung Bad taumelt, stürmt ihr ein Hund entgegen. Ein gelbes Vieh mit weißem Lätzchen, das an ihr hochspringt und übers Gesicht leckt, umtobt von Hasi-Hasi-Rufen, die ein Mädchen mit giftroten Haaren ausstößt, das ihm nachgestürzt kommt. Schlussendlich erscheint Jana. Sie wirkt blass und erschöpft, aber ihre Kraft reicht aus, den Hund an seinem roten Halstuch zu packen und zum Stillhalten zu zwingen.

»Nun halt ihn endlich fest, verdammt«, fährt sie das Mädchen an.

Dann umarmt sie Beckstein. »Entschuldige den Überfall, aber ich erklär dir alles. Das ist Meltem. Du erinnerst dich doch an Jürgen, Jürgen Krallwitz. Der Kollege, der nach Frankfurt ging. Das ist seine Tochter.«

»Hi«, sagt das Mädchen vage in ihre Richtung, reicht ihr eine schlaffe, desinteressierte Hand, und sie verwünscht ihr Schicksal, das sie ausgerechnet heute mit missratenen Töchtern von Exkollegen konfrontieren muss.

Aaron kommt aus der Küche, küsst Jana auf beide Wangen

und zieht mit dem Finger eine Spur durch die Haarstoppeln über ihrem Ohr.

»Scharf siehst du aus mit der neuen Frisur.«

»Findest du?« Überrascht fährt sich Jana durchs Haar, als wollte sie seine Aussage überprüfen.

»Da bist du der Erste, der das sagt. Männer stehen sonst mehr auf Locken und lange Haare.«

Beckstein nutzt den Moment für einen kurzen Abstecher ins Bad. Ihr Kopf bessert sich unter dem kalten Wasser, ihre Stimmung nicht.

»Also, was ist so dringend?«, fragt sie, als sie wieder herauskommt.

»Machs kurz. Ich hab heut keinen Nerv für Geplänkel.«

»Kommt doch erst mal rein und setzt euch«, sagt Aaron mit einem Seitenblick auf Beckstein, »ich hab grade Kaffee gemacht.«

Jana sieht ihn dankbar an und lässt sich auf den nächsten Stuhl fallen. Aaron bringt Tassen und Kaffee.

»Und für dich, Kakao oder Saft?«, fragt Aaron.

Meltem zuckt die Schultern. »Cola.«

Beckstein ignoriert Aarons missbilligenden Blick, steckt sich eine Zigarette an und beobachtet Jana, die schweigend in ihrer Tasse rührt, in der es nichts zu rühren gibt, weil sie den Kaffee schwarz trinkt. Endlich strafft sie sich und zeigt auf Meltem, die bereits nach dem zweiten Mandelhörnchen greift, die Aaron auf den Tisch gestellt hat.

»Kann sie bei dir wohnen?« Beschwörend streckt Jana ihr beide Handflächen entgegen, um vorschnellen Protest abzuwürgen. »Nur ein, zwei Nächte, bis Jürgen sie abholt. Bei mir, mit Perro, zwei Hunde in der kleinen Wohnung«, sie zeigt auf Hasi, die ein Stück Hörnchen kaut, »das geht einfach nicht.«

Gefasst auf eine heftige Reaktion, hebt Jana ihre Tasse an den Mund, um den Ausbruch über sich ergehen zu lassen.

Beckstein zwingt sich, ruhig zu bleiben.

»Warum?«, fragt sie schließlich.

Jana setzt die Tasse ab, reibt ihre Oberarme und sieht Meltem an.

»Willst du selbst erzählen?«

»Ich bin abgehauen«, sagt die mit vollem Mund.

»Aha.« Beckstein steckt sich eine neue Zigarette an. »Und warum?«

Meltem streichelt Hasis Kopf. »Wegen ihr. Das sind Rassisten. Die sperren sie ein, nur wegen der Rasse. Dabei ist sie ganz lieb.«

»Sie haben in Frankfurt eine neue Hundeverordnung: Leinenzwang und erhöhte Hundesteuer für Kampfhunde«, erklärt Jana.

»Papa hat gesagt, er zahlt keine tausend Mark für den Köter von nem Dealer«, klagt Meltem empört und schmiegt sich an den Hund. »Seit er mit dieser Negerschlampe zusammen ist, kann man überhaupt nicht mehr mit ihm reden. Die ist total hundefeindlich.«

»Reiß dich zusammen«, schnauzt Jana sie an, »deswegen musst du nicht beleidigend werden. Jürgen ist mit einer Afrikanerin zusammen«, wendet sie sich an Beckstein. »Und Hasis Herrchen, der Dealer, sitzt im Knast. Vorher hat er seinen Hund bei Meltem entsorgt.«

»Er hat sie mir geschenkt. Ich bin jetzt für sie verantwortlich. Und ich lass sie nicht einsperren.«

Sie trotzt den auffordernden Blicken, krault ihren Hund mit gesenktem Kopf und scheint keinen weiteren Erklärungsdrang zu spüren.

»Das ist doch noch nicht alles, oder?«, mutmaßt Beckstein.

»Nein.«

Jana starrt auf Meltems gebeugten schmalen Nacken, wo die kreischroten Deckhaare abstehen und die schwarze Naturfarbe bloßlegen, als wollte sie diesen Nacken packen und alles, was dranhängt, schütteln wie eine junge Katze. Sie holt tief Luft.

»Meltem hat Hasi ... wie bist du nur auf diesen saublöden Namen verfallen? Meltem hat, sie hat also ...« Jana räuspert sich, fährt sich übers Haar, als hätte sie den Faden verloren, dann gibt sie sich einen Ruck. »Meltem hat Hasi einen Judenstern aufgeklebt und ihn damit durch Frankfurt laufen lassen. Ohne Leine natürlich. Daraufhin haben sie ihn eingefangen und ins Tierheim gesteckt. So war es doch?«

Aber Meltem hat ihr Gesicht im Hundefell vergraben, als wäre es aus Plüsch, und schweigt. Beckstein steckt sich eine neue Zigarette an und zermörsert ihre halb gerauchte Vorgängerin zerstreut im Aschenbecher.

»Das Tierheim wurde gestern Nacht aufgebrochen«, fährt Jana fort. »Fazit: eine totgefahrene, achtzehn ausgebrochene Katzen; ein Pony oder ein Esel ist in ein Polizeiauto gelaufen, dabei wurde ein Polizist leicht verletzt; eine zerbissene Ziege; sechs Kampfhunde sind verschwunden, zwei wurden erschossen, drei völlig zerbissene Hunde mussten eingeschläfert werden; ein Nachbar liegt mit schweren Bissverletzungen im Krankenhaus und wird wahrscheinlich nie wieder richtig laufen können. So.«

Jana verschränkt die Arme und lehnt sich erschöpft zurück. Niemand sagt etwas. In der Stille ist nur Hasi zu hören, die fiepend um mehr Hörnchen bettelt.

»Jürgen vermutet, dass es sich um die Tat militanter Tierschützer handelt, die Gen-Mais zertrampeln und Nerze freilassen, damit sie sich über die einheimische Vogelschar hermachen können, statt am Hals von reichen Damen zu enden«, beendet Jana ihren Bericht. »So. Das ist alles. Mehr ist eigentlich nicht. Oder habe ich noch was vergessen?«, wendet sie sich an Meltem.

Aber die vergräbt sich noch tiefer im Hundefell und antwortet nicht.

Beckstein bläst Rauch in ihre Richtung, dann drückt sie die Zigarette energisch aus.

»Nein. Die Antwort ist Nein. Ausgeschlossen. Außerdem hasse ich Hunde. Perro ausgenommen. Aber das ist ja kein Hund, sondern ein Wesen mit Verstand.«

»Du verwechselst Verstand mit Erziehung, Beckstein«,

sagt Jana ruhig. »Na schön, dann muss sie eben ins Tierheim. Ich ruf Jürgen an, dass er seine Tochter abholen kann.« Sie erhebt sich. »Oder willst du deinen Vater selbst anrufen, Melli?«

»Neiin! Hasi kommt nicht ins Heim. Du hast es mir versprochen. Du lügst. Genau wie Papa.« Meltem ist aufgesprungen. »Das könnt ihr nicht machen. Dann hau ich ab. Ihr könnt mich nicht festhalten. Du bist genauso wie die anderen«, schreit sie Jana an. »Hasi, komm!« Sie spurtet zur Tür.

»Moment! Melli!«

Jana will ihr den Weg versperren und stolpert über den Hund, der übermütig dazwischenspringt.

»Für ein paar Tage muss das doch gehen«, mischt sich Aaron plötzlich ein, der bisher geschwiegen hat. »Platz ist doch genug. Du wirst doch so lange mal einen Hund ertragen, Freya.«

»Und warum sollte ich?«, fragt sie und erinnert sich, dass er ihr nach dem Ausscheiden aus dem Dienst vorgeschlagen hat, sich einen Hund anzuschaffen. Guter Gott, ich und ein Hund, hat sie ihn angebrüllt. Einen pensionierten Polizeihund vielleicht, damit wir gemeinsam im Rentnerpark die Enten füttern gehen? Glaubte er etwa, es mangelte ihr an Phantasie, wie sie von jetzt an ihre Zeit ausfüllen könnte? Fürchtete er, sie würde ihm plötzlich wie eine Mutterglucke ohne Lebenssinn auf die Nerven fallen? Hat er etwa die Idee noch nicht aufgegeben und meint, sie auf diesem Weg an so einen Beißer, Beller und Scheißer gewöhnen zu können?

»Weil du Jana den Gefallen tun kannst. Was soll sie denn sonst machen?«, sagt Aaron und deutet auf Jana, die auf ihren Stuhl zurückgesunken ist. Die Arme hat sie auf die Tischplatte gestützt. Ihre Schultern hängen erschöpft nach vorn, als hätte sie alle Energie verlassen. Beckstein fühlt sich erpresst, aber momentan zu schwach für entschiedene Gegenwehr. Schließlich gibt sie nach.

»Na gut. Aber nur vorübergehend, sag Jürgen, er soll sich beeilen.«

Sie geht zu dem antiken Sidebord, auf dem die Flaschen stehen, und schenkt sich einen Sherry ein, füllt ein zweites Glas und stellt es vor Jana hin. Die greift danach und kippt es wie ein Bauarbeiter, anschließend reibt sie sich mit beiden Händen übers Gesicht.

»Ich werd den Geruch nicht los. Einfach ekelhaft, so was hab ich noch nie ...« Sie unterbricht sich und hält Beckstein ihr Glas hin, damit sie es nachfüllt. »Ach, das weißt du noch gar nicht. Im Moment geht bei mir im Kopf alles durcheinander. Wir haben einen Toten gefunden. Hinterm Ostbahnhof. Verbrannt. Wahrscheinlich einer von den Pennern. Der Geruch!« Sie schüttelt sich bei der Erinnerung und steht auf. »Melli kann also vorläufig hier bleiben?«

»Einen Toten!?« Das Glas in der Hand, dreht Beckstein sich um. »Am Ostbahnhof? Und wer?«

»Keine Ahnung. Er ist verbrannt. Nicht mal, ob das ein Mann oder eine Frau war, konnte man erkennen. Perro hat ihn gefunden. Das, was übrig war.« Sie schüttelt sich erneut und gähnt. »Entschuldige. Ich bin total fertig. Ich muss mich erst mal ein paar Stunden hinhauen. Ich komme später vorbei und hol Melli ab. Dann gehen wir eine Leine kaufen für das liebe Hasi. Benimm dich wenigstens bis dahin anständig.« Sie knufft das Mädchen in die Schulter und umarmt Beckstein, die steif bleibt in ihrer Umarmung. »Danke.«

Aaron bringt Jana zur Tür und streicht ihr zum Abschied über die Wange. Das hat er noch nie getan.

»Wer ist der Tote?«, schreit Beckstein ihn an, als er ins Zimmer zurückkommt.

»Woher soll ich das wissen?«, blafft er ungewöhnlich scharf zurück. » Ruf deine Kollegen an. Vielleicht wissen die mehr.«

Natürlich wissen die mehr. Versteht er nicht, dass sie dort nicht anrufen kann? Sie will sich die Ausflüchte der Exkollegen ersparen, die sie mit »noch keine Ergebnisse etc.« abspeisen würden. Sie gehört eben nicht mehr dazu.

»Du kennst die doch auch. Es müsste dich doch auch interessieren.«

»Meine Güte, Freya«, spricht er wie zu einer Fieberkranken, »wir wissen noch nicht mal, ob es sich um einen der Obdachlosen handelt. Du hast doch gehört, dass es nicht mal zu erkennen war, ob es sich um einen Mann oder eine Frau handelt.«

»Wer verbrennt schon am Ostbahnhof? Diepgen?«

»Ich will damit nur sagen, warten wir erst mal ab. Wir haben im Moment näher liegende Probleme, meinst du nicht?«

Er geht neben dem Hund in die Hocke und streckt die Hand aus. Hasi bekommt einen gespannten Gesichtsausdruck. Als sich die Hand weiter nähert, beginnt der ganze Hund zu vibrieren wie ein großer gelber Resonanzkasten, der das Grollen im Hals verstärkt.

»Sie mag keine Männer«, sagt das Mädchen.

Aaron zieht seine Hand zurück und steht auf.

»Hoffentlich ist das nicht ansteckend.«

Das Kinn auf den Hundekopf gestützt, sieht Meltem zu ihm hoch.

»Du kannst ruhig normal mit mir reden.«

Aaron sieht auf sie runter. »Tu ich das nicht?«

»Ich fahr zum Ostbahnhof«, sagt Beckstein, die im Türrahmen steht und ihre Jacke zuknöpft. »Ich muss sowieso meine Fahrkarte umtauschen.«

Meltem springt auf. »Ich komm mit.«

»Nein, du bleibst hier und wartest, bis Jana dich abholt.«

Obwohl er sich extra in unverdächtige Klamotten geschmissen hat, bringt der Gang zum Arbeitsamt nichts als die übliche Warterei, Langeweile und den missgelaunten Hinweis des Sachbearbeiters, er solle demnächst nüchtern erscheinen, sonst würde er ihn wirklich sperren. Heiko weist den Verdacht als üble Verleumdung zurück und droht, sich zu beschweren wegen Verunglimpfung eines deutschen Arbeitswilligen, während die da draußen – er verkneift sich im letzten Moment das Wort Kanaken – uns in Scharen die Arbeit wegnehmen dürfen. Der Sachbearbeiter sieht ihn scharf an und zischt: Im Gegensatz zu Ihnen, Herr Petrowski, sind die Herren nüchtern und arbeitswillig.

Heiko zögert, ob er sich noch mal empören soll, hält es dann aber für geraten, den geordneten Rückzug anzutreten. Außerdem hat er Schmacht auf ein Bier, schließlich hatte er heute erst eins. Er kennt den Zauber hier zur Genüge und hat nichts anderes erwartet, aber es drückt doch aufs Gemüt, irgendwie.

Um die Ecke parkt seine Investition in die Zukunft, ein Trabant 601. Der wird in ein paar Jahren mal mehr wert sein als ein gebrauchter Mercedes, hofft er. Heiko würde ihn gern tiefer legen, Spoiler, Breitreifen, hochglanzpolierte Felgen, Ferrari-Optik eben. Aber die Flip-Flap-Lackierung, die aussieht wie Wassertropfen, hat ihn die letzte Mark gekostet. Vorläufig bringt er es locker auf 140 km/h auf gerader Strecke. Mit etwas Bastelei in Wolenskis Werkstatt könnte man ihn auf satte 160 bringen. Aber Heiko schuldet ihm noch drei Hunderter. Deswegen lässt er sich dort besser nicht sehen, vorerst.

Tyson schläft ausgestreckt auf dem Rücksitz. Er hört die Schritte erst, als Heiko schon fast vor dem Auto steht, und hebt den Kopf. Sofort beginnt sein Schwanz rücksichtslos gegen die Scheiben zu hämmern, und Heiko beeilt sich, die Tür zu öffnen, denn Tyson hat sich vor Freude schon öfter den Schwanz wund geschlagen, und dann ist die ganze Sauerei auf den Sitzen, und Blutflecken gehen nicht raus. Kaum ist die Tür offen, zwängt Tyson sich zwischen die Vordersitze, küsst Heikos Ohren und leckt ihm überschwänglich durchs Gesicht. Dabei fiept er albern vor Glück wie eine Maus.

Gerührt von so viel Wiedersehensfreude, klopft Heiko seinem Hund den Rücken. »Schon gut, Alter. Is ja schon gut.« Und weil keiner zusieht, drückt er sein Gesicht kurz gegen den Hundekopf. »Bist ja mein Bester.«

Dann nimmt er sich zusammen, hakt die Leine ein, zerrt Tyson aus dem Trabant und die Gotlindestraße hinunter Richtung Kiosk, wo es Bier und Zigaretten gibt. Nach ein paar Metern stemmt sich Tyson voll gegen die Leine und macht den Rücken krumm. Heiko bleibt stehen und harrt geduldig neben ihm aus, bis er den zähflüssigen Haufen ganz aus sich herausgedrückt hat. Wegen des Arbeitsamts gab es aus Zeitmangel heute Morgen nur eine Dose Pal, das treibt.

Eine Frau murmelt »Schweinerei« und wirft Heiko empörte Blicke zu.

Er sieht ihr direkt ins Gesicht. »Is was?«

Daraufhin presst sie die Lippen zusammen und beschleunigt ihre Schritte. Der Kiosk hat den Besitzer gewechselt. Der neue führt nur teures Flaschenbier einer Marke, die Heiko nicht kennt, und was er nicht kennt, dem misstraut er. Verdrießlich starrt er vor sich hin. Er hat gerade mal zwölf Mark einstecken. Wenn die Plörre nix taugt, steht er blöd da mit kaum Restgeld, und Benzin ist auch fast alle. Er beschließt, zum Ostbahnhof zu fahren, dort würde er sicher einen der Kameraden treffen, der würde ihm schon aushelfen. Das ist ja das Schöne an der Kameradschaft, die Hilfsbereitschaft.

Aber keiner von denen lässt sich blicken, als Heiko suchend die Imbiss-Stände am Parkplatz vor dem Bahnhof entlangläuft. Wahrscheinlich noch zu früh. Sven ist noch im Fitness-Studio, und Lars, der Streber, geht neuerdings bei seinem Onkel arbeiten. Der ist Angestellter im Krematorium von Treptow. Iiih, Leichen! Heiko schüttelt es bei dem Gedanken. Aber Lars findet den Job ganz in Ordnung. Die sind doch im Sarg. Schiebste den in Ofen und kratzt die Asche hinterher raus für fünfzehn Mark die Stunde. Und manchmal darf er sogar den Leichenwagen fahren. Lars hat Heiko gefragt, ob er nicht mitmachen will. Nee, nee. Breitreifen hin, Spoiler her, das wäre nichts für ihn. Lars hat echt das Gemüt eines Ochsen.

Heiko hat Hunger und Durst und grade mal zwölf Mark

in der Tasche. Sein Blick fällt auf den Döner-Stand. Sicherheitshalber sieht er sich noch mal nach Lars oder Sven um, dann geht er entschlossen darauf zu, wär ja gelacht, wenn er sich einschüchtern ließe von denen. Ein freier Mann in seinem eigenen Land kann auch bei denen kaufen, wenn ihm danach ist. Herrisch deutet er auf den Drehspieß. »Mach mir einen.«

Die Miene des Türken ist ausdruckslos. »Mit Knoblauchsauce oder Chili?«

»Scharf«, sagt Heiko, weil er nicht als Feigling dastehen will. »Was habt ihr für Bier?«

Der Verkäufer zeigt auf die Dosen im Regal.

»Haste auch kaltes?«

Wortlos nimmt der Türke eine Dose aus dem Kühlschrank und stellt sie vor Heiko auf den durchsichtigen Tresen. Dann fährt er fort, Fleisch, Kraut, Tomaten, Salat und Schafskäse in den aufgerissenen Fladen zu stopfen. Gierig greift Heiko nach der Dose, reißt sie auf und lässt das vertraute Kaltgetränk durch die Kehle rinnen. Das kommt gut. Gleich fühlt er sich wie zu Hause. Seine Laune bessert sich.

»Gut Geschäft hier, wie?« Er reibt Daumen und Zeigefinger gegeneinander. »Deutschland gut Geld, was?«

Der Verkäufer reicht Heiko den in eine Serviette gewickelten Fladen, nimmt dafür einen Zehner entgegen und zählt das Restgeld auf den Tresen, dabei sagt er: »Normalerweise geht das Geschäft hier nicht schlecht. Trotzdem hatten wir in letzter Zeit ziemlich hohe Umsatzverluste durch den Umbau am Bahnhof.«

Heiko kaut. »Warum gehste nicht zurück in deine Heimat?«

»Meine Heimat ist hier.«

»Nee«, sagt Heiko mit vollem Mund, »das ist Deutschland.«

»Ich bin Deutscher.«

Heiko hört auf zu kauen. »Ey, wie?«

»Ich bin hier geboren.«

Heiko starrt ihn mit offenem Mund an, aus dem der eingespeichelte Krautsalat hängt. »Deswegen biste aber noch lange kein Deutscher.«

Der Verkäufer lächelt ironisch. »Möchtest du meinen Pass sehen?«

So was will verdaut sein. Ohne die Kameraden fühlt Heiko sich ohnehin zu dünn angezogen. Außerdem hat er Bock auf ein weiteres Bier und ist unsicher, ob das Wechselgeld ausreicht. Aber vor so einem die Barschaft zu zählen ginge gegen die Ehre. So einen kann man auch nicht fragen, ob er mal einen ausgibt unter Männern. Wo Lars und Sven heute bleiben?

»Hier, für deinen Hund. Das gibt Kraft.« Der Verkäufer stellt eine Plastikschale voll Fleischreste vor Heiko auf den Tresen.

Will der damit etwa andeuten, seinem Hund mangele es an Kraft? Kein Hund der Gegend kann es mit Tyson aufnehmen. Deren Herrschaften wechseln die Straßenseite, wenn sie Heiko kommen sehen. Darauf ist er stolz. Tysons Futter kostet ihn mehr als die eigenen nicht flüssigen Lebensmittel. Da lässt er sich nicht lumpen. Nur vom Feinsten. Tyson ist doch kein Gnadenfleischfresser von irgend so einem deutsch gewordenen Türken. Im Namen seines Hundes lehnt Heiko ab.

»Der frisst so was nicht.«

»Wetten?«

Ehe Heiko ihn daran hindern kann, hat Tyson schon einen durch die Luft sausenden Fleischfetzen erwischt und sammelt gierig alle hinterherfliegenden Brocken auf. Wie jeder verwöhnte Kaffeehausdackel starrt er danach mit feuchtem Bettelblick zu dem Spender der köstlichen Flugobjekte hoch. In dem Moment hasst Heiko seinen Hund. Mit einem Fluch zerrt er an der Leine, und Tyson duckt sich.

Der Verkäufer beobachtet ihn mit einem kaum merklichen Lächeln um die vollen Lippen und haucht einen Kuss in Tysons Richtung.

»Schoßhund.«

Heiko steigt das Blut in den Kopf, er ballt die Fäuste. »Tyson ist der stärkste Hund in der Gegend.« Sein Arm beschreibt einen Kreis, der das ganze Viertel umfasst. »Zeig mir einen, der stärker ist. Neulich hat ern Rottweiler aufs Kreuz gelegt, der war doppelt so schwer wie er. Der ist jaulend ab.«

Der Verkäufer schnalzt geringschätzig mit der Zunge. »Ein guter Hund macht den in drei Minuten fertig.«

»Nie! Zeig mir einen hier! Der macht jeden platt. Jeden einzelnen.«

»Ich sage dir, ein guter Hund macht ihn fertig. Ein richtig guter Hund, nicht das ...«, er deutet vage in die Runde, »das sind doch alles Schoßhunde. Spielzeug.«

Heiko beginnt etwas zu dämmern. Er starrt von dem glatten Gesicht über dem Tresen auf seinen Hund und zurück. Jetzt braucht er wirklich noch ein Bier und bestellt, ohne nachzuzählen.

»Du meinst ...«

»Ich weiß, was ich sage.«

»Du meinst ... n echten Kampfhund?« Heikos Stimme ist heiser.

»Dazu sind die doch da. Das liegt denen im Blut.«

Der Verkäufer lächelt einer jungen Frau entgegen, die ein Fünfmarkstück in die Geldschale legt und mit atemloser Stimme sagt: »Einen Döner mit Schafskäse, bitte. Zum Mitnehmen.«

»Gern, Signorina.«

Heiko schluckt sein Bier und beobachtet verwirrt, wie das lange Messer in weniger als einer Sekunde eine Tomate zerhackt und die tropfenden roten Stücke in das offene Maul des Fladens schaufelt.

Die junge Frau hat Heiko demonstrativ den Rücken zugekehrt und strahlt den Türken übertrieben herzlich an, als der ihr den in Alufolie gewickelten Döner reicht. »Oh, vielen Dank. Das ist aber nett. Wiedersehn!«

»Ist doch verboten«, nimmt Heiko den Gesprächsfaden wieder auf, als sie weg ist.

Der deutsche Türke zuckt die Schultern. »Stierkampf in Spanien ist auch nicht verboten. Was ist der Unterschied?«

Heiko war zwar noch nie in Spanien, hat aber mal ein Stück Stierkampf im Fernsehen gesehen. Das war ihm wie ein langweiliger Ritterfilm vorgekommen, darauf steht er nicht und hat den weggezappt. Er betrachtet seinen Hund. Tyson nicht der Stärkste? Die Vorstellung macht ihm zu schaffen.

Als hätte er seine Gedanken erraten, zeigt der Verkäufer auf Tyson und schüttelt geringschätzig den Kopf. »Keine Chance.«

»Woher willste das so einfach wissen?«, murrt Heiko.

»Einen guten Kämpfer erkenn ich sofort.« Er reibt den rechten Daumen gegen Zeige- und Mittelfinger. »Erfahrung.« Dann zündet er sich eine Zigarette an und hält Heiko die Packung hin, der sich ebenfalls bedient. »Einen guten Kämpfer musst du aufbauen. Wie im Sport. Du musst ihm Blut zu trinken geben. Davon wird er richtig scharf. Der muss notfalls ne halbe Stunde durchhalten. Manche geben auch Hormone. Aber das ist teuer. Dafür kann der dir auch fünfzigtausend bringen. Und mehr, wenn er richtig gut ist.«

»Fünfzigtausend?«, formen Heikos Lippen nach. Er betrachtet seinen Hund mit glasigem Blick. Vor seinem inneren Auge trägt Tyson eine goldene Schleife um den Hals und steckt seinen klobigen Kopf durch eine funkelnde Fünf, der ein paar hübsch glitzernde Nullen hinterherrollen.

Der Verkäufer winkt ab. »Der nicht. Ich sag doch, keine Chance.«

Er deutet auf Tyson, der auf dem Pflaster döst. »Schoßhund. Kein Mumm. Der muss scharf sein wie …« Er fährt mit dem Daumen die Schneide seines Messers entlang.

Heiko tritt Tyson in die Rippen, dass er aufsteht. »Was wollen wir wetten?«

»Keine Chance.« Der Verkäufer nimmt zwei Dosen Bier aus dem Kühlschrank und reicht Heiko eine rüber. »Geht auf mich. Ich heiße Celim.«

»Heiko.«

Sie prosten sich zu. Nachdem sie abgesetzt haben, streckt Heiko die Hand aus. »Also wie viel?«

Celim zögert. »Mach keinen Quatsch, Mann. Du verlierst. Ich sag doch, keine Chance.«

»Wie viel?«

»Jede Wette, dass dein Hund verliert. Tausend.«

»Und tausend, wenn er gewinnt?«

Heiko streckt ihm die offene Hand hin. Nach kurzem Zögern schlägt Celim ein. »Aber heul nachher nicht. Ich hab dich gewarnt. He, pass auf deinen Hund auf! Ich will keinen Ärger hier.« Er deutet hinter Heikos Rücken. Der dreht sich um und winkt ab. »Is harmlos. Die kennen sich.«

Celim beobachtet, wie Tyson sich erhebt und die aufgeregt wedelnde Hasi begrüßt. Seine Lippen formen unhörbar den Satz: Keine Chance.

»Hallo«, sagt Melli und stellt sich dicht neben Heiko. Ihre roten Haare berühren fast seine Schulter. Um ihn zu begrüßen, legt sie den Kopf in den Nacken und sieht zu ihm hoch. Ihre Augen wirken bei Tageslicht mehr grün als blau. Vielleicht macht das auch der grüne Stein in ihrer Braue, der sich in ihnen spiegelt.

»Hallo.« Mehr fällt Heiko erst mal nicht ein. Als er sieht, dass der Verkäufer anzüglich grinst, deutet er auf ihn. »Das ist Celim. Er ist Deutscher.«

»Hallo«, sagt das Mädchen, »ich bin Melli.«

»Hallo, Melli«, sagt Celim, »willst du einen Döner?«

Sie nickt und stößt Heiko in die Seite. »Weißt du schon? Heut Nacht ist hier einer verbrannt?«

»Ja? Ich meine, nein«, sagt Heiko verwirrt, der in Gedanken noch bei den tausend Mark ist, die Tyson für ihn gewinnen wird, später vielleicht sogar fünfzigtausend. »Wo?«, fragt er, weil sie das offensichtlich erwartet.

»Auf einer Bank dahinten. Da haben sie alles abgesperrt. Aber ich hab überhaupt nichts mitgekriegt. Du?«

Heiko schüttelt langsam den Kopf.

»Wir hätten das Feuer doch sehen müssen«, meint Melli.

»Das kann man von hier aus nicht sehen. Da ist das Haus davor«, mischt sich Celim ein und reicht Melli den Döner. »Ich hab es heute Morgen gehört. Die Polizei war noch da, als wir aufgemacht haben. Die hatten alle nen Mordshunger. Die meinten, es wär einer von den Pennern gewesen.«

»Guck mal«, sagt Melli mit vollem Mund und zeigt auf die Hunde. »Die küssen sich.«

Hinter den Imbisswagen, wo sie gestern gelagert haben, ist keiner. Zu früh wahrscheinlich. Nichts deutet auf einen Brand oder Spuren polizeilicher Ermittlungsarbeit hin. Einen Moment ist Beckstein erleichtert, dann sieht sie auf der anderen Seite des Parkplatzes das rotweiße Plastikband flattern, das Fundorte absperrt. Steifbeinig geht sie hinüber. Die frische Luft macht ihr zu schaffen. Das Flimmern vor den Augen nimmt ihr vorübergehend die Sicht. Aber nach einigen Schritten wird es besser. Sie atmet gleichmäßig und versucht das Übelkeitsgefühl im Magen zu ignorieren.

Ein kniehoher Zaun trennt die staubige Grünfläche vom Parkplatz. Zwischen den Betonsäulen des Rondells stehen drei Bänke. Auf einer davon sind die Umrisse des verglühten Schlafsacks deutlich eingebrannt. Die Hitze hat die abblätternde Farbe der Bank zum Schmelzen gebracht und als schwarze Kruste zurückgelassen.

Beckstein bleibt hinter der Absperrung stehen und versucht, aus Größe und Form der Brandspuren die Gestalt des Toten zu erraten. Es gelingt ihr nicht. Weiter hinten stehen andere Bänke um einen Sandkasten herum. Die haushohen Pappeln überragen alles. Auf welcher Bank hat sie gelegen? Sie muss Aaron fragen. Und wie ist sie von dem Platz hinter den Imbisswagen hierher gekommen? Auf eigenen Beinen? So lange sie auch auf das Rondell starrt, es taucht keine Erinnerung daran auf. Oder getragen von einem, der selbst zu besoffen war? Noch unwahrscheinlicher. Plötzlich wird der Drang, die Übelkeit und den Schwindel mit einem Bier zu bekämpfen, übermächtig. Sie geht hinüber zum Supermarkt. An den erinnert sie sich noch.

Schon von weitem hört sie eine erregte Stimme.

»So eine Sauerei! Das gibts doch gar nicht. Die müsste man doch alle …! Frau Eilmann, bringen Sie doch mal eine Schaufel. Und einen Eimer Wasser. So eine verdammte Schweinerei!«

Der Mann im Kittel mit Supermarktaufdruck zerrt einen Einkaufswagen aus dem Gebüsch. »Wie das hier aussieht. Das wird ja von Tag zu Tag schlimmer.« Er sieht Beckstein kommen und freut sich, jemanden zu haben, bei dem er sich ausschimpfen kann. »Nicht nur, dass sie hier rumhocken, saufen, die Kunden anbetteln, ihre Dosen und Flaschen rumschmeißen und kotzen, jetzt scheißen die auch noch hier hin. Entschuldigen Sie den Ausdruck, aber so ist es doch. Und wenn ich das melde, zucken die die Achseln, und dieser Staat zahlt auch noch für das Gesocks. Die Affen im Zoo benehmen sich besser. Ganz Berlin redet über Hundescheiße, aber von denen spricht keiner. Man muss sich blöde Sprüche anhören, und die Polizei sagt, sie hätten was anderes zu tun, sie kämen nur, wenn eine konkrete Straftat vorläge. Ist das vielleicht keine Straftat?«

Empört zeigt er auf den Haufen.

Freya nickt. »Haben Sie gesehen, wer es war?«

Unterbrochen in seinen Tiraden, starrt der Mann sie an. Er verlangt doch nur, dass seine berechtigte Empörung geteilt wird.

»Wie? Natürlich nicht … na, den hätt ich aber …«

»Für eine Anzeige sollten Sie den Täter auf frischer Tat ertappen. Dort drüben ist heute Nacht einer von den Obdachlosen verbrannt.« Sie zeigt auf die andere Seite des Parkplatzes, der jetzt voller Autos steht. »Haben Sie das mitbekommen?«

Der Mann stutzt nur kurz. »Is nich mehr, brummt nich

mehr. Einer weniger, na und? Von denen gibts immer noch zu viele.«

Dann winkt er der Frau im blauen Kittel, die sich mit Schaufel und Besen nähert. »Das gibt's doch nicht«, schnauft sie schon von weitem, »so eine Sauerei.«

Schimpfend streben beide dem Haufen zu. Der Marktleiter steht daneben und versorgt sie mit Ratschlägen, während die Frau den Haufen auf die Schippe nimmt. Aber in der Frage korrekter Entsorgung ist sie ihm fachlich über.

»Nee, nee, nicht in den Container. Das stinkt doch bei der Wärme. Das muss gleich in die Toilette und dann alles desinfizieren, man weiß ja nicht, wegen der Krankheiten. Aber Sie müssen mir hinten aufschließen, Chef, ich kann ja nicht so durch den ganzen Laden.«

Die Schaufel weit von sich gestreckt, strebt sie zum Hinterausgang. Der Marktleiter verschwindet hinter der Glastür.

Beckstein sieht ihnen nach. Ein Scheißhaufen am falschen Ort. Manchmal reicht es schon, jemanden anzurempeln, um ein Messer in den Bauch zu kriegen, beim Aussteigen aus dem Bus etwa. Sie fummelt ihre Zigaretten aus der Tasche. Die Lust auf ein schnelles Bier aus diesem Laden ist ihr vorläufig vergangen.

Sie geht quer über den Platz zu dem leeren Backsteingebäude mit den zugemauerten Fenstern. Im grellen Tageslicht sieht alles noch schäbiger aus. Tüten, Dosen, Flaschen und aufgerissene Packungen liegen im welken Gras. Auf dem aufgeplatzten Beton hinter dem runtergetretenen Maschendraht liegen zwei bewohnte Schlafsäcke, in denen es schnarcht. Sie beugt sich vor und rüttelt an einem. Das Schnarchen bricht ab, dafür ertönt ein gestörtes Brummen. Sie rüttelt heftiger, bis sich ein verstrubbelter Kopf herausreckt und kleine, rot verkrustete Augen sie verständnislos anblinzeln. Sie kommen ihr nicht bekannt vor. Auch das restliche Gesicht, das zu zwei Dritteln bedeckt ist vom gesträubten dunklen Barthaar, sagt ihr nichts. Wie bei einer ärgerlichen Katze, denkt sie und wartet, bis sich ein Hauch von Außenwahrnehmung darin abzeichnet.

»Erkennen Sie mich?«

Ein Schnaufen ist die Antwort, das Ja oder Nein oder gar nichts heißen kann. Der braucht mindestens zwei Bier, um ansprechbar zu werden. War er einer von denen, mit denen sie gestern Abend gesoffen hat?

»Ich war gestern Abend hier. Erinnern Sie sich an mich?«

Sie holt ihre Zigaretten aus der Tasche und hält ihm die Packung hin. Er befreit einen Arm aus dem Schlafsack und versucht zittrig, eine herauszufingern.

»Feuer«, krächzt er.

Sie zündet zwei Zigaretten an und hält ihm eine davon hin. Während sie selbst an ihrer Zigarette zieht, beobachtet sie ihn. Allmählich wirkt sein Gesichtsausdruck etwas wacher.

»Haben Sie das Feuer heute Nacht gesehen?«

Er sieht sie verständnislos an.

»Dort drüben.« Sie zeigt auf die andere Seite des Platzes. »Feuer.«

Sein Blick sagt ihr, dass sie ihn genauso gut nach dem Dollarkurs fragen könnte. Es ist zu viel verlangt. Sie versucht es noch mal.

»Erinnern Sie sich wenigstens an die Flasche Jim Beam gestern Abend? Whisky?«

Im Nachbarschlafsack wird es lebendig. »Whisky? Wo?«

Ein Gesicht, das jung ist, vielleicht nicht mal dreißig, reckt sich aus den Hüllen. Helle graue Augen, in denen noch nicht alles erloschen ist, fixieren sie.

»Ich kenn dich. Du warst doch gestern schon hier.«

»Das wissen Sie also noch?«

Er fährt sich durch das flusige, mausfarbene Haar, das gestern von einer Strickmütze bedeckt war, wie sie sich jetzt zu erinnern meint.

»Na klar.« Er leckt sich über die Lippen. »Whisky! Max war ja ganz scharf auf dich.« Er grinst.

»Sünde, Sünde«, krächzt daraufhin der Ältere, als hätte einer auf den Erinnerungsknopf gedrückt.

»Wo ist Max?«

»Na, wat weiß denn ick? Du hast dir doch mit ihm verdrückt.«

So war das also? Demnach wäre sie selbst zu der Bank gegangen. Keinen Schimmer hat sie und übergeht das erst mal.

»Und wo find ich ihn jetzt?«

Die Strickmütze ohne Strickmütze blickt ratlos zu ihrem Kumpel rüber. »Hast du 'ne Ahnung?«

»Bin ick sein Kindermädchen?«

»Da waren doch noch mehr von euch gestern Abend. Wo sind die jetzt?«

Beide Schlafsackbewohner sehen sich einträchtig unwissend an. Dann sagt der Junge: »Wir sind doch hier nicht beim Bund, oder? Hier kannste gehen, wann de willst. Ohne abmelden.« Er reibt sich die Augen. »Mann, ich brauchn Bier.«

»Prima Idee. Haste nichn Bier für uns?«

Hoffnungsvoll wenden sie sich ihr zu. Aber Beckstein hebt ihre leeren Hände gen Himmel, und beide Männer sinken enttäuscht in ihre Schlafgehäuse zurück.

»Wo find ich denn den Max?«

»Warum willsten das wissen?«, fragt der Maushaarige misstrauisch, dann grinst er. »Haste dich verliebt? Isn feiner Kerl, der Max.«

»Een Geizkragen isser«, murrt das Stoppelgesicht. »Nie will er wat abgeben. Immer behauptet er, er hätt nix mehr. Alles nur für sich saufen will er.«

»Max isn Gemütsmensch«, verteidigt ihn der Junge, »aber da isser eigen. Der verbunkert sein Schnaps, damit ihm den keiner wegsäuft. Nur ganz allein mit Damen säuft er den.« Er grinst anzüglich.

»Apostel findet den aber trotzdem«, kichert der Ältere, »mit Gottes Hilfe, behauptet er.«

»Denkste wohl, ein verdammter Spinner isser, der Apostel«, regt sich der Junge auf. »Der säuft Max ne halbe Pulle Schnaps weg. Wegen der Sünde, und der sollt ihm noch dankbar sein dafür. Son verdammter Heuchler is das.«

»Max hat ihm deshalb maln Messer ins Bein gestochen, weil er ihm seinen Sündenvorrat ausgesoffen hat«, kichert der Bärtige. »Ick sauf meine Sünden selber, hat er gesagt. Muss mir keiner bei helfen.«

Die beiden werden immer munterer, nachdem sich unter dem Schlafsack des Stoppelbartes noch eine halb volle Bierflasche gefunden hat, die sie penibel unter sich aufteilen.

Beckstein überlegt, ob sie von dem Toten anfangen soll oder besser ihre Redseligkeit ausnutzen, die sofort versiegen würde, sobald sie davon anfinge. Nicht mal das Wort Bier hätten sie dann je im Leben gehört. Das kennt sie. Trotzdem verfällt sie unwillkürlich wieder in den Verhörton.

»War irgendwas Ungewöhnliches heute Nacht? Habt ihr was gehört? Schreie vielleicht?«

»Bisten Bulle?« Die hellgrauen Augen sind plötzlich wachsam.

»Nicht mehr.«

»Gehört hab ick nur Bernd, der hat geschnarcht die ganze Nacht wie n Walross, aber das macht er immer, weil das isn Alkoholiker, müssen Se wissen«, kichert der Bärtige.

»Du Idiot. Bist selbst einer«, schimpft Bernd und stützt sich auf. »Nur weil ich draußen schlaf, bin ich noch lang kein Alkoholiker. Mir ist das zu eng inner Wohnung, könn Se das verstehen?«, wendet er sich an Beckstein wie an einen Beichtvater. »Kann ich nicht ab. Also leb ich auf der Straße. Da trinkste auch maln Bier odern Schnaps. Aber ich kann jederzeit aufhören, wenn ich will. Jeden Tag. Sagen Sie mir, ich soll aufhören, und ich machs. Aber der da nicht. Der säuft sich noch mal tot.« Er zeigt auf seinen Kumpel, den das nicht zu stören scheint. »Schnaps, das war sein letztes Wort, was, Karl?«

»Nee, du, nur Bier, weißte doch. Nur so hin und ab maln klitzekleenen Schnaps mit Apostel.«

Bernd greift sich an den Kopf. »Jetzt, wo Sies sagen, fällts mir wieder ein. Dieser Teufel! Der hatn gebissen heut Nacht.

Jetzt fällts mir wieder ein. Een Verbrecher is das. Den müssen Se mal einsperren.«

»Wen? Den Teufel?«

»Den auch. Ein gemeingefährliches Vieh. Ne Bestie ist das, und der lässt den auf Apostel los. Einfach so, der Verbrecher. Apostel hat geschrien, kann ich Ihnen sagen, die ganze Bibel rauf und runter gebrüllt. Verbrecher sind das. Alle aufhängen. Dann wär Ruhe.«

»Wen?«

»Na, die Nazis mit ihren Kampfhunden und den Stiefeln, mit denen sie einen treten, nur weil du ihnen kein Bier ausgeben willst.«

»Skins meinst du?«, fragt Beckstein und fühlt wieder die Wut hochsteigen. »Heißt das, einer von denen hat gestern seinen Hund auf den Apostel gehetzt?«

»Sag ich doch.« Bernd schält sich aus seinem Schlafsack und erhebt sich taumelnd. »Ich muss pissen.«

»Und was ist dann passiert?«

»Weiß ick? Weg war er im Dunkeln. Und Apostel hat geheult, dass er zum Arzt muss mitten in der Nacht, wegen der Blutvergiftung. Der Herr heilt alle Wunden, hab ich ihm gesagt. Wollt er aber nicht hören. So sind se alle.«

Er schwankt in Richtung Gebüsch und lässt es laut pladdern.

Auch Karl versucht stöhnend, sich aufzurichten.

»Verdammte Malessen, warum sind denn Sie kein Arzt? Ick hab da son Brennen. Beim letzten Mal hat die Frau Doktor gesagt, ich sollt Morgenurin mitbringen, wenn ick wieder komme. Na, die is gut! Soll ick inne Bierdose pissen und denn mitbringen oder was?«

»Willsten Benzinkanister? Da geht mehr rein«, meint Bernd, der an seiner feucht gesprenkelten Hose fummelt und einen Plastikkanister in Karls Richtung kickt. »Da kannste fünf Liter reinpissen und als Super Plus verkaufen, bei dem Sprit, den du gesoffen hast.«

Beckstein starrt den Kanister an. Benzin. Feuer. Tod. Liegt

der nur zufällig zwischen all dem Müll, oder hat ihn einer weggeworfen, der wusste, dass sich ein Körper nicht ohne Hilfsmittel verbrennen lässt?

Jetzt hat sie einen Grund, die Exkollegen anzurufen.

Danach muss sie diesen Apostel finden.

Es ist später Nachmittag. Das Café ist bis auf zwei Frauen mit Kinderwagen und einen vor sich hin schreibenden jungen Mann leer. Jana hat die Arme aufgestützt und bläst in den schokobraun gesprenkelten Schaum auf ihrem Milchkaffee. Von ihrem Platz am Fenster sieht man auf die renovierten Hausfassaden auf der anderen Seite des Landwehrkanals und die Weiden am Ufer. Ihre haltlosen Zweige schwingen schräg im Wind.

Sie setzt die Schale ab, greift nach dem Messer und sticht es seitlich in eines der Brötchen. Seit dem Döner heute Nacht hat sie nichts mehr gegessen.

Sie hat Jürgen die Nachricht vom Auftauchen seiner Tochter auf den Anrufbeantworter gesprochen. Sein Rückruf kam glücklicherweise, während sie schlief. Das wütende Lamento des verlassenen Vaters hätte ihr den Rest gegeben. Wann er seine Tochter abholen will, hat er nicht gesagt. Bis dahin hat sie die Kleine am Hals. Und wohin mit dem Hund? Jana seufzt in Gedanken an die pädagogischen Anforderungen, die in den nächsten Stunden auf sie zukommen. Beckstein würde ihr dabei keine Hilfe sein, das ist mal sicher. Sie klaubt den weichen, klebrigen Teil aus dem Brötchen und bestreicht den knusprigen Rest mit Butter. Erst Käse oder erst Marmelade? Während sie unzufrieden vor sich hin grübelt, bleibt ihr Blick bewundernd an einem extravagant geschnittenen Männerhemd aus naturweißem, grob gewebtem Leinenstoff hängen. Was macht der denn hier? In einem Café für ausgeleierte Sweatshirts und Strickhemden? Der Jeanshintern darunter kommt ihr vage bekannt vor. Der neue Gast kehrt ihr den Rücken zu, während er sich zwischen den Stühlen durchzwängt. Dann wendet er den Kopf, und sie erkennt sein Profil.

»Hallo, Aaron. Was machst du denn hier?«

Ohne Überraschung dreht Aaron sich zu ihr um, greift nach der Stuhllehne ihr gegenüber und setzt sich, als wären sie verabredet.

»Ich darf doch? Begrüßt haben wir uns heute ja schon mal.«

»Komisch, sonst treffen wir uns nie und jetzt gleich zweimal am selben Tag.«

Wenn sie sich richtig erinnert, haben sie sich kurz vor Weihnachten das letzte Mal gesehen, als sie Beckstein ein Geschenk vorbeigebracht hat.

Er beugt sich vor. »Stört es dich?«

Sekundenlang sieht er ihr so roh und unverstellt in die Augen, dass sie ein alarmierendes Prickeln spürt, das entlang der Magenwände abwärts zieht. Sie hält seinem Blick stand. »Nein.«

»Da bin ich aber froh.« Seine Miene entspannt sich. Er grinst. »Das ist nämlich kein Zufall. Ich habe dich gesucht.«

»Ach ja? Und wie hast du mich gefunden?«

»Vergiss nicht, ich bin der geschädigte Sohn einer Polizistin.« Er verzieht ironisch den Mund. »Das war nicht allzu schwer. Meine Mutter hat erwähnt, dass sie dich ein paar Mal hier getroffen hat. Der Mensch ist ein Gewohnheitstier. Und siehe, ich hatte Recht. Einen Tee mit Milch und Honig«, ruft er der Bedienung zu und greift nach der Speisekarte. »Ich bin übrigens öfter hier.«

»Ich auch«, sagt Jana und hebt den Milchkaffee zum Mund. Sie mustert ihn über den Rand der Schale hinweg. »Aber dich hab ich hier noch nie gesehen.«

»Schicksal. Minuten reichen, um einander nie zu begegnen.« Er sieht ihr bedenklich intensiv in die Augen. Seine sind grün mit hellbraunen Einsprengseln. »Kennst du die Geschichte von dem Paar, das jahrelang im selben Haus wohnt, ohne sich je zu begegnen, weil sie zu unterschiedlichen Zeiten das Haus verlassen? Dann gerät das Mädchen unter die Straßenbahn, in der er sitzt. Sie verblutet in seinen Armen, und er weiß, da stirbt die Frau seines Lebens.«

»Wie dramatisch. Warum sterben in solchen Geschichten immer die Frauen?«

Aaron grinst. »Klingt romantischer. Hat schon Poe gesagt, nichts ist romantischer als der Tod einer wunderschönen jungen Frau.«

»Findest du? Ich nicht.«

Er wird ernst. »Ich wollte wegen meiner Mutter mit dir reden.« Die Kellnerin bringt seinen Tee auf einem kleinen Tablett, und er sagt zu ihr: »Den italienischen Vorspeisenteller, bitte.«

Jana bestellt noch einen Milchkaffee.

»Wegen Beckstein?« Sie gibt sich Mühe, dass ihrer Stimme nicht die winzige Spur Enttäuschung anzumerken ist, die sie albernerweise empfindet. »Und warum?«

Aaron lässt den Teebeutel in seinem Glas auf und nieder tanzen, dann rührt er einen halben Löffel Honig unter, bis der sich ganz aufgelöst hat, und gießt schließlich die Milch dazu. Nachdem er das Glas kurz an die Lippen gehalten und wieder abgesetzt hat, hebt er endlich den Blick, sieht aber an ihr vorbei. »Es klingt ziemlich blöd, ich weiß, aber ich mach mir Sorgen.«

»Das wird sie nicht gern hören.«

»Jana, bitte, das bleibt doch unter uns? Seit sie raus ist aus dem Dienst, lässt sie sich total hängen. So, wie sie derzeit säuft, fürchte ich, dass sie mal auf der Parkbank endet. Ich wollte dich bitten, ob du dich nicht ein bisschen um sie kümmern kannst.«

»Willst du, dass ich sie überrede, zu den Anonymen Alkoholikern zu gehen und mit dem Rauchen aufzuhören?«

»Das würde sie nie. Du kennst sie doch. Sie weiß alles besser. Meine Leberwerte sind in Ordnung, ich fahre kein Auto mehr, warum soll ich nichts trinken? Das ist ihre Einstellung. Von mir lässt sie sich sowieso nichts sagen.«

»Glaubst du etwa, von mir? Was ist mit deinem Vater?«

»Ach, der!« Die Geste, mit der er ihn aus dem Gespräch wischt, ist voller Verachtung.

»Aaron, deine Mutter ist ein erwachsener Mensch. Wenn die sich totsaufen will, dann lässt die sich weder von dir noch von mir daran hindern«, sagt Jana bestimmt. Melli reicht mir im Moment an Verantwortung, da brauch ich nicht noch deine saufende Mutter dazu. Aber das sagt sie nicht.

Mit vorsichtig gespitzten Lippen nimmt Aaron einen Schluck aus seinem Teeglas, dann setzt er es ab, ohne es loszulassen.

»Du hast ja Recht. Ich weiß. Man soll sich nicht einmischen. Ich kenn doch das Problem mit der Co-Abhängigkeit. Sich gebraucht fühlen. Helfen, um sich selbst besser zu fühlen, und all der Mist. Du brauchst mir nichts zu sagen. Ich kenn das. Aber soll ich zusehen, wie sie vor die Hunde geht? Ich kann das nicht mit ansehen. Ich kann doch nicht einfach dasitzen und nichts tun. Ich kanns einfach nicht!« Seine Hände umklammern das Glas, so dass sie fürchtet, es könnte platzen. »In meinem Job habe ich ständig mit Suchtkranken zu tun. Als ob du einen aus dem Sumpf ziehen willst und steckst selbst drin. Aber es gibt welche, die haben es geschafft. Die sind heute clean. Und dankbar. Aber bei der eigenen Mutter, da versagt man.« Er seufzt etwas zu dramatisch, merkt es und zieht eine ironische Grimasse.

»Der Vorspeisenteller.«

Die Kellnerin stellt eine ovale Platte auf den Tisch. Abwesend greift Aaron zum Besteck und lädt Jana mit einer Geste ein, ebenfalls zuzugreifen. Konzentriert zerteilt er Zwiebeln, Tomaten und Peperoni, während er spricht, leiernd, als läse er ein Rezept vor.

»Gestern Nacht habe ich sie total weggetreten bei den Säufern hinterm Ostbahnhof gefunden. Ich hab nach einem meiner Junkies gesucht, der seit zwei Tagen verschwunden ist. Außerdem wollte ich denen sagen, wo es vielleicht eine Wohnung für sie gibt.« Er sticht zornig nach einer Olive und verfehlt sie. »Du glaubst gar nicht, wie kindisch die sich da anstellen. Senile alte Männer, die wie Pubertierende fürchten, MamaPapaStaat wollte sie nur kontrollieren.« Die Olive springt vom Teller. »Aber im Suff werden sie unberechenbar. Und wenn du sie hinterher fragst, keinen Schimmer.«

Sorgfältig dreht er eine Scheibe rohen Schinken zu einer Locke und versucht eine weitere Olive aufzuspießen. Jana beobachtet das Manöver, schnappt sie mit den Fingern und steckt sie in den Mund.

»Und mit denen hat sie gestern gesoffen. Macht sie das öfter?«

»Soweit ich weiß, war es das erste Mal. Zufall, dass ich sie da gefunden habe. Ich dachte, mich trittn Pferd. Und als du heute Morgen von dem Verbrannten erzählt hast ...« Er senkt den Kopf über den Vorspeisenteller. Sie starrt auf seinen Hinterkopf, wo sich das Haar in einem Wirbel nach oben sträubt.

»Moment mal, du meinst doch nicht etwa dort, wo wir den Toten gefunden haben?«

Aaron richtet die abgelutschten Olivenkerne in einer geraden Linie aus und sagt, ohne hochzusehen: »Das Rondell auf der Ostseite hinter dem Parkplatz, hast du gesagt, stimmt das?«

»Ja«, sagt Jana und hat plötzlich das Gefühl, als säße sie ganz weit weg in einem großen, leeren Raum. »Und wann war das, wann hast du sie da gefunden?«

»Gegen Mitternacht, würde ich mal schätzen, ich hab nicht auf die Uhr gesehen, kannst du dir vielleicht denken.«

Er spricht nicht weiter, und auch in ihrem Kopf herrscht totale Funkstille, Stromausfall, nichts geht mehr.

»Habt ihr schon ne Todeszeit?«, unterbricht er schließlich das Schweigen und legt das Besteck zusammen.

»Was heißt ihr? Ich bin grade erst aufgestanden«, blafft Jana zurück und versucht ihre Gedanken wieder in Gang zu bringen. »Was die Kripo-Kollegen inzwischen rausgefunden haben, kann ich dir nicht sagen. Ist ja nicht mein Ressort. So was erfahr ich normalerweise gar nicht. Ich bin bei der

Hundestaffel.« Sie löffelt Schaum von ihrem frischen Milchkaffee. »Es war kurz vor zwei, als ich ihn gefunden habe. Da war die Asche schon abgekühlt. Genaueres wissen die immer erst nach der gerichtsmedizinischen Untersuchung.«

»Weiß ich ja. Ich dachte nur, du ...«

»Du meinst, es könnte kurz danach passiert sein? Nachdem du sie gefunden hast?«

Er zuckt ratlos die Schultern und schiebt den Teller von sich.

»Und dann?«

»Ich hab sie mit einem Taxi nach Hause gebracht natürlich. Sie konnte ja nicht mal mehr stehen, geschweige gehen ...« Er greift über den Tisch nach Janas Handgelenk und zieht sie daran zu sich herüber. Perro, der neben ihr liegt, hebt wachsam den schwarzen Kopf, senkt ihn dann wieder zwischen die Pfoten, behält aber Aarons Hände weiter im Blick.

»Jana, ich mach mir echt Sorgen. Die Typen sind kaputt. Im Suff nehmen die auch auf Frauen keine Rücksicht. Kaum drehst du dich um, sticht einer den anderen ab im Suff. Und wenn du ihn hinterher fragst, weiß er nichts mehr davon.«

Ihre Gesichter sind dicht voreinander. Sie spürt seinen Atem auf ihren Lippen und kriegt Gänsehaut im Gesicht. Trotzdem runzelt sie die Stirn. Worum geht es hier eigentlich? Freya Beckstein ist kein Mensch, um den man sich sorgen müsste wegen ein paar besoffenen Pennern. Was Jana beunruhigt, ist der Griff, mit dem Aaron ihr Handgelenk umklammert. Sie spürt das angespannte Zittern seiner Muskeln. Das überlegen-ironische Lächeln, das er sonst stets zur Schau trägt, ist verschwunden. Der coole Knabe hat Angst. Aber wovor? Geht es vielleicht um ganz etwas anderes? Fürchtet er um einen seiner Schützlinge oder um seinen Job, falls einer von denen was damit zu tun hat?

»Was hat sie denn gesagt? Hat sie irgendwas gesehen?«

»Sie war ja total weg. Aber nachdem du von dem Toten erzählt hast, ist sie ausgerastet, wollte unbedingt wissen, wer der Tote ist. Vermutet, dass es einer von ihren Saufkumpels war. Weißt du das?«

»Woher denn?«, fährt sie ihn genervt an. »Ich sag doch, ich komm grade aus dem Bett, und jetzt soll ich mich auch noch um Meltem kümmern. Also bitte, was willst du von mir? Ich muss sie gleich abholen.«

»Tut mir Leid, Jana, ich geh dir auf die Nerven, ich weiß. Du hast deine eigenen Sorgen. Diese Sache letztes Jahr, Freya hat mir davon erzählt. Ich bewundere dich, dass du weitermachst. Ich weiß nicht, ob ich das könnte.« Er betrachtet sie mit diesem seltsamen Blick, der ihr neu ist an ihm und sie unsicher macht. Der Aufmerksamkeit von Männern, die aussehen wie Aaron, traut sie nicht. Ruppiger als gewollt zieht sie ihren Arm aus seinem Griff. Auf ihrem Handgelenk bleibt ein roter Abdruck zurück.

»Da gibts nichts zu bewundern. Beckstein hat so was öfter erlebt als ich. An deiner Stelle würde ich mir wegen ihr keine Sorgen machen.« Sie winkt der Kellnerin, um zu bezahlen.

Aaron dreht einen Löffel zwischen den Fingern, sieht hoch und grinst halbherzig.

»Es gibt Augenblicke, da wünschte ich mir, Raucher zu sein. Dann könnten wir zum Abschied eine zusammen rauchen.« Er wird ernst. »Sie kann einfach nicht aufhören, Polizei zu spielen. Sie glaubt, alle anderen bei eurem Verein wären Idioten. Sie bringt sich nur in Schwierigkeiten. Ich will nicht, dass sie sich lächerlich macht.«

Langsam hat Jana dieses Gerede satt. »Und warum soll sie sich nicht lächerlich machen, verdammt noch mal?«, fragt sie ungeduldig zurück. »Sie ist alt genug. Hast du dich etwa für ihre Shorts und Filzreitstiefel geschämt, mit denen sie im Dienst aufgekreuzt ist? Außerdem wird sie sowieso nicht auf mich hören. Du, entschuldige mich, ich muss los.« Sie erhebt sich, um an der Theke zu zahlen.

Hastig greift Aaron nach ihrem Arm, aber Perro ist schneller. Polternd kippt der Stuhl um, unter dem er gelegen hat. Sein Kiefer schließt sich über dem naturweißen Ärmel.

»Au!«, schreit Aaron.

»Aus!«, kommandiert Jana.

»Sie wollten zahlen?«, fragt die Kellnerin.

»Ja«, sagt Jana, »tut mir Leid. Das hat er gelernt, dass er losgeht, wenn mich einer anfasst.«

»Das nächste Mal lassen Sie den Köter draußen.«

»Das ist kein Köter, das ist ein Polizeihund.«

»Dann bringen Sie ihm bei, dass er keine Gäste beißt und Stühle umwirft. Macht DM 17,80.«

Jana reicht ihr zwanzig Mark und winkt sie weg. Dann greift sie nach Aarons Arm, auf dem Perros Zähne blaurote Stellen hinterlassen haben.

»Tut es weh?«

Der starrt auf das Loch, das die Hundezähne in das Hemd gerissen haben, und fährt mit dem Finger durch den Riss. An seinem Kiefer zuckt ein Muskel.

»Tut mir Leid«, sagt Jana und befühlt den Stoff. »Ein schönes Hemd. Wo hast du es her?«

»Aus der Bleibtreustraße. Es war teuer«, stöhnt Aaron. »Hat der wenigstens eine Versicherung? Das müssen die mir ersetzen.«

»Klar«, sagt Jana. »Tut mir echt Leid. Ich machs wieder gut, ja?«

Bevor er antworten kann, beginnt ihr Handy zu klingeln. Sie fummelt es umständlich aus der Tasche und hält es lange gegen das Ohr gepresst. »Verdammt, warum kann die nicht einmal tun, was man ihr sagt? Ich komme.«

Sie drückt auf die Taste und wendet sich zu Aaron um.

»Das war Beckstein. Melli ist verschwunden, samt Hasi«, sagt sie wütend, als wäre er schuld daran. »Ich könnt sie ...« Sie öffnet und schließt die Finger, als steckte Mellis Hals dazwischen. »Gut, dass es bis dorthin ein Stück zu laufen ist. Sonst schmier ich dem kleinen Biest noch eine, falls sie bis dahin zurück ist, wenn ich hinkomme. Tschüss. Komm, Perro!«

Sie wendet sich zum Gehen. Vor dem Fenster fährt jemand im Rollstuhl vorbei, und Jana zuckt unwillkürlich zurück.

»Ist was?«, fragt Aaron.

»Nichts.«

Sie spürt seinen Blick im Rücken, als sie zur Tür geht, aber sie dreht sich nicht mehr um.

Beckstein hat erneut begonnen zu trinken, seit Jana sie am Vormittag verlassen hat. Sie hält eine Zigarette in der rechten Hand, mit der sie sich gegen den Türrahmen stützt. Von ihren Nägeln blättert roter Lack. Als sie zur Begrüßung die Hand ausstreckt, faucht Jana das offene Maul einer kleinen silbernen Echse an, die sich ihren Zeigefinger hochschlängelt. Beckstein hat eine schreckliche Leidenschaft für Flohmarktschmuck.

»Hallo«, sagt Jana außer Atem.

Die Wohnung liegt im fünften Stock, Altbau. Im Hausflur riecht es muffig. Das Haus in der Muskauer Straße ist vom überall in der Stadt um sich greifenden Sanierungsfieber verschont geblieben. Wortlos schließt Beckstein hinter Jana die Tür und geht sehr aufrecht vor ihr her zum Wohnzimmer, das durch eine offene Schiebetür mit ihrem Arbeitszimmer verbunden ist. Wuchernde Grünpflanzen vor den Fenstern, machen die hohen Räume dämmrig. Um den Computer auf ihrem Schreibtisch stapeln sich Bücher, neben zwei Kaffeetassen und einem Aschenbecher. Der Boden ist übersät mit Zeitungen. Von einem alten Ledersessel ist eine karierte Wolldecke heruntergerutscht und knäult sich neben dem Fußschemel. Jana weiß, dass es in den übrigen Räumen der großen Wohnung nicht anders aussieht. Nur in der Küche herrscht eine geradezu militärische Ordnung. Es mache sie nervös, wenn sie beim Kochen nicht alles sofort griffbereit hätte.

Beckstein lässt sich auf den Stuhl vor dem hölzernen Esstisch fallen, auf dem ein Glas und eine Flasche Rotwein steht. In der Flasche ist nicht mehr viel drin.

»Lass sie laufen. Du kannst sie in dem Alter nicht festbinden. Irgendwann kommt sie von allein zurück.« Sie bietet Jana mit einer Geste an, mitzutrinken, aber die schüttelt den

Kopf und schluckt die Bemerkung, die ihr auf der Zunge liegt, runter. Trotzdem kann sie nicht verhindern, dass in ihrer Stimme ein vorwurfsvoller Unterton ist. »Melli ist gerade mal vierzehn. Und was soll ich Jürgen sagen?«

»Es ist nicht deine Verantwortung, dass sie weggelaufen ist.« Beckstein gießt sich den Rest aus der Flasche ins Glas. »Wenn er sich rechtzeitig um sie gekümmert hätte, wäre sie nicht abgehauen.«

Jana versucht, nicht auf die Flasche zu starren. »Kann ich ein Wasser haben?«

»Aber natürlich«, lächelt Beckstein böse und erhebt sich, um aus der Küche eine Wasserflasche, ein Glas und eine zweite Flasche Rotwein zu holen. »Für den Fall, dass du nachher doch noch ein Glas Wein mittrinken möchtest.« Sie zieht den Korken aus der Flasche. »Du weißt, dass du mich nicht davon abhalten kannst, indem du dasitzt und Wasser säufst.« Mit zunehmendem Alkoholkonsum gewinnt ihr Ton an Schärfe.

»Ich hab Jürgen versprochen, dass ich mich so lange um Melli kümmere, bis er sie abholt«, sagt sie lahm.

»Du erstickst noch mal an deinem Verantwortungsdrang«, sagt Beckstein und stellt ihr Glas hart zurück, nachdem sie es halb ausgetrunken hat. »Du kannst die Kleine doch gar nicht leiden. Und Jürgen hat dich damals sitzen lassen.«

»Er ist nach Frankfurt versetzt worden«, verteidigt sich Jana lahm.

»Und? Wollte er, dass du nachkommst?« Beckstein beobachtet sie scharf. »Na also«, meint sie schließlich, »aber du lässt dir die Sorge um seine missratene Göre aufbürden. Und willst sie dann auch noch auf mich abschieben. Aber ich bin kein Kindermädchen.« Sie legt den Kopf schief und sieht aus wie eine angriffslustige Krähe.

»Ich wollte nach Budapest fahren«, sagt sie unvermittelt und schenkt sich nach. »Ich hab ja jetzt Zeit.« Sie macht eine Pause. »Ich war noch nie in Budapest. Stattdessen hab ich mich mit den Pennern hinterm Bahnhof besoffen und kann mich an nichts mehr erinnern. Mattscheibe. Aus. Ist mir lange nicht mehr passiert.« Sie greift blindlings nach den Zigaretten, ohne sie anzuzünden, und starrt vor sich hin. »Ich kann nicht mehr schlafen. Drei Stunden, dann bin ich wach. Endlich mal richtig ausschlafen, hab ich mir immer gewünscht. Aber jetzt macht mich das verrückt. Ich lieg wach und kann nicht mehr einschlafen. Früher hab ich nie geträumt.« Sie trinkt ihr Glas aus und sieht ratlos aus. »Jetzt träum ich ständig den gleichen Traum. Ein Verhörzimmer. Mir gegenüber sitzt ein Mann. Ich seh nur seine Umrisse. Er ist ein Verbrecher, die Summe aller Verbrecher, die mir begegnet sind. Die Bedrohung, die von ihm ausgeht, füllt den ganzen Raum. Meine Fragen beantwortet er nicht. Ich schreie ihn an. Aber ich kann mich nicht hören. Ich greife nach der Verhörlampe, sie ist schwer, ich brauche alle Kraft, um sie auf sein Gesicht zu richten. Aber da ist nichts.« Beim letzten Satz überschlägt sich ihre Stimme so, dass Jana zusammenzuckt. Beckstein greift nach der Flasche und gießt ihr Glas so voll, dass es überläuft. »Der Mann hat kein Gesicht. Prost!« Jana will etwas sagen, aber sie schneidet ihr mit einer Geste das Wort ab. »Trinken hilft.« Sie grinst schief. »Jedenfalls hat es gestern geholfen. Bis Aaron mich gefunden hat. Er war entsetzt. Natürlich war er entsetzt. Er ist ein Idealist. Er glaubt an das Gute außerhalb des Menschen, dass man es herstellen kann, wenn man sich nur genug Mühe gibt. Ich weiß nicht, woher er das hat. Von mir jedenfalls nicht.« Sie gießt sich nach und schwenkt fragend die Flasche über Janas Glas, und als die zögert, schenkt sie es voll. »Ich hab mir den Platz vorhin noch mal angesehen. Vielleicht erinnere ich mich an irgendwas, dachte ich. Zwei von den Schnapsnasen habe ich noch angetroffen. Die haben mir erzählt, dass gestern Abend einer von den Glatzen seinen Kampfhund auf sie gehetzt hat.« Sie ballt die Hände. »Diese Ratten, dieses verdammte Gesindel, da kriechen sie wieder aus ihren Löchern. Ich könnte kotzen. Aber keiner regt sich auf. Es wäre nicht der erste Obdachlose, der diesen Typen zum Opfer fällt.« Sie öffnet die Fäuste und greift nach ihrem Glas. »Außerdem lag da ein Benzinkanister im Gebüsch. Komischer Zufall, was? Bulle bleibt eben Bulle.« Sie zuckt die Schultern. »Ich hab die Kollegen angerufen ... die Exkollegen. Ammetsried kam. Er hat mich begrüßt wie eine Schwerkranke. Ekelhaft.« Sie sieht Jana scharf an. »Er kommt wohl mit der Neuen nicht so gut zurecht, oder?«

Jana nippt an ihrem Wein und versucht, mit einem neutralen Gesicht der Frage auszuweichen, dann gibt sie auf. »Nein, ich glaube nicht. Die ist ein ziemlich harter Brocken.«

Beckstein, die sie lauernd beobachtet hat, für den Fall, dass Jana sich rauszureden versucht, nickt zufrieden. »So ähnlich hat er das auch ausgedrückt. Nicht so ein Weichei wie ich.« Sie stoppt Janas Protest mit einer Handbewegung. »Schon gut, so hat er das nicht gesagt. Er ist ein netter Junge. Aber als ich ihn fragte, ob sie schon was wüssten über den Toten, hat er sich mit der Gerichtsmedizin rausgeredet, wie lange das dauert und so. Als ob ich das nicht wüsste! Dieser Grünschnabel hat bei mir gelernt! Wollte keine Interna preisgeben, ha! Angst vor der neuen Chefin, dieser Musterknabe. Ein Mann oder eine Frau? Wisst ihr das wenigstens, habe ich ihn gefragt. Weißt du, was er mir geantwortet hat?« Sie sieht Jana herausfordernd an.

»Keine Ahnung.« Jana nimmt noch einen Schluck. Der Wein ist gar nicht schlecht, er ist sogar sehr gut.

»Ich spekuliere nicht gern, hat dieses kleine Arschloch mir geantwortet. Ich spekuliere nicht gern! Stell dir das vor! Keine Vermutungen, Tatsachen, das hätte ich ihm doch immer eingebläut. Ich! Wie findest du das?«

Beim Gedanken an die Szene muss Jana wider Willen grinsen. Andreas Ammetsried, der sich immer so ernsthaft bemüht, kompetent und sachkundig zu wirken, als müsste er ständig Zweifel an seinen Fähigkeiten zerstreuen, eigene und fremde. Wie er versucht, seiner ehemaligen Chefin die Stirn zu bieten, um es sich mit der neuen nicht zu verscherzen. Er sollte seine alte Chefin besser kennen.

»Und, was hast du ihm geantwortet?«

Beckstein steckt sich umständlich eine Zigarette an und

bläst den Rauch nach einem tiefen Zug ohne Eile von sich, bevor sie sich genüsslich der Weitererzählung widmet.

»Alles richtig, Andreas, habe ich ihm geantwortet. Aber inzwischen bin ich nicht mehr dein Chef, und du darfst selber denken. Es gibt so etwas wie eine begründete Vermutung. Auch ohne dass du die Hosen runterlässt, kann ich vermuten, dass du ein Mann bist, richtig? Das saß, kannst du mir glauben.« Sie zieht an ihrer Zigarette und sieht dem Rauch hinterher.

»Und?«

»Du hättest ihn sehen sollen. Ein Gesichtsausdruck wie Bambi, wenn der Wald brennt. Coming-out hin oder her, einen Moment tat er mir Leid, wirklich. Aber ich musste es wissen. Was zählt, ist das Ergebnis. Da kann man keine Rücksicht nehmen. Und das Ergebnis gab mir Recht. Es war ein Mann. Jedenfalls nach dem ersten Augenschein. Mehr wusste er auch noch nicht. Inzwischen sind sie vielleicht schon weiter.« Sie drückt ihre Zigarette aus und lacht. »Weißt du, was er zum Abschied gesagt hat? Dass wir uns mal zum Kaffee treffen sollten, weil er dringend mal wieder meinen Rat braucht.«

»Gute Idee. Andreas ist nicht dumm, von deiner Erfahrung kann er nur profitieren. Du solltest dich wirklich öfter mit den Kollegen treffen. Es gibt da so einen Stammtisch. Da kommen viele Ehemalige.«

Beckstein zündet sich eine neue Zigarette an. »Einen Scheißdreck braucht er. Er wollte mich los sein, das ist alles. Und jetzt ruf die Sedlacek an und frag, was es Neues gibt.«

»Spinnst du?!«, fährt Jana hoch. »Kommt überhaupt nicht in Frage.« Sie ärgert sich, dass sie sich wieder mal hat einwickeln lassen. Obwohl sie Becksteins Taktik lange genug kennt. »Nein. Ruf sie selbst an, wenn du was wissen willst.«

Beckstein betrachtet sie mit Nachsicht, wie ein retardiertes Kleinkind, dem man nur mit unendlicher Geduld das Allernötigste beibringen kann. »Du weißt, dass ich das nicht kann.«

Jana war lange der Meinung gewesen, braune Augen drückten eine warmherzige, offene Persönlichkeit aus. Bis sie Jasmin Sedlacek traf. Die Sekretärin des Revierleiters ist Abschirmdienst, Bodyguard und Spionagezentrale in einem. Sie würde selbst einen angreifenden Bullen stoppen. Allein durch den Blick ihrer schlammbraunen Augen, die sich in jeden hineinbohren, der das Vorzimmer des Chefs betritt, würde sie ihn auf die Knie zwingen, bis er sie unterwürfig um Erlaubnis bitten würde, Hörner zu tragen. Was die Sedlacek nicht weiß, lohnt nicht zu wissen. Aber ihr Wissen ist nur ausgewählten Persönlichkeiten vorbehalten. Und die Beckstein gehört nicht mehr dazu.

»Ruf sie an«, fordert sie jetzt mit Nachdruck, »dich unterschätzt sie. Du bist keine Konkurrenz für sie. Sie sucht sich überlegene Gegner. Außerdem hast du die Leiche gefunden. Du hast also ein gewisses Recht auf Auskunft. Sogar in ihren Augen.«

Jana versucht es mit Ausweichen, Hinhalten, Ablenken und weiß doch, dass es zwecklos ist. Einmal auf der Spur, lässt die Beckstein nicht locker. Schließlich greift sie widerstrebend zum Hörer. Unwillkürlich klingt ihre Stimme eine Tonlage höher, sobald der herrische Alt der Sedlacek aus der Leitung dröhnt. Sie wird mich »Kindchen« nennen, fährt es Jana durch den Kopf. Sie würde am liebsten sofort wieder auflegen. Stattdessen hört sie sich säuselnd nach den neuesten Ergebnissen fragen. Peinlich unterwürfig klingt das, direkt kriecherisch. Sie hasst sich und vermeidet es, Beckstein anzusehen, die ihr mit diesem überlegenen Grinsen zuhört.

»Selbstmord«, sagt sie, nachdem sie endlich das Gespräch beenden kann. Einmal in Fahrt, hat die Sedlacek gar nicht mehr aufgehört zu quasseln, wobei sie mindestens jeden zweiten Satz mit »Kindchen« eingeleitet oder beendet hat. Das muss ein furchtbares Erlebnis für Sie gewesen sein, Kindchen. Jana schneidet eine Grimasse.

»Der hatte das Feuerzeug noch in der Hand.«

»Ein Feuerzeug?!«, fragt Freya begriffsstutzig, was sonst nicht ihre Art ist.

»Ja. Die Leiche hatte ein Feuerzeug in der Faust, sagt die

Sedlacek. Das haben sie erst in der Gerichtsmedizin gemerkt, als sie den aufgedröselt ... na, du weißt schon.«

»Was für ein Feuerzeug?«

»Na, das Feuerzeug, mit dem er sich angezündet hat. Er ist doch verbrannt. Das Benzin war übrigens ein Gemisch, also was für Trabis und so.«

Beckstein starrt sie an. Ihr Gesicht wirkt auf einmal wie implodiert. Bevor sich Jana wundern kann, schellt es. Weil Beckstein sich nicht rührt, geht Jana zur Tür und drückt auf den Öffner. Sie hört die Hundekrallen schon auf den Stufen, dann springt das gelbe Hasi begrüßungsselig an ihr hoch. Minuten später schlurft Meltem herein.

»Sag mal, wo kommst du denn jetzt her?«, fährt Jana sie ohne Begrüßung an.

»Ist das hiern Knast oder was?«, keift Meltem zurück. »Darf man hier nicht mal rausgehen? Hasi musste schließlich mal.«

»Die musste aber ziemlich lange. Wir hatten doch ausgemacht ...«

»Wir haben gar nichts ausgemacht. Du hast gesagt, ich soll warten. Aber ich bin doch kein Befehlsempfänger.« Sie lässt Jana stehen und folgt Hasi ins Wohnzimmer, wo die gerade dabei ist, Beckstein gründlich abzulecken.

»Hallo, da bin ich wieder«, sagt Meltem, stockt und dreht sich zu Jana um. »Mensch, was hastn mit der gemacht? Die sieht ja aus wie geschockt. Sie müssen sich wirklich keine Sorgen um mich machen«, wendet sie sich wieder an Beckstein, die immer noch vor sich hin starrt. »Mir passiert nichts. Ich bin Löwe, wissen Sie. Die haben keine Feinde. Die sind die Stärksten in der Savanne. Die überblicken alles. Löwemenschen sind genauso.«

Beckstein hebt den Kopf und sieht Meltem geistesabwesend an. »Ich mache mir keine Sorgen. Jedenfalls nicht um dich.«

Grausam, aber im Recht. So waren sie gewesen, seine Vorfahren. Männer, die ihre Feinde wie Würmer zertraten. Furchtlos und unerbittlich gingen sie ihren gnadenlosen Weg bis zu Ende. Heiko bewundert sie schon lange, aber plötzlich spürt er ihre Kraft auch in sich selbst. Genau so müssen sie sich gefühlt haben, überlegen und siegessicher. Die mürrische Lustlosigkeit ist wie fortgeblasen. Greifbar vor ihm liegt eine glänzende Zukunft. In rotgoldenem Licht sieht er sich in einem getunten Trabant-Cabrio durch eine wilde Landschaft brausen, die leistungsstarke Anlage voll aufgedreht, Tysons Schnauze im Nacken. Das Mädchen auf dem Beifahrersitz sollte eigentlich lange blonde Haare haben, aber jedes Mal, wenn er sie sich deutlicher vorstellen will, sind ihre Haare rot und kurz. Das wird noch, sagt er sich. Er hat sein ausrangiertes Mountainbike aus dem Keller geholt. Das war natürlich platt und musste geflickt werden. Vom ersten Gewinn könnte er ein neues kaufen. Am Straußberger Platz ist eins ausgestellt für zweitausendachthundert Mark. Vielleicht lässt sich der Verkäufer ja auf eine Anzahlung ein. Oder lieber hochglanzpolierte Felgen für den Trabant?

Täglich trainiert er Tyson neben dem Rad die Frankfurter Allee hoch. Vorläufig muss es noch das alte tun. Kondition ist das Wichtigste, hat Celim gesagt. Und Blut. Aber wo bekommt man Blut her? In der Metzgerei haben sie ihn komisch angesehen und was von Schlachthof gemurmelt. Ach was, es muss auch so gehen. Kondition ist alles. Kraft und Kondition. Sven ist der Fachmann für Kondition. Der trainiert mindestens zweimal die Woche in einem Fitness-Studio und hat ihm die Pillen besorgt. Die bringens, hat der behauptet, viagramäßig. Da hörste gar nich mehr auf. Aber sei vorsichtig. Wegen der Kleinen?, hat er mit glitzerndem Seitenblick auf Melanie gefragt, die gerade mit den Hunden über den Parkplatz tobte. Quatsch! Heiko war rot geworden bei der Vorstellung. Sven ist ne Sau. Immer nur ein Gedanke. Nee, für Tyson, hat er gemurmelt, und Sven hat geglotzt wien platt gefahrener Frosch. Willsten ficken oder was? Idiot!

Heiko hätte ihm am liebsten die Bierdose in sein blödes Maul gestopft. Nach nem vorsichtigen Blick zu Melli, aber die war voll mit den Hunden zugange, hat er Sven an seiner Jacke näher herangezogen und ihm die Sache erklärt. Dessen Gesichtsausdruck durchlief verschiedene Veränderungen, schließlich pfiff er durch die Zähne, warf ihm einen verkniffenen Blick zu und wiegte den Kopf. Ob das auch für Hunde? Biste sicher? Heiko war sich da ganz sicher. Er hatte Erkundigungen eingezogen, man wollte sich ja nicht so einfach auf die Bretter schicken lassen. Kost dich aber ne Stange, meinte Sven. Heiko hatte großzügig abgewunken. Kein Thema. Schließlich hat Sven ihm mehr von dem Zeug besorgt.

Anfangs hat Tyson gekeucht, stand plötzlich da mit lang raushängender Zunge und nach innen gekehrtem Blick, hechelte und wollte keinen Meter weiter. Na los, Alter, Härte zeigen! Heiko kam selbst ins Schwitzen bei der ungewohnten Strampelei. Tat ihm gar nicht schlecht. Sven gab immer so an mit seinen Muskeln auf dem platten Bauch. Inzwischen zerrt Tyson von selbst vorwärts. Will gar nicht mehr aufhören zu rennen. Heiko schnauft zufrieden. Noch ne Ladung von den Dingern, und er legtn Elefanten aufs Kreuz. So n Kanakenköter schaffste doch mit links, was, Alter? Sven hat für heute Nachschub versprochen, und dann ... Heiko reibt sich die Hände. Erst maln Satz neue Felgen für den 601. Oder besser Liegesitze? In die mit ihren staubigen Hochzeitsmöbeln voll gestellte Wohnung seiner Eltern, die nach Brandenburg gezogen sind, kann er keine Frau einladen. Wenn sie zu Besuch in die Stadt kommen, machen sie ihm regelmäßig Vorwürfe, dass er alles verwahrlosen lässt, und wehe, wenn er was nach eigenen Vorstellungen verändert hat. Besonders seine Mutter ruht nicht eher, bis alles wieder so steht, wie sie es verlassen hat. Die Fahne und die Poster in seinem Zimmer stören sie dagegen nicht. Wir waren alle mal jung, meint sein Vater.

Seit dem Bullenauftrieb am Ostbahnhof treffen sie sich vorsichtshalber ein Stück weiter weg an dem kleinen Denkmal für Widerstandskämpfer hinter den Plattenbauten, vor dem immer neue vertrocknete Nelkensträuße in Klarsichtfolie liegen. Zwischen der Bank, die immer noch abgesperrt ist mit rotweißem Plastikband, und dem Platz am Denkmal stehen zwei Wohnblocks. An der Bank tauchen gelegentlich noch Bullen auf, und man muss denen ja nicht in die Quere laufen. Tyson dicht neben sich, umrundet Heiko den Parkplatz. Keine Bullen in Sicht. Und wenn schon. Es ist ja nicht verboten, seine Kameraden zu treffen.

Lars lehnt an einem grauen Audi und winkt von weitem mit einer Dose Bier. Heiko nimmt sie beiläufig und nur aus Höflichkeit an. Komisch, er hat gar nicht mehr son Drang nach dem Stoff. Irgendwie hat er jetzt andere Ziele. Und seine Zukunft verlangt gnadenlos nüchterne Planung. Er nimmt einen Schluck und behält dann die Dose in der Hand.

»War Sven schon da?«

»Noch nicht. Warteste auf ihn?«

»Nur so.« Heiko zuckt vage die Schultern. Lars muss nicht alles wissen. Er nimmt noch nen Schluck, mehr aus Langeweile denn aus Drang. Lars reißt die nächste Dose auf.

»Was los? Haste heut kein Durst?«

»Wasn das für ne Marke? Schmeckt ja wie Indianerpisse.« Heiko betrachtet die Dose angewidert.

»Warn Angebot. Zwei Sechser für ein Preis. Wohlsein!« Lars bläst sich ungerührt den Schaum von der Oberlippe und macht eine Kopfbewegung. »Da kommt er.«

»Tach.« Sven hebt lässig den Arm auf halbe Höhe und sieht prüfend in die Runde. »Alles klar?« Er beugt sich zu Tyson hinunter, der sich vor Freude kringelt, und tätschelt ihm prüfend die Flanken. »Na, mein Gutester, biste in Form?«

»Kannste glauben. Der zieht mich vom Straußberger Platz bis Frankfurter Tor.« Heiko tritt Sven unauffällig gegen das Knie, was ihn daran erinnern soll, dass Lars nichts weiß, und so soll es auch bleiben. Aber Lars hat was anderes entdeckt und wackelt anzüglich mitm Arsch. »Oi, guck mal, wer da ist. Den kenn wir doch.«

Eine farbenfrohe Gestalt ist aus einem gegenüberliegenden Hauseingang getreten und macht sich am Briefkasten zu schaffen. Nach trüben Wochen ist heute endlich mal wieder ein warmer Tag, deswegen fehlt die Strickmütze. Dafür ragen glatt rasierte Beine aus marineblauen Shorts mit weißen Möwen drauf. Der gelbe Pullover fällt locker, um die füllig gewordene Taille zu kaschieren. Aphrodite, der Mops, hat Tyson auf der anderen Seite entdeckt und zerrt ihr Herrchen quer über die Straße zu ihm hin. Der lässt sich zerren und macht keine Anstalten, den drei jungen Männern auszuweichen. Wegen der blau verspiegelten Sonnenbrille lässt sich der Ausdruck seiner Augen nicht deuten. Beim Näherkommen tritt eine Krampfader an der Innenseite seiner linken Wade deutlich hervor. Tyson fest im Blick, zieht Aphrodite schnaufend heran.

Lars hüstelt, was wie ein verhaltenes Quaken klingt. Aber Heiko hat jetzt andere Ziele und keine Lust auf Zwischenfälle, die diese gefährden könnten. Er tritt einen Schritt zurück und zieht Tyson aus dem Weg.

»Lassn doch«, meint Sven, der findet, dass noch eine Rechnung offen steht, »oder haste Schiss, dass sie ihn wieder fertig macht, die Krüppeltöle? Damit er keinen Kratzer kriegt, dein kostbarer Kampfhund.«

»Quatsch. Ist dochn Weibchen. Denen tut er sowieso nichts.«

Inzwischen ist sie auf gleicher Höhe, und Tyson stößt kindlich fiepende Laute aus. Die Möpsin zwingt noch einen halben Meter aus der Flexileine, wobei ihr die Augen weit aus dem Kopf quellen, dann hat sie Tyson endlich erreicht und kehrt ihm zufrieden keuchend ihr Hinterteil zu. Darüber ist ein schwarzes Latexhöschen gezogen, in das ein Loch geschnitten wurde, aus dem ihr Ringelschwanz in die Höhe ragt. Tyson fährt aufgeregt mit der Nase zwischen ihre Hinterbeine und hebt sie hoch, so dass sie wie eine Fellhaube kopfabwärts über seiner Schnauze hängt. Nur ihre Vorderpfoten berühren den Boden. Reglos verharrt sie in dieser seltsamen Haltung. Ihre Knopfaugen haben sich auf ihre Normalstellung zurückgezogen und blicken versonnen.

»Aphrodite, benimm dich nicht ordinär«, rügt ihr Leinenhalter und versucht sie wegzuziehen, was mit einer Flexileine sowieso schon schwierig genug ist. Aber die Hündin stellt sich taub, wie jede triebige Tochter gegenüber den Ermahnungen ihrer Mutter. Sie ließe sich lieber erwürgen, als auf Tyson zu verzichten. Der hat längst gerochen, was da unter dem Höschen ist, und wird immer aufgeregter. Die Hündin rutscht ihm vom Kopf, und er stellt sich über sie.

»Trägt die heute Reizwäsche?«, fragt Sven.

»Damit sie nicht alles voll tropft. Sie hat ihre Hitze«, erklärt ihr Besitzer, der stehen geblieben ist und die Leine aufrollt. »Blut kriegt man doch gar nicht mehr raus. Wir haben gerade frisch renoviert. Alles mit hellbeiger Auslegeware. Wie das ausgesehen hat vorher, das können Sie sich gar nicht vorstellen ...!« Er verdreht vielsagend die Augen, bis er merkt, dass er hier mit keiner Zustimmung rechnen kann. »Außerdem hält so eine Hose die Rüden ab.«

Das sieht Tyson anders. Mit den Vorderbeinen umklammert er die Hündin, krümmt den Rücken über ihr und zuckt mit dem Hinterteil vor und zurück. Höhnisch zeigt Sven auf Tyson.

»Der schafft das. Was wolln wir wetten?«

Jiepernd und jappend müht sich Tyson immer hektischer ab. Eine feuchte rote Spitze schiebt sich aus seinem Fell. Aber zwischen seinem Drang und dessen Ziel liegen mindestens zehn Zentimeter Luftlinie.

»Kiek ma, ne Luftnummer.« Vor Lachen verschluckt sich Lars an seinem Bier. Die Hündin steht wie festgeschraubt.

»Jetzt reichts. Aphrodite, schäm dich! Dafür bist du zu alt.« Energisch zieht ihr Besitzer an der verkürzten Leine und will sie unter Tyson hervorholen, aber Sven hält ihn fest. »Hey, lass mal. Die will auch ihrn Spaß. Ich hab gesagt, der schafft das. Was wetten wir?«

Aphrodites Herrchen versucht sich loszumachen. »Nein,

das geht nicht. Sie darf das nicht. Das ... das verträgt sie nicht. Sie ist zu alt dafür.«

Aber Sven hält ihn fest. »Quatsch, zu alt. Etwas geht immer. Was, Heiko?«

Der nickt benommen und hält die Leine nur noch locker zwischen den Fingern. Warum soll Tyson nicht seinen Spaß haben? Von erfolgreichen Sportlern heißt es doch auch, dass sie in der Nacht vorher mit ihrer Frau schlafen, weils dann viel besser klappt mit dem Siegen. Nicht so wie früher, wo sie nichts durften, weil die dachten, Sex schadet der Kondition. Außerdem, wenns der Kleinen doch Spaß macht. Und dass die will, sieht doch jeder. Die hält ja geradezu hin, damit Tyson besser ran kann, und ignoriert die verzweifelten Versuche ihres Herrn, der sich in Svens Griff windet. Keine Chance, Dicker. Wen Sven gepackt hält, den lässt er nicht los. Krafttraining.

»Nicht, bitte, lasst sie gehen, das übersteht sie nicht ... Ich kauf euerm Hund ne Kiste Pal oder was er frisst. Ich ...«

»Gönnst ihr das wohl nicht, was? Son richtig geilen Fick. Biste neidisch. Weil sie auf dich nicht mehr so scharf sind, wie, Dicker?« Sven klopft ihm missbilligend auf die Bauchringe. »Zu viel Fressen, zu wenig Sex, was?« Er lacht scheppernd und ruft Lars und Heiko zu, die Tysons nach wie vor erfolglosen Bemühungen zusehen: »So wird das nix. Ihr müsst die hochheben. Sonst wird das nie was, so kommt der doch nie dran.«

»Und wenn die mich beißt?« Lars ist nicht überzeugt.

»Quatsch. Die will doch, siehste doch selbst. Die leckt dir höchstens die Finger, aus Dankbarkeit.«

»Nein, bitte, ich flehe Sie an, machen Sie das nicht! Hilfe!« Verzweifelt sieht ihr Herrchen sich nach Rettung um. An der nächsten Kreuzung gehen zwei Frauen vorbei. »Hilfe! Helfen Sie mir!« Aber keine dreht sich um.

»Schnauze!« Sven stößt ihm seinen Ellenbogen ins Zwerchfell, dass der nach Luft ringt. »Na los, mach schon.«

Lars stellt erst sorgfältig seine Dose weg, dann greift er

nach dem Mops. Die rührt sich auch jetzt nicht, hält ganz still, als er sie vorsichtig anhebt.

»Ich kann die doch nicht die ganze Zeit halten«, mault Lars.

»Da ist ne Kiste, stell sie auf die Kiste.«

»Die Hose! Zieh ihr die Hose aus.«

Die hängt sowieso schon halb herunter. Dafür wenigstens hat Tyson gesorgt. Der glotzt glasig, die Zunge hängt ihm aus dem Maul, automatisch ruckt er vor und zurück ins Leere, als wäre er an einen Motor angeschlossen.

»Jetzt halt doch mal still, du Depp. Bei deiner Technik wärn wir längst ausgestorben.«

Lars hat der Ehrgeiz gepackt, er schiebt die Hündin in Position. Sie lässt sich willig schieben.

»Neeiin! Bitte, nicht!« Ihr Besitzer ist vorübergehend zu Luft gekommen, zappelt in Svens Umklammerung und will den Akt im letzten Moment verhindern. Ohne den Blick von den Hunden zu lassen, haut ihm Sven die Faust ins Gesicht. »Maul.«

Auch Heiko stiert gebannt. Seine Hände sind feucht, die Leine ist ihnen längst entglitten. Nur Hunde, aber irgendwie geil. Hoffentlich merken die anderen das nicht. Aber auch die Gesichter von Sven und Lars haben diesen gespannten Ausdruck. Lars glänzt der Schweiß auf der Stirn. Sven hat den Mund halb offen, schließt ihn, fährt sich mit der Zungenspitze über die Lippen, die sofort wieder auseinander klaffen. Keiner sagt was. Wie im Pornokino, bevor einer in der Dunkelheit laut zu grölen beginnt, weil er die Spannung nicht mehr aushält.

»Vorwärts, Tyson, du schaffst es!« Die Stimme von Lars ist rau, er schickt schnelle, Einverständnis heischende Blicke zu Sven und Heiko. Die reagieren nicht.

Als er Widerstand spürt, werden Tysons Stöße ruhiger und zielgerichteter. Er wird immer langsamer. Endlich ist er ganz drin. Die Hündin gibt einen Seufzer von sich. Es klingt, als entwiche Luft aus einem Ballon. Dann knickt sie in den

Beinen ein. Tyson hängt minutenlang mit blödem Ausdruck wie weggetreten auf ihr und rührt sich nicht.

»So, jetzt reichts, Alter.« Heiko gibt sich einen Ruck und greift nach der Leine. »Genug jetzt. Da haste deinen Spaß gehabt. Das reicht.« Er will Tyson wegziehen, aber das geht nicht. Die beiden Hundekörper hängen wie verschweißt zusammen und lassen sich nicht trennen. Heiko packt Tyson am Halsband und zerrt ihn hoch. Die Mopshündin hängt schlaff unter seinem Bauch. Der Anblick versetzt ihn plötzlich in Panik.

»Nimm sie weg da«, schreit er Lars an, der am nächsten steht.

»Die geht nicht ab«, befindet der nach einem halbherzigen Versuch.

»Zieh! Feste!«

Heiko zerrt an Tyson. Der heult auf und wehrt sich. Die Hündin gibt keinen Laut von sich.

»Mensch, zieh schon! Fester!«

Tyson kreischt und versucht zu schnappen. Endlich gelingt es Lars und Sven gemeinsam, die Hündin von ihm loszureißen. Sie rutscht ihnen aus den Händen und gleitet wie ein Stück Fell auf den Asphalt. Dort streckt sie sich und öffnet das Maul, als würde sie gähnen. Ein dünner Blutfaden fließt heraus. Dann rührt sie sich nicht mehr. Mit einem Aufschrei sinkt ihr Besitzer neben ihr in die Knie, zieht sich den zitronenfarbenen Pullover über den Kopf und bettet die kleine Hündin vorsichtig drauf. Er beugt sich über sie, und sein nackter Oberkörper begräbt sie unter sich. Dann legt er den Kopf neben sie auf das Pflaster und weint.

»Scheiße! Scheiße! Nix wie weg hier!«, schreit Lars hysterisch.

Auch Sven hat es plötzlich eilig. Heiko zerrt Tyson hinter sich her. Schweigend machen sie lange Schritte, kommen ins Rennen.

»Mörder!«, tönt es ihnen hinterher. »Ihr verdammten Mörder!«

»War doch geil, oder?«, meint Sven nach einer Weile in das Schweigen und grinst schon wieder. Aber keiner stimmt ihm zu. Heiko würde am liebsten losstürzen, irgendwohin, weg von hier, weg von den beiden anderen. Hauptsache weg. Er hat doch ein Ziel, und das liegt ganz woanders. Stattdessen rennt er mechanisch neben ihnen her in die gleiche Richtung.

»Ey, guck mal, wer da kommt«, sagt Lars plötzlich.

»Ach nee, die schon wieder«, murrt Sven. »Was willn die von dir?« Und als er sieht, wie Heiko rot wird, höhnt er: »Kinderschänder.«

Der wünscht sich, auf der Stelle unsichtbar zu werden, und späht verzweifelt nach einem Fluchtweg. Aber wohin? Der Rückweg ist verbaut.

Melli zappelt schon von weitem mit beiden Armen durch die Luft und hüpft ihnen aufgeregt entgegen. Die Hunde begrüßen sich überschwänglich. Tyson, wieder ganz der Alte, beriecht die Hündin vom Kopf bis unter den Schwanz. Hasi schwänzelt um ihn herum und leckt ihm das Maul.

»Guck mal, wie süß. Die passen richtig gut zusammen, findest du nicht? Die könnten doch Babys kriegen. Viele süße kleine Hundebabys.« Melli ist begeistert von ihrem Einfall und strahlt Heiko an. Der starrt feindselig zurück. Aus ihrem Gesicht weicht die spontane Freude. Heiko schämt sich, aber warum muss sie ihm ausgerechnet jetzt über den Weg laufen.

»He! Was ist? Ich find Hundebabys echt süß. Die würden bestimmt hübsch. Glaubst du nicht?«

»Nein.«

Die drei laufen einfach weiter. Aber Melli lässt sich nicht abschütteln und stellt sich ihnen in den Weg.

»He, wasn los? Hab ich was Falsches gesagt?«

Sie versucht, die Gedanken hinter ihren verschlossenen Mienen zu erraten, und furcht die Brauen, bis sie eine durchgehende schwarze Borste bilden. Dann blitzt eine Idee auf in ihren blaugrünen Augen. »Wisst ihr schon das Neuste?«

Sie hüpft rückwärts von einem Bein aufs andere vor ihnen her und schaut in ihre mürrischen, wenig neugierigen Gesichter. »Es war Mord. Der hier verbrannt ist. Jemand hat ihn angezündet.«

Triumphierend sieht sie von einem zum anderen, gespannt auf ihre Reaktion, die ausbleibt.

»He, stellt euch das mal vor, da läuft irgend so ein Irrer durch die Stadt und zündet Penner an.«

»Aktion saubere Umwelt, was?«, brummt Sven.

»Nee, wirklich. Vielleicht hab ich den Mörder ja gesehen. Der kann ganz normal an uns vorbeigegangen sein. Irgend so ein Bahnbeamter, dem siehst du das ja nicht an, dass er ein perverses Schwein ist. Er hat im Gebüsch gelauert und gewartet, bis wir weg sind. Oder ihr wart es.« Sie zeigt erst auf Lars, dann auf Sven. »Vielleicht warst du es. Oder du.«

»Du hast ne Phantasie wie meine Schwester«, murrt Lars.

»Woher weißtn das überhaupt?«

»Die Exfreundin von meinem Vater, also die ... war bei der Polizei und ...« Sie will schnell weitersprechen, aber Heiko unterbricht sie.

»Ich denke, die ist Stewardess.«

»Ja, jetzt, aber ihre Freundin ... also die hat ne Boutique, aber ihr Freund, der Freund von der Freundin, der ist bei der Polizei, der hat ihr das erzählt. Ist ja auch egal. Auf jeden Fall stimmt es. Der ist ermordet worden. Echt.«

Die drei sehen sie an. Ihre volle Aufmerksamkeit hat sie jetzt erreicht.

Der Tag fing für Ecke Lehmann eigentlich ganz gut an. Gestern wurde ihm die neue Waschmaschine mit ökologischem Energiesparprogramm geliefert. So schnell hatte er gar nicht damit gerechnet. Man war ja einiges gewöhnt. Sie passte sogar in die von ihm exakt ausgemessene Ecke seiner Wohnküche. Auch das war ja nicht selbstverständlich. Im Gegensatz zu ihm gingen die Hersteller mit Millimeterangaben ziemlich schlampig um, was ständig zu Umbaumaßnahmen führte. Wie gesagt, die Waschmaschine steht an dem von ihm dafür vorgesehenen Platz. Er hat seine Gartenarbeitsklamotten hineingeschoben, 4,5 Kilogramm, exakt abgewogen. Jetzt hockt er davor und studiert die 22 Programme. 40 Grad? Das reicht für die Erde an den Hosenbeinen. Oder besser doch 60 Grad wegen der Ölflecken? Vorwäsche? Ja. Schleudern? Ja. Weil es geregnet hat heute Nacht, kann er später gießen und vorher noch beim Baumarkt vorbeifahren. Viel oder wenig Wasser? In dem Moment poltert es an seiner Tür, dann drückt einer wie verrückt die Klingel.

»Ecke! Ecke! Schnell! Deine Laube brennt!«

Die Stimme von Heinz Hellwig, der den Garten neben ihm hat. Was will denn der? Widerstrebend löst Ecke seine Aufmerksamkeit von der neuesten Technik und geht zur Tür. Davor steht Heinz aufgeregt japsend neben seinem Fahrrad.

»Mensch, Ecke, komm schnell! Ick jloob, deine Laube brennt!«

»Wat heißtn, du jloobst? Haste die Feuerwehr jerufen?«

»Nee. Ick wollt dir doch erst Bescheid sagen.«

Ecke greift nach seinem Fahrrad, muss noch mal ins Haus, um den Schlüssel zu holen. Jetzt kommt er doch ins Rennen. Endlich sitzt er im Sattel und tritt schnaufend neben Heinz in die Pedale.

»Wahrscheinlich haste dich geirrt.«

»Nee, nee, du. Da kam Rauch raus anne Seite.«

»Kann gar nich sein. Da is nix, was brennt. Deswegen hab ich auch kein Ofen drin. Kein Risiko, sag ich immer, wegen der Laubsägearbeiten.« Beim Gedanken an seine Sammlung tritt er plötzlich schneller in die Pedale.

»Da sind noch welche von meim Vater bei«, keucht er. »Wär nich auszudenken … ne Ka …« Der Rest bleib ihm im Halse stecken. Aus seiner Laube dringt Qualm. Ecke schmeißt sein Fahrrad vor den Zaun und rennt zum Haus.

»Schnell! Ruf die Feuerwehr an! Du hast doch n Handy«, schreit er und fummelt den Schlüssel ins Schloss.

Außer Atem steht Heinz neben seinem Rad und drückt die Knöpfe auf seinem Mobiltelefon. »Scheiße! Scheiße!«, flucht er. »Son Mist. Die Batterien sind alle.« Ecke hat inzwischen die Tür aufgestoßen und ist im Haus verschwunden.

»Ecke! Komm da raus!« Ängstlich starrt Heinz in den weißen Rauch, aus dem Ecke hustend und mit einem Stapel bunt bemalter Holzplatten wieder auftaucht. »Mensch, warte! Ick habn Feuerlöscher drüben.« Ecke lehnt die Laubsägearbeiten an den Zaun und verschwindet wieder im Haus. Heinz rennt schaukelnd zu seiner Laube und kommt mit einem roten Feuerlöscher zurück. Inzwischen hat Ecke noch weitere Laubsägebilder an den Zaun gelehnt.

»Mensch, Scheiße, wie gehtn det?« Heinz drischt auf den Feuerlöscher ein. Ecke setzt die Platten ab und nimmt ihm den aus der Hand. »Steht doch drauf: Verschluss öffnen! Schlauch auf den Brandherd richten! Drücken!«

»Ja und wie ...?«

Aber Ecke ist bereits mit dem Feuerlöscher ins Haus gestürmt. Heinz folgt zögernd. Alles ist voller Rauch, der aus dem hinteren Raum kommt, wo irgendwas kokelt. Heinz hustet.

»Ecke? Wo bistn? Man sieht ja jar nischt. Det riecht ja, als hättste deine Socken verbrannt. Soll ick mal det Fenster ...?«

»Bloß nicht! Lass ja dat Fenster zu«, schreit Ecke aus dem Rauch. Er hat den Verschluss aufgekriegt und sprüht Schaum auf Boden und Wände, bis es aus der Düse nur noch leise zischt.

»So.« Ecke stellt den Feuerlöscher ab und wischt sich übers Gesicht, das von Ruß und Schaumspritzern gesprenkelt ist. »So. Jetzt kannste uffmachen.«

Heinz öffnet beide Fensterläden und wedelt den Rauch mit den Händen nach draußen.

»Sag ihr dir doch, deine Laube brennt. Willste mir aba nich jlooben. Na, is ja noch ma jutjegangen.«

»Det nennste jut? Kiek dir ma die Sauerei an. Det kost mich n halbet Jahr, kost mich det.« Ecke betrachtet fassungslos seinen »Salon«. Boden, Wände, Schrank, Tisch und Sofa, alles ist mit einer dicken Schicht grauweißen Schaums überzogen.

»Watn det?« Heinz zeigt auf einen Wulst auf dem Sofa.

»Det war nich da vorher«, wundert sich Ecke, geht näher und wischt den Schaum weg.

»Mensch, Ecke, det is ja einer! Da liegt einer!«, schreit Heinz und weicht entsetzt zurück. »Pass auf! Komm weg da.«

»Der tut nischt mehr«, meint Ecke Lehmann ungerührt und wischt weiter. »Der nich mehr. Ruf du mal die Polizei.«

»Aber die Batterien sind doch alle«, stammelt Heinz.

»Dann geh zur Zelle, verdammt noch ma! Sach denen, hier liegtn Einbrecher. Der wollt die Hütte anstecken. Mensch, mach schon!«

»Ja, ja, ich geh ja schon«, stottert Heinz und eiert davon.

Ecke wischt sich sorgfältig Hände voll von grauweißem Schaum an die Hose und überlegt, ob das Zeug bei 60 Grad rausgeht. Gut, dass wenigstens die Waschmaschine geliefert worden ist. Sonst wäre der Schaden noch größer. Aber die Laubsägearbeiten sind gerettet. Das ist die Hauptsache.

Der Fahrstuhl rumpelt quietschend aufwärts. Irgendwo schleift Metall auf Metall. Beckstein bricht der Schweiß aus bei dem Gedanken, einem Idioten von Techniker ausgeliefert zu sein, der sich wahrscheinlich nur seinen Wartungsvertrag hat unterschreiben lassen, ohne auch nur einen Blick auf die Funktion der Kabel zu werfen. Sie hätte die Treppe nehmen sollen. Aber sieben Stockwerke, die Saunatasche und der Restalkohol im Blut vertragen sich nicht. Schließlich hat sie sich überwunden und auf »Lift« gedrückt. Der grüne Knopf wurde rot. Ihr Puls beschleunigte. Sie wollte sich gerade der Treppe zuwenden, als ein junger Mann neben sie trat.

»Sie haben schon gedrückt?«

Jetzt konnte sie nicht mehr zurück. Die Türen öffneten sich wie ein stählernes Gebiss. Der junge Mann ließ ihr höflich den Vortritt und stieg im ersten Stock wieder aus. Keinen Fuß vor den anderen setzen, aber ständig ins Fitness-Studio rennen. Sie schüttelt den Kopf und bereut es sofort. Boden, Decke, Wände, alle durchgehend metallicblau gestrichen, geraten in schlingernde Bewegung. Plötzlich versteht sie, was der im Polizeigriff zappelnde Steinewerfer damals gemeint hat. Psychofolter!, hatte der gebrüllt. Die RAF-Gefangenen werden in weiße Zellen gesteckt, oben, unten, alles weiß, damit sie jede Orientierung verlieren. Und ihr Bullenschweine helft noch mit!

Endlich wird der blaue Sarg langsamer, stottert, hält ächzend, als hätte ein Achtzigjähriger sie auf Händen alle sieben Stockwerke hochgetragen. Die Türen öffnen sich und geben die Sicht auf eine weiße Korbsesselgruppe frei. Schweißgebadet tritt sie vor den Saunatresen.

»Drei Stunden?«, fragt die weiß bekittelte Blondine dahinter, ohne hochzusehen.

Grußlos nimmt Beckstein den Schlüssel und öffnet die Tür zum Umkleideraum, hinter der eine nackte Frau auf ihrem Handtuch steht und sich eincremt. Sie zieht ihre Ringe von den Fingern, hängt die verschwitzten Sachen in den schmalen Spind und geht unter die Dusche. Mit geschlossenen Augen verharrt sie lange unter dem warmen Strahl. Vielleicht sollte sie hinterher doch die Treppe nehmen, sonst ist die Entspannung gleich wieder am Arsch. Eine gedämpfte Männerstimme aus der Dusche nebenan reißt sie aus ihrer Versunkenheit. »Was machst du da? Spinnst du? Wenn dich jemand sieht!« Die Frauenstimme dringt unbeeindruckt durch das Rauschen des Wassers. »Stört es dich? Ihr stellt euch doch auch an jeden Baum.«

Beckstein nimmt ihr Handtuch und betritt die Aufgusskabine, die nach Holz und Eukalyptus riecht. Mit einem Seufzer streckt sie sich auf der mittleren Bank aus und schließt die Augen. Dunkelheit und Wärme umgeben sie. Ein Urzustand, in dem keine Entscheidungen verlangt werden. Nur daliegen und warten, bis der Alkohol aus jeder Pore verdampft ist. Seit Jana das Feuerzeug erwähnt hat, versucht sie sich das Bild von den zitternden Händen, die ihr Feuer geben, aus dem Kopf zu saufen. Selbstmord? Mit ihrem Feuerzeug?

Selbstmörder, die sich verbrennen, haben eine Botschaft. Eine Fackel für die Freiheit auf dem Marktplatz. Für Frieden vor dem Rathaus. Gegen Ungerechtigkeit vor dem Sozialamt. Nicht halb versteckt auf irgendeiner Parkbank in irgendeiner schäbigen Grünanlage. Und woher hatte er das Benzin?

Warum sollte sich einer selber verbrennen, wenn er sich viel angenehmer totsaufen kann?

Darauf wusste auch Aaron keine Antwort, den sie überfallartig in seiner Wohnung am Landwehrkanal aufgesucht hat. Dort war sie lange nicht. Er war entsprechend irritiert, als sie plötzlich vor seiner Wohnungstür stand. Einen Moment dachte sie, er würde sie nicht hereinlassen, so abweisend verharrte er im Türrahmen. Hatte er eine(n) heimliche(n) Geliebte(n) zu Besuch? Aber seine Geheimnisse, falls er welche vor ihr hatte, interessierten sie nicht. »Ich stör dich nicht«, sagte sie statt einer Begrüßung, »wir können uns auch in der Küche unterhalten. Aber ich muss einfach noch mal mit dir reden.«

»Komm rein. Ich hab keinen Besuch, wenn du das meinst.« Er gab den Eingang frei und schaltete den Fernseher aus, der im Hintergrund lief. Jede seiner Wohnungen, in die er nach seinem Auszug bei ihr gezogen war, machte den Eindruck, als säre er nur Gast und besorgt, keine Spuren zu hinterlassen. Diese hier war mit eineinhalb Zimmern eher klein, wirkte aber durch die sparsame, aber exklusive Möblierung großzügig.

Er ist in so ziemlich allem das genaue Gegenteil von mir, denkt sie auf ihrer Saunapritsche, während sie sich an die Szene erinnert.

Sie war dem Sandsack ausgewichen, der von der Decke hing, hatte sich auf einen Barhocker vor seinem Küchentresen gesetzt und kam sofort zur Sache.

»Da war noch jemand, auf der anderen Bank. Hast du den

gesehen? Der hat geschnarcht, das weiß ich noch. Sonst weiß ich fast nichts mehr.«

Er stellte sich hinter den Tresen wie ein Barkeeper. »Milchshake gefällig?«

»Verarsch mich nicht. Hast du ein Bier?« Wortlos nahm er eine Flasche aus dem Kühlschrank und stellte sie mit einem Glas vor sie hin. Einen Moment lang war sie aus dem Konzept gebracht, weil sie mit dem üblichen Widerstand gerechnet hatte.

»Warum sollte sich einer verbrennen, wenn er sich sowieso schon totsäuft? So ein Leben ist doch Selbstmord auf Raten.«

»Vielleicht hatte er es eilig.«

»Das ist eine saublöde Bemerkung.« Sie hätte ihm eine knallen können für den Zynismus, den sie sich selbst vorbehielt.

»Ein blöder Witz, geb ich zu. Tut mir Leid. Aber warum hängst du dich da rein? Du bist nicht mehr im Dienst. Die werden das auch ohne dich herausfinden.«

Der Wasserkocher hinter ihm schaltete sich aus, und er wandte sich ab, um die Kanne herauszunehmen und die Mischung aus Kräutertee und Kandiszucker in seinem Glas mit kochendem Wasser zu übergießen. Es brodelte und dampfte. Aaron unterdrückte einen Schmerzenslaut und betrachtete die Innenfläche seiner Hand mit wehleidiger Aufmerksamkeit, als gäbe es im Moment nichts Wichtigeres.

»Der Tote hatte mein Feuerzeug in der Hand.«

Aaron drehte sich zu ihr um. Jetzt war er wirklich schockiert, das sah sie, auch wenn er sich bemühte, es nicht zu zeigen. Er hatte ihr das Feuerzeug zum Geburtstag geschenkt. Es war teuer gewesen, das ahnte sie und benutzte es mit aller Vorsicht, d.h. selten. Es wäre nicht das erste Mal, dass sie ein Geschenk von ihm verlor und deswegen ein schlechtes Gewissen hatte. Aber ihr Sohn ließ sich davon nicht entmutigen und zu preiswerteren Geschenken verleiten. »Ich weiß, Geschenke verschenkt man nicht. Aber er sah irgendwie aus wie Jean Gabin in ›Im Kittchen ist kein Zimmer frei‹. Er hieß Max. Kanntest du ihn?«

»Ich glaube, ich weiß, wen du meinst. Wenn es der ist, kommt er irgendwo aus Thüringen, soviel ich weiß. Wieso glaubst du, dass er der Tote ist?«

»Das Feuerzeug.«

»Er könnte es weitergegeben haben.«

»Glaub ich nicht.« Sie war sogar ziemlich sicher, dass er ihr Geschenk nicht aus den Händen gegeben hatte. »Wer bringt so einen um? Warum? Da ist doch nichts zu holen. Hast du übrigens gehört, einer von den Glatzen hat in derselben Nacht seinen Kampfhund auf einen der Obdachlosen gehetzt.«

»Nein. Aber es wundert mich nicht. Das wäre ja nicht das erste Mal. Die Rechten treffen sich beim Hühner-Hugo. Der verkauft die deutschesten Hähnchen der Stadt und das billigste Dosenbier. Die Obdachlosen treffen sich dahinter. Bier lieben beide. Da gibts oft Zoff.«

»Es war einer mit Bibelsprüchen, der Herr ist dein Hirte und so. Apostel nennen sie den. Der Köter muss ihn ziemlich gebissen haben. Seither ist er verschwunden. Angeblich wollte er zum Arzt«, meinte sie. »Man muss ihn unbedingt finden. Vielleicht hat er was gesehen und hat Angst. Diesen Jungnazis trau ich alles zu.«

Aaron versprach, nach ihm Ausschau zu halten.

Beckstein faltet die Hände über dem Bauch. Direkt unter dem Nabel klopft der Puls immer schneller. Obwohl die Temperatur auf dem Thermostat die gleiche bleibt, erscheint sie mit jedem Atemzug unerträglicher. Ein Mann steigt gebückt von der oberen Bank und hält sich das Handtuch vors Geschlecht. Als er die Tür öffnet, trifft sie ein kurzer Luftzug wie ein Geschenk.

Wie ist das, wenn einer verbrennt? Beckstein zieht die Knie ans Kinn und atmet flach. Besoffen, wie der war, konnte er sich aus dem brennenden Schlafsack nicht befreien. Selbst nüchtern kommt einer da nicht schnell genug raus ohne Hilfe. Der muss doch geschrien haben, gebrüllt wie ein krepierendes Tier. Hat das keiner gehört? Und wenn einer dabeistand, der abwartete, bis sich nichts mehr rührte, in den Flammen?

Sie atmet zu tief ein und muss husten. Ihre Haut brennt, ihr Herzschlag rast. Bevor sie ohnmächtig wird, drückt sie die Tür auf, schnappt nach Luft und sinkt auf die nächste Bank. Alles dreht sich. Aus dem Spiralnebel materialisiert sich ein weißes Handtuch über dürren Beinen: Gandhi. Der Nebel dreht sich langsamer. Es sind die Beine von Andreas Ammetsried.

»Beckstein, was machst du denn hier?«

Sie rafft ihr Handtuch um sich und wischt sich mit den Zipfeln den Schweiß aus den Augen.

»Ich hab dich für Gandhi gehalten.«

»O je, war wohl zu heiß da drin.« Andreas lacht. Er scheint überhaupt nicht verlegen. So kennt sie ihn gar nicht. »Ich mache noch einen Gang. Gehen wir dann einen Kaffee trinken?«

»Ich muss erst an die frische Luft. Später.«

Ammetsried verschwindet hinter der Glastür, und sie geht zu den Duschen. Leicht schwindlig steigt sie anschließend die Stufen zur Dachterrasse hoch. Die Luft ist mild. Wie aus einem Sieb tropft das Licht aus dem schwarzen Himmel. Rosa umflort steht der Fernsehturm über der bunt zuckenden Stadt. Brandenburger Tor, Dom, die Baukräne am Potsdamer Platz und die Reichstagskuppel sind erleuchtet. Ein Einsatzwagen rast, blaue Blitze schleudernd, in nordöstliche Richtung und vereinigt sich irgendwo auf der Höhe vom Gleisdreieck mit einem anderen zu einem blauen Feuerwerk. Beckstein legt sich auf eine der Holzliegen und beobachtet das winzige Flugzeug, das sich mit blinkenden Lichtern seinen Weg zwischen den Sternen sucht. Sie hat ihre Zigaretten im Schrank gelassen, ist versucht, aufzustehen, bleibt liegen. Soll sie Ammetsried sagen, dass sie in der Nacht am Tatort war?

Eine Gestalt im weißen Bademantel beugt sich über sie.

»Zigarette?«

»Ammetsried, kannst du Gedanken lesen?« Sie greift in

die angebotene Schachtel und hält die Zigarette an sein Feuerzeug. »Ich denk, du bist Nichtraucher.«

»Nicht mehr.« Ammetsried streckt sich auf der Nachbarbank aus, spuckt weißlichen Rauch in den dunklen Himmel und schweigt.

»Ärger?«, fragt sie nach einer Weile und bekommt lange keine Antwort.

»Deine Nachfolgerin hat mich zusammengeschissen wegen des Kanisters.« Seine Stimme klingt verbittert. »Du bist raus, sagt sie. Du sollst dich nicht in Sachen einmischen, die dich nichts mehr angehen. Sie hat getan, als triebe ich mich mit dir rum. Nur so, zu meinem Vergnügen.«

Beckstein lacht. »Wie schmeichelhaft für mich, dass sie mir so viel Verführung zutraut.« Sie rollt sich zu ihm herum. »Du hast deine Arbeit nur gründlich gemacht. Er hätte was damit zu tun haben können. Bist du jetzt sauer auf mich?«

»Ich mach dir ja keinen Vorwurf.«

Andreas raucht wütend. Gegenüber wühlt eine Frau in einer Tasche voll ätherischer Aufguss-Öle und kehrt ihnen dabei ihren gewaltigen nackten Hintern zu. »Eukalyptus? Orange? Kardamom? Minze? Bergamotte?«, fragt sie sich und beantwortet jede Frage mit einer klirrend zurückgeworfenen Flasche.

»Habt ihr was Neues rausgefunden?«

»In dem Kanister waren Reste von Super-Benzin«, sagt Ammetsried schließlich. »Auf dem verbrannten Schlafsack haben sie aber Spuren von einem Gemisch gefunden. Aber vergiss es wieder, ja? Wenn sie rauskriegt, dass ich dir das gesagt habe, reißt die mir den Kopf ab.«

»Das wäre aber schade«, meint sie trocken. »Und sonst? Habt ihr keine Zeugen gefunden? Es muss doch Zeugen geben.«

»Besoffen oder taubstumm. Nix gehört, nix gesehen.« Ammetsried lässt ein kurzes Lachen hören.

Das wäre der Moment, ihm von Apostel zu erzählen. Ihr Gefühl sagt, dass der irgendetwas gesehen haben muss.

»Keine Zeugen, kein Motiv. Wir haben nichts«, sagt Ammetsried.

»Weil ihr nichts haben wollt.«

»Quatsch. Wir wissen die Todeszeit, zwischen 23 Uhr und Mitternacht, und dass es sich um den wohnsitzlosen Maximilian Gärtner gehandelt hat.«

Sie zuckt zusammen, als er den Namen nennt, öffnet den Mund, um etwas zu sagen, und schließt ihn wieder. Der Moment ist vorbei.

»Komm, lass uns einen Kaffee trinken.«

Als sie sich auf den Hocker an der kleinen Bar neben ihn schiebt, tippt sie auf seine haarlos glänzende Brust, über der der Bademantel klafft. »Nimmst du Enthaarungscreme oder Wachs?«

»Hä?« Er sieht sie einen Moment entgeistert an, während er dem Mädchen hinter dem Tresen den Arm mit dem Schrankschlüssel hinhält. »Zwei Kaffee. Geht auf meine Nummer.«

»Wie machst du sie weg?«

»Wieso? Gar nicht. Ich hab keine Haare auf der Brust, wenn du das meinst.«

»Komisch. Manche Männer haben da einen ganzen Affenpelz, andere bleiben lebenslang kahl. Das hat mich immer gewundert, wovon das abhängt.«

»Entschuldigung«, wendet sich das Mädchen hinter der Bar an Ammetsried, »die Nummer 46! Wir haben Sie schon gesucht. In Ihrem Spind klingelt die ganze Zeit ein Handy.«

Als hätte ihm ein Geist auf die Schulter getippt, fährt Andreas hoch und kommt nach kurzer Zeit, schon halb angezogen, noch mal zurück.

»Entschuldige, ich muss sofort los. Sie haben eine Leiche gefunden. In einer Laubenkolonie.«

Beckstein bleibt vor zwei Kaffeetassen zurück, ignoriert ihre Vorsätze und bestellt ein großes Helles.

Wer schnarcht, ist nicht tot. Demnach kann es nicht Max

gewesen sein, den sie im Dunkeln gehört hat. Denn der starb zwischen 23 Uhr und Mitternacht. Wer dann?

Sie muss unbedingt diesen Apostel finden.

Die letzte S-Bahn ist längst weg. Sie könnte vom Halleschen Tor ein Taxi nehmen. Aber Jana ist aufgekratzt und überhaupt nicht müde, wie nach jedem Karaoke-Abend in dem plüschigen Club, den sie so regelmäßig besucht, wie es ihr Dienstplan zulässt. Nach Stunden in der verrauchten Bar giert sie nach Bewegung und Luft. Sie hat den ganzen Abend nichts außer Tonic getrunken und fühlt sich wie auf dem Schleuderbrett.

»Hinterm Horizont geht es weiter«, summt sie vor sich hin. Ein melancholisches Lied, es passt eigentlich nicht zu ihrer Stimmung.

Wie ein Scherenschnitt läuft ihr Schatten vor ihr her. Laufen bis zum Horizont. Es ist Vollmond. Sein kaltes Licht lässt alles künstlich aussehen. Ihr weißer Lederanzug leuchtet weithin. Sie hat das Prachtstück, wie für Elvis und eine Gala im Cowboysaloon entworfen, bei der Präsentation einer Nachwuchsdesignerin in den Hackeschen Höfen erworben. An ihren Ohren glitzern Mercedessterne aus Strass.

Unter der nietenverzierten Jacke klebt ihr ein verschwitztes, pinkfarbenes Stretchtop auf der Haut, dessen einziger Träger schräg über ihrer linken Schulter verläuft. Räuspern und angehaltene Atemzüge im Publikum, ob es rutschen würde, als sie die Lederjacke nachlässig von den nackten Armen gleiten ließ und sich nach vorne beugte, um nach dem Mikrofon zu greifen. Sie hat sich ganz langsam aufgerichtet und die gierigen Blicke ausgekostet, die in ihren Ausschnitt fuhren und nach ihren Brüsten griffen.

Hemmungslos. Sie war wieder hemmungslos. Sie hat die plumpen Komplimente genossen, die groben Anspielungen, sich zweideutige Witze angehört und eindeutige Einladungen scheinbar nur zögernd zurückgewiesen.

Billige Ernte. Die Männer in der Bar sind nicht anspruchsvoll. Etwas nackte Haut reicht aus, sie zum Grunzen zu bringen. Trotzdem wechselt sie an manchen Abenden zweimal in der engen Toilette ihre Garderobe, um beim nächsten Lied anders zu erscheinen.

Sie singt gern Oldies und Lieder vom Meer. Da lässt sie sich gehen wie sonst nie. Auf der improvisierten kleinen Bühne verlassen sie ihre Hemmungen, die sie daran hindern würden, in einem trägerlosen Kleid auf dem Polizeiball zu erscheinen. Hier oben könnte sie sich vorstellen, mit Unterwäsche zu werfen.

Manchmal zittert sie, dass mal ein Kollege in der Bar auftaucht. Aber wahrscheinlich würde der sie gar nicht erkennen mit dem schrillen Make-up und den aufgeklebten grünen Fingernägeln.

Die hochhackigen Stiefeletten sind noch nicht richtig eingelaufen. Sie spürt jeden spitzen Stein auf den Kieswegen neben dem Landwehrkanal. Aber auch Blasen können ihr heute die Laune nicht verderben. Männerblicke knistern noch auf ihrer Haut. Allmählich könnte sie es sich wieder vorstellen. Heute hätte sie gern einen mitgenommen. Leider war keiner da, der ihr gefiel.

An der Bar saßen die üblichen Stammkunden. Einer von denen lädt sie beharrlich zu einem Drink ein, und sie lehnt ebenso beharrlich ab. Die meisten Gesichter kennt sie inzwischen. Hin und wieder verirren sich Touristen in den Club, der in keinem Stadtführer steht. Dafür ist er zu unbedeutend, zu wenig chic und zu wenig das neue Berlin.

Der Tote am Ostbahnhof war sogar hier Thema. Mehr als Drogen, Suff und Unfall regt Feuer die Phantasie an.

»Anzünden, das ist doch Sadismus. So was tut einer nur aus Rache«, meinte der Barkeeper.

»Der soll ein Stasispitzel gewesen sein«, behauptete einer

der Thekentrinker. Sein Nachbar stimmte ihm zu. »Vierzig Jahre Diktatur, da hastn Nachholbedürfnis an Rache.«

»Du vergisst die Nazis, die waren bei denen ja auch noch davor.«

Der Tote ist kaum identifiziert, da weiß der gemeine Thekenverstand schon, wers war und warum. Jana hat sich jede Bemerkung verkniffen, um sich nicht versehentlich als Polizistin und rachsüchtige Diktaturgeschädigte zu outen.

Rache? Wäre möglich. Vielleicht sollte sie mit Beckstein mal darüber reden.

Das junge Grün der Bäume taucht bis in den Landwehrkanal. Der dient ihr als Orientierung. An ihm kann sie entlanglaufen, später muss sie sich links halten, über die Elsenbrücke, dann ist sie in Stralau und auf vertrautem Gelände. Im westlichen Teil der Stadt fühlt sie sich immer noch wie ein Tourist. Nach der Wende fand sie es aufregend, sich die eigene Stadt wie eine fremde neu zu erobern. Aber bis sie überall gewesen ist, wird es noch dauern.

Auf der Kaimauer sitzt jemand und bleibt auch bei einem mit Blaulicht vorbeijaulenden Einsatzwagen reglos wie eine Statue. Beim Näherkommen erkennt sie, dass der Typ eine Angel in das schwarze Wasser hält. Ein Angler? Mitten in der Nacht? Ein Spinner? Oder gibt es eine Fischsorte, die nur nachts beißt?

Die Stadt ist voller Verrückter. Solche, die einen hilflosen Obdachlosen anzünden, einfach so. Bösartig oder verrückt? So verrückt wie der, der jetzt im Rollstuhl sitzt und von Rache faselt und Vergeltung bis in alle Ewigkeit? Ihr Anrufbeantworter war wieder zugesabbert mit dieser Stimme, vor der ihr graut. Wie zurechnungsfähig der zur Tatzeit war oder in Zukunft sein wird, würde erst im Prozess entschieden werden. Verrückt genug für Rache? Rache an ihr? Im selben Moment hört sie hinter sich das Knirschen von Reifen auf dem Kies. Schlagartig überfällt sie wieder die überwunden geglaubte Panik. Kein Hund. Keine Waffe. Wenn er jetzt hinter ihr auftauchte, wäre sie ihm fast wehrlos ausgeliefert. Sie verkrampft die Hände vor dem Leib und versucht sich auf die erlernten Kampftechniken zu konzentrieren. Ein gelbes Fahrrad zischt aus der Dunkelheit heran und rast knapp an ihr vorbei. Sie atmet aus und lässt die Arme sinken. Da stoppt der Radler Kies sprühend vor ihr und stellt sein Rad quer über den Weg. Jana reißt die Fäuste hoch. Der Typ schiebt seinen Helm zurück.

»Jana?!!«

Es ist Aaron. Vor Erleichterung schießen ihr die Tränen in die Augen. »Menschenskind, Aaron, hast du mich erschreckt!«

»Tut mir Leid. Ich dachte, toughe Polizistinnen könnte man nicht erschrecken«, lacht er und wischt sich über das schwarz verschmierte Gesicht. Dann betrachtet er sie eingehend und pfeift durch die Zähne. »Hey, deswegen habe ich dich nicht gleich erkannt. Du siehst ja absolut steil aus. Arbeitest du wieder als Lockvogel?«

»Nein. So was mache ich nie wieder im Leben.«

»Schade, ich würde mich sofort locken lassen.«

»Ja? Ich arbeite auch freiberuflich«, flötet sie und ist selbst verblüfft über ihren anzüglichen Ton. »Ein Zweitverdienst für unterbezahlte Polizistinnen.« Sie lacht über sein schockiertes Gesicht. »Quatsch. Ich war in einer Bar, wenn es dich interessiert. Und du?«

»Ich dreh nachts immer noch mal ne Runde. Vielleicht braucht mich einer.« Er verzieht ironisch das Gesicht. »Ehrlich gesagt, mehr wegen der Fitness. Bei der Luft kann man sowieso nicht schlafen.«

»Stimmt.«

Er schiebt sein Rad dicht neben ihr her. Ohne Schuhe sind sie wahrscheinlich fast gleich groß. Aber mit den High Heels überragt sie ihn auf unbequeme Weise. Um ihr seine Hand in den Nacken zu legen, muss er nach oben greifen. Dort hängt sie wie am Garderobenhaken. Lässig barfuß neben ihm herlaufen, das wärs. Jana erwägt, die Schuhe auszuziehen. Wegen der zerbrochenen Bierflaschen und der Hundescheiße auf dem Weg lässt sie es bleiben. Seine Fahrradhandschuhe kratzen. Er zieht sie näher zu sich herunter.

Gebückt, damit seine Hand bequemer liegt, stolpert sie mit eingeknickten Knien vorwärts, man könnte sagen, sie fällt auf seinen wartenden Mund. Als sie endlich den Kopf wieder heben kann, fragt er: »Wo ist dein Schoßhund?«

»Zu Hause.«

Er legt ihr seinen Arm fest um die Taille, sie verliert den Boden unter den Füßen und fühlt den Lenker seines Fahrrades unter ihrem Hintern.

»Nicht wackeln! Vorsicht!«

Er stellt den Lenker gerade und tritt kräftig in die Pedale. Ohne Licht stürzen sie gemeinsam vorwärts ins Dunkle und tauchen beim nächsten Laternenlichtkegel wieder auf.

»Nicht so schnell. So bin ich zuletzt als Dreizehnjährige gefahren«, kichert sie und quietscht bei der nächsten Bodenwelle wie ein Teenager. Er legt seine Wange an ihre. »Lehn dich an mich.«

»Fahr uns bloß nicht ins Wasser.«

Wange an Wange fahren sie neben dem Kanal durch die Nacht.

Sie schnuppert. »Du riechst wie ne Rauchwurst.«

Er beugt sich zu ihrem Ohr. »Schmeckt auch so.«

Er fährt eine weite Kurve, in der sie fast die Balance verliert, und bremst vor einem bewachsenen Torbogen, der in einen hügeligen Hinterhof führt. Von einem Baumhaus führt eine Rutsche in Serpentinen in einen Sandkasten. Spielzeug liegt rum neben Kübeln voller Pflanzen. Sie springt ab.

»Die Fenster sind ja ganz schief. Wo sind wir?«

»Bei mir.«

Er hängt sich das Rad über die Schulter und schließt erst die Haustür und dann eine Wohnungstür im ersten Stock auf.

Das Rad stellt er in den Flur, hängt Helm und Handschuhe über den Lenker, fährt sich durchs Haar und zieht sie mit einem Ruck zu sich. Er presst sie gegen die Wand und schiebt ihr sein Knie zwischen die Beine und die Zunge in den Mund.

Sie beginnt an der Wand herunterzurutschen. Abrupt lässt er sie los.

»Ich glaub, ich geh erst mal duschen. Ich mach dich ja ganz schmutzig. Machs dir bequem. Nimm dir was zu trinken.«

Jana sieht sich um und ist beeindruckt. Solche Wohnungen kennt sie nur aus dem Fernsehen.

»Verdienst du gut?«, ruft sie ihm nach, und er kommt noch mal mit nacktem Oberkörper zurück. »Nicht mehr als du.« Er sieht, wie sie die Jugendstil-Vitrine bewundert und die Chrom-Glas-Kombination, auf der der Computer steht.

»Einen antiken Schrank oder ein Designer-Stück kannst du für den gleichen Preis wieder verkaufen. Bei dem Ikea-Scheiß musst du für die Entsorgung noch zahlen. Im Endeffekt kommt es nicht billiger.«

Ein cremefarbenes, weichknautschiges Sofa schreit geradezu danach, dass man sich hineinverkriecht, um verregnete Sonn- und Feiertage darin fernsehend zu verbringen. Obwohl weder Regen noch Sonn- oder Feiertag ist, lümmelt Jana sich in die Kissen, streift die Schuhe von den Füßen und greift zur Fernbedienung. Auf dem Bildschirm erscheinen Stiefel in Großaufnahme. Derbe, nicht besonders saubere Stiefel. Dünnes Kinderhaar hängt strähnig über das Leder. Werbung wird immer perverser, denkt Jana. Da fährt die Kamera zurück und zeigt den schmalen, nackten Körper, der vor den Stiefeln auf dem Boden kniet. Auf dem blassen Rücken sind dunkle Striemen. Das ist keine Werbung. Jetzt packt eine grobe Hand den zarten Nacken und drückt ihn tiefer. Gleichzeitig fährt die Kamera von hinten zwischen die gespreizten Schenkel auf die fast haarlose Scham.

»Ekelhaft, wie?« Aaron im Bademantel, mit feuchten Haaren, ist hinter sie getreten, nimmt ihr die Fernbedienung aus der Hand. Das Bild schnurrt zusammen und wird weggesaugt wie Schmutzwasser.

»Das habe ich einem minderjährigen Kiffer abgenommen. Der wollte das verkaufen.«

»Und woher hat der das?«

»Das versuche ich gerade rauszukriegen. Ich hab den Verdacht, dass da ein paar clevere Kids die Pornos selbst drehen und verkaufen, ne Videokamera hat ja heute fast jeder. Die Älteren lernen die Jüngeren an. Es ist immer das Gleiche.« Seine Stimme klingt resigniert. »Aber wenn ich zu viel Bohei mache, erfahre ich gar nichts mehr. Und laufen tut das trotzdem. Du brauchst erst eine Vertrauensbasis.«

Er geht zum Tresen und mixt sich einen Drink. »Du auch einen?«

»Weiß Beckstein davon?«

»Um Gottes willen. Die würde doch sofort Amok laufen bei so was und alles nur noch schlimmer machen. Wo die Polizei rumschnüffelt, da ist erst mal alles dicht. Da sagt dir keiner mehr was.« Er kommt mit zwei Gläsern zum Sofa. »Aber lass uns den Job mal für ne winzige Ewigkeit vergessen, ja? Schön, dass du hier bist.« Er stößt sein Glas gegen ihres und sieht ihr in die Augen, stutzt und tastet mit den Fingerspitzen über ihre Brauen.

»Du hast ja zwei verschiedenfarbene Augen. Ich dachte, du hättest einen Silberblick.«

»Das geht vielen so.« Sie zuckt die Schultern und nippt an ihrem Glas. »Was ist das?«

»Spezialität des Hauses. Ich fand deinen Silberblick übrigens immer schon sehr sexy.«

Sie küssen sich. Er fasst sich gut an. Seine Muskeln bewegen sich wie flinke Eidechsen unter der glatten Haut. Ihr Top ist kein Hindernis. An ihrer Lederhose zerren sie beide, lachend. Sein Bademantel klafft.

»Wasn das?« Sie zeigt zwischen seine Beine.

»Penis-Piercing. Fass mal an.«

»Hab ich ja noch nie gesehn. Wenn das deine Mutter wüsste«, kichert sie. In dem Drink war mehr als Tonic.

»Wir werden es ihr einfach nicht erzählen«, murmelt Aaron zwischen ihren Brüsten. Sie kann nicht mehr stillsitzen. Jede Stelle ihres Körpers kribbelt, als läge sie in einem Ameisenhaufen, und fordert, gekratzt, gerieben und massiert zu werden. Sie schlingt ihre Beine um seine Taille. Immer wenn es so weit ist, verlässt sie jede Beherrschung. Etwas Unkontrollierbares übernimmt die Regie. Ihr Mund ist aufgerissen und entlässt fremdartige Geräusche. Es klingt ordinär, hat ein Liebhaber bemängelt. Das bin nicht ich, hat sie sich verteidigt, das kommt einfach so. Das letzte Mal ist lange her. Ihre Finger krallen sich in Aarons Locken. Mit einem Ruck schwingt sie sich auf ihn und hopst auf und ab. »Ich wollte eine berühmte Reiterin werden, als kleines Mädchen«, kreischt sie. Auch ihre Lautstärke ist außer Kontrolle.

Sie rückt seine Hände auf ihren Brüsten zurecht und reibt ihren Beckenboden suchend über seinen Schoß vor und zurück. Sie fühlt ihn nicht. Ist er wieder rausgerutscht? Oder war er gar nicht drin? Sie war so mit sich beschäftigt, dass sie nicht auf ihn geachtet hat. Ihre Finger machen sich auf einen Kontrollgang und ertasten weiches, nachgiebiges Fleisch. Sie rollt sich zur Seite.

»Bin ich dir zu heftig?«

Er dreht sich ebenfalls zur Seite, zieht die Konturen ihrer Brüste mit dem Finger nach und küsst ihren Bauchnabel mit geschlossenen Lippen.

»Du bist süß«, sagt er. »Es ist nicht deine Schuld. Ich hatte eine Harnleiterentzündung und muss Tabletten nehmen.« Er fährt ihr durch das verschwitzte Haar. »Tut mir Leid. Ich dachte, es ginge schon wieder.« Jetzt grinst er sie anzüglich an. »Du hattest anfangs durchaus eine belebende Wirkung.«

Sie fühlt sich wie ein Soufflé, wenn die Ofentür vorzeitig geöffnet wird, unaufhaltsam entweicht die Spannung.

»Und wie lange musst du die Tabletten nehmen?«, fragt sie ohne Interesse, weil sie darauf nicht warten will.

Er zuckt die Schultern. »Hängt davon ab, ob noch Bakterien im Urin sind.«

Bevor das Gespräch ganz in medizinische Details abgleitet, leert sie ihr Glas in einem Zug und hält es Aaron hin. »Machst du mir noch einen von deiner Hausmarke?« Plötzlich kann sie Becksteins Sauferei verstehen.

Aaron kommt mit zwei frisch gefüllten Gläsern zurück. Er hat wieder seinen Bademantel an, und sie kommt sich ziemlich nackt neben ihm vor und überlegt, ob sie sich in ihre Lederhosen zwängen soll. Aber das würde nach beleidigter Förmlichkeit aussehen.

»Tut mir Leid, echt. Aber das holen wir nach, ja?« Er reicht ihr ein Glas und küsst sie auf das abgewandte Ohr. »Übrigens, ich habe deine Kleine bei den Rechten gesehen. Diesen Schlägern vom Ostbahnhof. Da solltest du vielleicht mal n Auge drauf haben.«

»Wie, Melli? Die kennt doch hier keinen.«

»Die schienen mir aber ziemlich vertraut miteinander.«

»Bist du sicher? Hast du sie nicht verwechselt?«

»Mit ihren roten Haaren ist die doch kaum zu verwechseln. Außerdem war ihr Hund dabei. Die hatten auch so einen.«

»Pitbull, meinst du?«

»Ja. Freya hat die im Verdacht, etwas mit dem Pennermord zu tun zu haben. Sie ist deswegen extra hier gewesen. Zuzutrauen ist denen das. Sie macht sich Vorwürfe wegen ihres Feuerzeugs, dass er vielleicht damit angesteckt wurde.«

»Es ist ihr Feuerzeug?!«, platzt es aus Jana raus. Ihr fällt Becksteins abwesendes Gesicht ein, nachdem sie ihr das Wissen der Sedlacek weitererzählt hatte. Verdammt, warum kann einem die Frau nicht einmal die ganze Wahrheit sagen?

»Das muss sie den Kollegen sagen.«

»Das habe ich ihr auch gesagt. Sie werden es sowieso herausfinden. Ihre Initialen sind eingraviert. Ich habe es ihr mal zum Geburtstag geschenkt.«

Jana steigt in ihre Lederhosen und zieht wütend den Reißverschluss hoch.

»Wenn das stimmt mit den Glatzen ... ich werd mir Melli zur Brust nehmen. Kein Ton hat sie davon erzählt. Sag mal, wie lange lebt deine Mutter eigentlich schon allein?«

»Seit ich ausgezogen bin. Wieso?«

»Nur so.«

»Außer meinem Vater hat sie keinen Mann länger als drei Wochen ertragen. Warum sie grade bei ihm ne Ausnahme gemacht hat, hab ich nie verstanden. Aber immerhin verdanke ich der Ausnahme meine Existenz. Soll ich dir ein Taxi rufen?«

»Danke, nein. Nicht nötig.«

Er steht im Bademantel in der Tür und sieht ihr nach, wie sie, die Stiefel in der Hand, barfuß die Treppe hinuntersteigt. Unten dreht sie sich noch einmal um und winkt ihm kurz zu.

»Sitz!«

Unausgeschlafen und schlecht gelaunt wiederholt Jana das Kommando, das jeder Hund kennt, aber kaum einer befolgt.

»Halt! Drück sie hinten runter, damit sie versteht, was du meinst. So. Wenn sie wieder aufsteht, drückst du sie wieder runter. Sie muss sitzen bleiben, bis du ihr das Kommando zum Aufstehen gibst. Halt, verdammt noch mal, doch jetzt nicht streicheln! Sie sitzt doch gar nicht!« Janas Stimme kippt. Sie ist drauf und dran, loszubrüllen, nimmt sich zusammen und sagt ruhig: »Sie muss erst sitzen, dann kannst du sie loben, sonst versteht sie nicht, was du von ihr willst.«

»Die findet das doof. Das ist ja wie Schule. Es macht ihr einfach keinen Spaß«, murrt Melli.

»Das ist Schule. Für Hunde. Sie muss wenigstens einen Grundgehorsam lernen. Dass du der Boss bist und sie nicht machen kann, was sie will. Sonst ist sie schneller wieder im Tierheim, als du gucken kannst.«

Während sie das sagt, hat Jana einen Anflug von schlechtem Gewissen. Genau dort wird Hasi wieder landen, wenn kein anderer Platz für sie gefunden werden kann. Dass er den Hund auf gar keinen Fall wieder mit zurück nach Frankfurt nimmt, hat Jürgen am Telefon unmissverständlich klar gemacht. »Ich würde mich ja strafbar machen. Die suchen hier immer noch nach den Einbrechern ins Tierheim. In Berlin kennt den Hund wenigstens keiner. Ich bin schon froh, wenn ich Melli da raushalten kann. Hat sie was gesagt, wer da noch dabei war?« Nein, das hat sie nicht. Aber Jana hat sie auch nicht danach gefragt.

»Hasi kommt nicht ins Heim.« Melli bekommt sofort wieder ihren Drohblick. Dann hauen wir eben ab, sagt der.

»Auf jeden Fall muss sie Manieren lernen«, weicht Jana aus. »Du musst jeden Tag mit ihr üben. Eine Viertelstunde reicht. Das ist wie Vokabeln lernen. Irgendwann weiß sie das dann ganz von allein. So, komm. Wir laufen noch ein Stück am Wasser lang. Dann kann sie sich entspannen. Nein, die Leine bleibt dran.« Sie ruft Perro, der die ganze Zeit, ohne sich zu rühren, im Gras gelegen hat. »Perro! Komm!« Sofort springt er hoch und kommt an ihre Seite. Melli zieht 'ne Flunsch und zerrt Hasi hinter sich her.

Es ist früher Vormittag. Der Rummelsburger See liegt bleigrau da und rührt sich nicht. Zwei Jungen hocken auf der Ufermauer und halten Angeln ins speckige Wasser. Hasi will an ihrem Fischeimer riechen. Melli zerrt sie an der Leine zurück. Hasi bockt, lässt sich nachziehen und kläfft.

»Das macht sie sonst nie. Das kommt nur wegen der blöden Leine«, schimpft Melli.

»Lob sie, wenn sie kommt und anständig läuft.«

Melli lobt und Hasi springt an ihr hoch und stößt ihr die Nase ins Gesicht. Melli lacht. »Sie will mich küssen.«

»Stop! Aus!« Jana packt die Leine und zieht Hasi energisch auf den Boden.

»Die freut sich doch nur. Darf die sich nicht mehr freuen?«

»Alles zu seiner Zeit.«

Lustlos traben die beiden neben ihr her. Melli betrachtet Perro ärgerlich, der gleichmütig neben ihnen läuft und Hasis Annäherungen professionell ignoriert.

»Dein Hund ist langweilig. Der freut sich gar nicht.«

»Dafür freue ich mich über ihn. Der macht nämlich, was er soll.«

»Wie langweilig.«

Jana sieht übers glatte Wasser hinüber zum alten Speicher und ringt ihre Frustration nieder. Ein impotenter Liebhaber und eine renitente Göre, deren Vater sich Zeit lässt mit dem Abholen. Sie überlegt, wie sie den Verdacht mit den Rechten angehen soll, den Aaron geäußert hat, ohne dass Melli sofort auftrumpft mit »geht dich nichts an« oder lügt. Sie betrachtet Mellis rote Haare und den Ring in der Braue.

»Nimmst du den nachts raus?«

»Nö. Nur in der ersten Zeit nach dem Piercing musste ich den ständig sauber machen und so. Ätzend.«

»Tut das nicht weh?«

»Nee.« Melli zieht die Brauen hoch und sieht Jana schräg an. Solche Fragen stellen echt nur Oldies. Jana fällt der Ring mit dem blauen Stein ein, der Aarons Eichel durchbohrt, und sie verzichtet auf die Frage, ob Melli das schön findet. Irgendwann scheint sie was verpasst zu haben.

»Hast du schon einen Freund?«, fragt sie stattdessen.

»Nö«, sagt Melli und kickt nach einem Stein, was Hasi zu Bocksprüngen animiert, die ihr die Leine aus der Hand reißen. Melli rennt übermütig und der Frage ledig hinterher und klatscht in die Hände. Hasi umkreist sie bellend und lässt sich nicht fangen. Jana sieht ihnen zu. Als beide wieder ruhiger neben ihr hergehen, sagt Jana: »Aaron hat dich am Bahnhof mit einem Jungen gesehen.« Als Melli nicht antwortet, setzt sie hinzu: »Mit einem aus der rechten Szene.« Melli schweigt immer noch. Schließlich reißt Jana der Geduldsfaden. Sie bleibt stehen und dreht Melli zu sich rum. »Stimmt das? Triffst du dich etwa mit diesen Glatzentypen? Das glaub ich einfach nicht.«

»Na und? Darf ich keine Freunde haben? Ich werd in drei Monaten fünfzehn.«

»Darum geht es doch nicht. Natürlich kannst du einen Freund haben.« Aber, bitte, unter den Augen deines Vaters, setzt Jana in Gedanken hinzu. Und malt sich aus, wie es wäre, wenn Meltem schwanger aus Berlin nach Frankfurt zurückkäme. Soll sie mit ihr über Verhütung reden? Die meisten Vierzehnjährigen dürften sich damit längst auskennen. Andererseits, vielleicht ist da gar nichts, und sie weckt schlafende Hunde.

»Aber doch nicht diese glatzköpfigen Idioten, die außer Bier nichts in der Birne haben. Die …«

»Woher weißtn das? Du kennst den doch gar nicht.«

»Brauch ich gar nicht. Das weiß ich auch so. Die sind alle gleich, dumm und brutal, aber ne große Klappe, wenn sie einen gesoffen haben. Einer wie der andere. Und immer gegen Schwächere.«

»Heiko ist nicht so. Der ist voll nett. Netter als ihr alle. Ihr habt doch alle nur Vorurteile.«

»Ach nee?«

»Ja. Genau wie mit den Hunden. Nur weil der ne bestimmte Rasse hat, ist der noch kein Monster. Das ist ja wie mit den Juden. Ihr seid doch alle Rassisten.«

»Ach ja? Und was ist mit denen? Weißt du, was die so verbreiten? Ausgerechnet du? Die meinen, dass jeder, der nicht blond ist, nicht hierher gehört. Die Obdachlose totschlagen, weil sie sie für minderwertig halten. Das sind wohl keine Rassisten, wie?«

»Heiko ist nicht so, er …«

»Woher weißt du das? Wie lange kennst du den überhaupt?«

Meltem presst die Lippen aufeinander. Jana merkt, dass sie sich in Rage geredet hat. Wenn sie nicht aufpasst, wird Meltem dichtmachen und gar nichts mehr sagen. Wie redet man mit einer verliebten Vierzehnjährigen, ohne dass die einschnappt?

»Wie sieht er denn aus? Sieht er gut aus?«

Meltem nickt und wird rot. »Er sieht n bisschen so aus wie Edward Norton, kennst du den?«

»Nee, wer ist das?«

»Er hat in ›Twilight‹ mitgespielt. Hast du den gesehen?«

»Nee. War der gut?«

»Na ja, n bisschen gruselig.«

»Und wo habt ihr euch kennen gelernt?«

»Na, am Bahnhof. An dem Abend, als ich angekommen bin und auf dich gewartet habe, und du warst nicht da. Mir war kalt, und Heiko hat mir seine Jacke geliehen. Die hat er extra aus seinem Auto geholt. So ne krasse Lederjacke wollte ich schon immer, aber Papa hat es nicht erlaubt. Sein Pitbull heißt Tyson. Der ist ganz süß. Die haben sich gleich verliebt, Hasi und Tyson. Heiko hatte erst Angst, dass die sich beißen. Ich nicht. Der lässt den auch nicht laufen. Heiko ist ganz nett, wirklich. Da hat mich son blöder Radfahrer umgefahren. Der ist echt gefahren wie ne Sau, und Heiko wollte den verprügeln. Und demnächst nimmt er mich mal mit in seinem Trabi. In so einem bin ich noch nie gefahren. Ein echt geiles Teil, der hat ne ultrakrasse Farbe, wie Wassertropfen sieht das aus. Ich wusst doch nicht, wo ich schlafen sollte, wenn du nicht gekommen wärst.«

Wenn es um Heiko geht, wird sie plötzlich gesprächig. Der mufflige Ausdruck weicht einer schwärmerischen, weichen Wolke in den Augen.

Jana will sie herunterholen von Wolke sieben. »Weiß dein edler Ritter, dass deine Mutter Türkin ist?«

»Wieso? Das interessiert den nicht. Der ist nicht, wie du denkst. Wir reden nicht über so was.«

»Sondern?«

»Über Hunde.«

»Ich kenn ihn ja nicht, Melli, aber Aaron kennt ihn. Er sagt, der gehört zur rechten Szene. Er oder einer seiner Kumpel hat den Obdachlosen angezündet.«

»So ne dumme Scheiße. Der lügt doch. Woher will er denn so was wissen?«

»Er ist Streetworker. Der kennt sich aus in der Szene.«

»Dann erzählt er trotzdem Scheiße, der Arsch. Wir waren die ganze Zeit zusammen, Heiko und ich. Er hat mich sogar zu ner Wurst eingeladen. Wie soll er da einen angesteckt haben? Der Aaron ist ein ganz blöder Schleimer. Der tut immer so auf ultracooler Macker, damit man ihn toll findet, weil er so spitze aussieht. Deswegen sagt er son krassen Mist.«

»Wenn er nicht gewesen wäre, wäre Beckstein nie einverstanden gewesen, dass du bei ihr wohnen kannst, und Hasi wäre jetzt im Tierheim.«

»Nie!«, sagt Melli mit Überzeugung, dann guckt sie Jana neugierig an. »Biste verliebt in den?«

Jana sieht hinüber zu den Schwimmbaggern, die den Schlamm absaugen, damit die Wasserstadt Stralau ein Expo-Vorzeigeprojekt werden kann. Ist sie verliebt in Aaron? Sie erinnert sich an den Frust der vergangenen Nacht und sagt: »Ich weiß nicht.«

Sie sind wieder vor ihrem Haus angekommen. »Ich muss jetzt zum Dienst. Du kennst den Weg zu Beckstein? Sie wartet mit dem Essen auf dich.«

»Klar. Warum nennst du sie eigentlich immer Beckstein?«

»Gewohnheit. Alle nennen sie so. Ich glaube, sie kann ihren Vornamen nicht leiden. Hast du den Schlüssel?«

»Ja, Mama.« Melli zieht eine Grimasse.

»Dann machs gut. Bis später. Ich ruf an später.« Sie dreht sich noch mal um. »Und lass Hasi an der Leine. Wir haben schon genug Ärger.«

Meltem rollt die Augen, winkt und zerrt Hasi hinter sich her.

Bin ich verliebt? Diese blöde Nacht geht ihr nicht aus dem Kopf. Sie hat so ein komisch unklares Gefühl bei der Erinnerung. Hab ich mich blöd benommen? Vielleicht denkt er, sie sei jetzt beleidigt. Hat sie beleidigt gewirkt? War sie ihm in Wirklichkeit doch zu heftig? Er muss sie für eine leichtfertige Nymphomanin halten. Wie oft hat sie sich vorgenommen, sich beim ersten Mal zurückzuhalten. Keinesfalls darf Beckstein davon erfahren. Sie muss unbedingt noch mal mit Aaron reden. Jana greift zum Telefon und legt den Hörer wieder weg. Nicht am Telefon.

Beim Umziehen sieht sie auf die Uhr. Wenn sie schnell

macht, kann sie vor Dienstbeginn einen kurzen Schlenker bei ihm vorbeifahren. Wenn er nicht da ist, auch gut. Aber sie hat es wenigstens versucht.

Sie verfrachtet Perro in seine Box und fährt los. Bei Tageslicht sieht alles verändert aus. Dann erkennt sie den Torbogen wieder und zwängt sich halb auf die Einfahrt. Es wird nicht lange dauern. Sie geht um diesen komischen Spielplatz rum, auf dem keine Kinder spielen. Wahrscheinlich sind alle noch in der Schule.

Die Hand auf der Klingel, kommt sie sich plötzlich albern vor. Er muss doch glauben, sie laufe ihm nach. Männern wie ihm laufen sicher viele Frauen nach. Er soll sich nichts einbilden. Sie zögert.

Geräusche dringen aus der Wohnung, also muss er zu Hause sein. Sie gibt sich einen Ruck, will auf die Klingel drücken und lauscht. Er ist nicht allein. Die Geräusche sind eindeutig und werden immer eindeutiger. Es stöhnt und juchzt und quietscht. Seine Harnleiterentzündung scheint schneller geheilt als erwartet. Jana schießt das Blut ins Gesicht. So ein Arschloch. Warum hat er sie denn abgeschleppt, wenn er keinen Bock auf sie hat? Es war doch seine Idee gewesen. Er hätte sie ja auch am nächsten Taxistand absetzen können. Warum hat er sie erst mitgenommen und ihr dann was von Harnleiterentzündung vorgelogen? Und sie hat es auch noch geglaubt. Sie fühlt sich, als hätte sie öffentlich in die Hose gemacht und alle zeigten mit Fingern auf sie. Er war ihr doch in das Café nachgelaufen, mit der fadenscheinigen Behauptung, es sei nur wegen seiner Mutter. Oder hat sie das alles falsch interpretiert? Sie dreht sich auf dem Absatz um und hofft, dem Kerl nie wieder über den Weg zu laufen. Gut, dass sie nicht gleich geschellt hat.

Drinnen haben sie ausgestöhnt. Jetzt sind Stimmen zu hören. Jana flüchtet aus dem Hausflur nach draußen. Was ist das für ein Frauentyp, auf den Aaron steht? Plötzlich ist sie neugierig. Ohne nachzudenken, steigt sie die grobe Holzleiter zu der Plattform aus ungeschälten Stämmen hoch, von der aus die Rutsche in weiten Kurven in den hügeligen Sandkasten führt. Sie wird zu spät kommen. Es ist ihr egal. Aber sie muss nicht lange warten. Die beiden machen keine großen Umstände. Die Haustür öffnet sich, und eine junge Frau in einem Minikleid kommt heraus. Ihre dunklen Haare sind verstrubbelt, sie hat sich wohl nicht die Mühe gemacht, sie zu kämmen. Bestimmt ist ihr Make-up verschmiert, aber das kann Jana von ihrem Hochsitz aus nicht erkennen. Sie starrt auf die mageren, nackten Schultern, die unter ihr vorbeigehen. Eine schnelle Nummer in der Frühstückspause. Aber je länger Jana ihrem komischen Gang nachsieht, desto mehr kommt sie zu der Überzeugung, dass diese junge Frau in keinem der umliegenden Büros arbeitet. Sie ist jung, zu jung, und irgendetwas sagt Jana, dass sie Drogen nimmt. Man kriegt einen Blick dafür, wie sie sich bewegen. Das seltsame Video fällt ihr ein, das er angeblich einem jugendlichen Kiffer abgenommen hat. Vögelt Aaron etwa seine minderjährigen Schützlinge?

Geistesabwesend setzt Jana sich auf die Rutsche und lässt sich in Serpentinen zu Boden gleiten.

Kaum ist Jana außer Sicht, hakt Melli Hasi von der neuen Leine. Die dankt ihr das mit einem hochgesprungenen Kuss mitten ins Gesicht. Melli lacht und dreht sich im Kreis. Die Leine fliegt waagrecht um sie herum, und Hasi versucht begeistert, danach zu schnappen. Endlich hat sie das Ende erwischt, hält es fest und stemmt sich mit allen vier Pfoten gegen den Boden. Melli geht lachend rückwärts und schleppt sie hinter sich her. »Loslassen! Loslassen!« Wild knurrend schüttelt Hasi den Kopf, zum Zeichen, dass sie keinesfalls loslassen wird. »Böser Hund, böser Hund«, schreit Melli und zerrt sie näher heran, danach gewinnt Hasi wieder ein Stück Leine. Hin- und herziehend toben sie über den Rasen.

»Schluss jetzt! Aus!«, kommandiert Melli keuchend vor der Straße und verkürzt die Leine, an der Hasi unbeirrt zerrt. Die findet, das Spiel sei noch lange nicht aus. »Hör auf«, schimpft Melli und zieht an der Leine, was Hasi zu verstärkten Anstrengungen animiert. Dicht vor ihnen fahren die Autos in Reihe vorbei. »Lass das doch jetzt!« Hasi hinter sich herziehend, kämpft Melli sich Schritt für Schritt den Straßenrand entlang. Da entdeckt Hasi einen Artgenossen auf der anderen Straßenseite, lässt sofort los und hebt interessiert den Kopf. Erleichtert geht Melli weiter und schüttelt den Arm aus. Erst das laute Quietschen mehrerer Autobremsen veranlasst sie, den Kopf zu wenden. Auf der anderen Straßenseite umtänzelt Hasi einen dicken schwarzen Hund, der von seinem nicht weniger gut genährten Frauchen außer Reichweite gezerrt wird, was nicht gelingt, weil Hasi ihm aufgeregt nachläuft. Die Frau schwingt ihre Einkaufstasche in Hasis Richtung, und Melli sprintet zwischen den erneut hupenden und bremsenden Autos hindurch. Aus einem heruntergedrehten Autofenster fliegen ihr Verwünschungen hinterher.

»Kscht, weg da, hau ab, du Biest, ich hol die Polizei! Is det dein Köter?«, tönt es ihr entgegen.

»Die tut nix«, schreit Melli beschwichtigend schon von weitem, was die Frau, die nicht aufhört, nach Hasi zu schlagen, kaum zu beruhigen scheint. Nach ein paar Ausweichmanövern erwischt Melli ihren Hund endlich am Halsband. »Entschuldigung«, sagt sie atemlos und nimmt Hasi an die Leine.

»Anzeigen müsste man so was«, schimpft die Frau mit einem giftigen Blick auf Melli, »eingesperrt gehört ihr, alle beide.« Sie zerrt ihren Hund hoch, der sich in der Zwischenzeit auf seinen dicken Hintern gesetzt hat, und zieht ihn mit sich fort. Hasi starrt ihm sehnsüchtig nach.

»Der ist doch nix für dich«, meint Melli, »der ist doch viel zu dick und hässlich und blöd im Kopf. Genau wie seine Olle.« Sie zieht Hasi in die entgegengesetzte Richtung. »Wir gehen zu Tyson, ja? Tyson!?« Hasi sieht zu ihr hoch und spitzt die Ohren. »Der gefällt dir doch. Das ist ein echt Hübscher. Ihr beiden passt richtig gut zusammen. Wie Heiko und ich.« Sie kichert und wird beim Laufen ein bisschen rot. »Ich finde, der sieht obercool aus. Du findest den doch auch nett, gell? Du würdest das doch merken, wenn der so doof wäre, wie Jana sagt. Hunde haben einen Instinkt für so was. Hat Jana selbst gesagt. Und außerdem kann er es gar nicht gewesen sein, weil wir die ganze Zeit zusammen waren.« Sie beginnt zu hüpfen, und Hasi springt ausgelassen neben ihr her. »Wir gehen zu Heiko und Tyson! Wir gehen zu Heiko und Tyson!«, trällert sie.

Sie hat Hunger. Eigentlich soll sie ja zu Freya Beckstein zum Essen gehen, hat Jana ihr aufgetragen. Aber vielleicht gibt ihr der nette Türke wieder einen Döner aus. Ihr Herz beginnt zu klopfen, je näher sie kommt. Trotzdem wartet sie gehorsam an der Oberbaumbrücke, bis die Ampel für Fußgänger auf Grün springt, dann erst geht sie los, auch Hasi folgt dem ungewohnten Zug an der Leine jetzt williger. Endlich kommt der Döner-Stand in Sicht. Am liebsten würde sie sofort losrennen, aber das sähe zu babyhaft aus, wenn sie da so angestürmt käme. Also geht sie langsam darauf zu. Aber vor dem Döner-Stand ist niemand. Und hinter der Theke stehen heute zwei unbekannte junge Männer. Enttäuscht fragt Melli nach Heiko, ob er schon hier war, aber die zwei sehen sich nur komisch an und zucken die Schultern. Sie weiß nicht mal, wo sie ihn sonst noch suchen könnte. Ob sie hier warten soll? Und wenn er heute gar nicht kommt? Außerdem sähe das blöd aus. Vielleicht sollte sie doch zum Essen heimgehen. Unschlüssig bummelt Melli weiter, gezogen von Hasi, der die Reichweite der Leine nicht ausreicht. Plötzlich sieht sie alle vor einem Imbisswagen stehen. Heiko und Tyson mit den zwei anderen Jungen. Jetzt rennt sie doch los und bleibt erst ganz kurz vor ihm stehen.

»Hi«, stößt sie atemlos hervor. Heiko dreht ihr ein Gesicht zu, das alles andere als begeistert ist.

»Was willstn du schon wieder?«

»Ich ...«, fängt Melli an und verstummt, weil ihr plötzlich ein Kloß im Hals ihre Stimmbänder blockiert. »Ich ...«, sie furcht die Brauen und reckt sich trotzig, »wollte dir nur sagen, dass du dir keine Sorgen machen musst. Ich habe Jana gesagt, dass wir die ganze Zeit zusammen waren.«

»Wieso Sorgen?«, fragt er verständnislos und tritt nervös auf der Stelle. Seine ganze Körperhaltung ist angespannt, seine Augen wollen sie loswerden.

»Sie halten dich doch für den Mörder von dem Penner. Sie glauben, dass du den angesteckt hast«, stößt Melli verzweifelt hervor. Merkt er denn nicht, dass sie ihm helfen will?

»Son Quatsch.« Seine Haltung entspannt sich. Er versucht sogar ein entschuldigendes Lächeln. »Tut mir Leid, Melanie, ein andermal, ja? Ich hab jetzt keine Zeit. Ich muss sofort weg.« Er hebt grüßend die Hand zu Sven und Lars. »Man sieht sich.« Dann dreht er sich abrupt um und verschwindet mit Tyson in Richtung Parkplatz.

»Was hat er denn?«, fragt Melli enttäuscht und hält nur mit Mühe die Tränen zurück.

»Probleme«, grinst Sven anzüglich. »Musste eben mit uns vorlieb nehmen. Trinkn Schluck. Das muntert auf.« Er hält ihr seine Bierdose hin. Melli schiebt sie angeekelt zur Seite. »Ich muss jetzt gehen.« Ohne die beiden weiter zu beachten, läuft sie den Weg zurück, den sie gekommen ist. Als sie außer Sichtweite ist, holt sie ein Taschentuch raus, schnäuzt sich die Nase und wischt die Tränen weg, die trotz heftigen Stirnrunzelns über ihre Backen laufen. »Mist, Probleme. So ein Affe, so ein blöder.«

Hasi stößt ihre eine kalte Nase gegen die Hand, und sie schluchzt und beugt sich zu ihr runter und legt ihre Stirn gegen die Hundenase. »Die wollen uns nicht, Hasi. Aber du liebst mich, gell?«

Als Antwort leckt ihr Hasi übers Gesicht. Melli schnieft und richtet sich auf. Der Döner-Stand ist nicht weit. Es riecht gut und irgendwie tröstlich. Sie hat jetzt richtig Hunger und wühlt aus ihrer Tasche zwei Markstücke, drei Fünfziger und viele Groschen. Für einen einfachen Döner müsste es reichen. Sie hält ihre geöffnete Hand über den Tresen, und einer der beiden Türken nimmt die beiden Markstücke und zwei Fünfziger von ihrer Handfläche.

»Heiko nicht da? Nicht gefunden?«, fragt der andere, während er Fleisch absäbelt. Melli schüttelt den Kopf, zieht hoch und fährt sich mit dem Handrücken unter der Nase entlang.

»Der ist nicht gut für dich. Du bist anständiges Mädchen.«

»Wieso?« Melli greift nach dem Döner, den er ihr hinhält, schlägt das Papier zurück und beißt rein. »Kennt ihr den?«, fragt sie mit vollem Mund. Die beiden Türken wechseln ein paar Sätze, und Melli spitzt die Ohren, weil der Name »Heiko« darin gefallen ist. Was reden die da? Obwohl sie sich weigert, die Sprache ihrer Mutter zu sprechen, seit die sie verlassen hat, versteht sie sie immer noch gut.

»Der ist voll nett. Überhaupt nicht so, wie ihr denkt.«

»Nicht nett«, sagt der Kleinere und schüttelt den Kopf, »nicht gut. Du gehst nicht zu ihm.«

»Warum nicht?«, fragt Melli kauend. »Wo ist Celim?«

»Nicht da. Kommt heute nicht.« Die beiden Türken sprechen schnell miteinander, dabei sehen sie wiederholt zu Melli hinüber, die in den Döner beißt und eine unbeteiligte Miene zur Schau stellt. Dabei entgeht ihr kein Wort. In Zehlendorf, hört sie, wird Heiko sich mit Celim treffen. Im Fuchshohl 15. Sie wiederholt sich die Adresse im Kopf, um sie nicht zu vergessen.

»Schade. Celim findet Heiko auch nett«, sagt sie. »Wir werden nämlich heiraten.« Sie schluckt den letzten Bissen runter, wirft Hasi den Rest hin und wischt sich den Mund ab. »Tyson ist der Größte. Ihr habt ja keine Ahnung. Komm, Hasi.« Sie stößt sich vom Tresen ab und wirft im Vorbeigehen die zusammengeknäulte Serviette in den seitlich aufgehängten Müllsack.

Die beiden Türken sehen ihr beunruhigt nach.

Sie haben Apostel gefunden. In einer Laubenkolonie. Verbrannt. Genau wie Max.

Beckstein zündet sich eine Zigarette an, öffnet das Fenster und dreht das Radio lauter. Solange die Kleine bei ihr wohnt, hält sie sich mit dem Rauchen in der Wohnung zurück. Aber wahrscheinlich raucht die längst heimlich. Die fangen ja immer früher damit an. Trotzdem bleibt sie am offenen Fenster stehen.

Ammetsried hatte es ihr heute Morgen bei einem schnellen Capuccino um die Ecke erzählt. Sein Anruf hat sie überrascht. Er sei ihr noch einen Kaffee schuldig, meinte er. Diesmal dauerte es nicht so lange mit der Identifizierung, weil der Tote Papiere bei sich trug. Außerdem war er nicht verkohlt. Ein Gartennachbar hatte das Feuer in der Laube bemerkt und den Besitzer verständigt. Wenn es um ihr Eigentum geht, sind sie schnell.

Bei dem Toten handelte es sich um Alfred Kreiner, einen durchgeknallten Religionslehrer aus Villingen-Schwenningen, der wegen Erregung öffentlichen Ärgernisses angezeigt worden war. Seine Frau hatte ihn vor drei Jahren als vermisst gemeldet.

»Apostel«, nickte sie, und Andreas sah sie misstrauisch an.

»Woher weißt du das?«

Einmal muss es doch heraus. Nach kurzem Zögern erzählte sie ihm von ihrem Absturz am Ostbahnhof mit Max, Apostel und den anderen und von ihrem Blackout. Nur dass Aaron sie gefunden hatte, verschwieg sie.

»Es war mein Feuerzeug, das er in der Hand hatte«, schloss sie.

»Warum hast du das nicht früher gesagt? Mein Gott, die Chefin wird toben, wenn sie das erfährt.« Als erwartete er Schläge, krümmte Ammetsried die Schultern nach vorn. »Sie wird toben«, wiederholte er, »das kann ich dir jetzt schon sagen.«

»Lass sie toben, du kannst ja nichts dafür, ich hab es dir ja jetzt erst gesagt. Ich werd sie nachher anrufen und alles auf meine Erinnerungslücken schieben, keine Sorge. Das wird sie nicht wundern. Sie halten mich ja sowieso für eine unzurechnungsfähige Alkoholikerin.«

Ammetsried zog unbehaglich an seinen schmalen Fingern, dass es in den Knöcheln knackte. »Kannst du mich da irgendwie raushalten?« Das hat sie ihm versprochen, was ihn einigermaßen beruhigte.

Was ist das für ein Mensch, der Obdachlose anzündet?

Am liebsten würde Ammetsried einen Profiler anheuern, um das herauszufinden. Andreas ist jung und begeistert sich für die neuesten kriminalistischen Trends. Aber natürlich ist das viel zu teuer. Der Revierleiter hat sich geweigert, so was auch nur in Erwägung zu ziehen. Erst wenn die Öffentlichkeit aufschrie, wäre Geld dafür da. Bei Kindermord etwa. Plötzlich würden Mittel für die unsinnigsten Maßnahmen bereitgestellt. Wie viele abgefackelte Penner würde es brauchen, damit die Öffentlichkeit aufschreit?

»Was das für einer ist? Das kann ich dir auch so sagen«, hat sie auf seine Klagen hin geantwortet. »Einer, der sich überlegen glaubt, ein Würstchen, der meint, so einer hätte keine Lebensberechtigung. Ein Sadist mit Größenwahn oder einfach nur ein paar Skins mit Langeweile.«

»Wir kriegen die«, meinte Andreas überzeugt.

Beckstein bläst den Rauch aus dem Fenster. Im Radio reden sie mal wieder über Kampfhunde. Zwei wurden von der Polizei erschossen. Recht so. Eine Stadt ist doch keine Arena. Der Kampf gegen Autos, Dreck und Lärm reicht aus. Wir lassen ja auch Verbrecher nicht einfach so rumlaufen. Jana ist da natürlich anderer Ansicht. Hunde sind keine Verbrecher, die Menschen machen sie dazu, sagt Jana. Aber das ist ein berufsbedingtes Vorurteil. Schließlich ist sie bei der Hundestaffel. Man wird betriebsblind mit der Zeit. Gegen Ende ihrer Dienstzeit hat sie jeden daraufhin betrachtet, welches Verbrechen sie ihm zutraut. Meistens kam sie zu dem Schluss, jedes. Mörder sahen nie aus wie Mörder. Sonst wäre es ja leicht. Biedere Familienväter schlachten ihre ganze Familie ab, Kinder töten ihre Eltern oder andere Kinder, nette Hausfrauen vergiften den bettlägerigen Gatten oder eine lästige Nachbarin.

Nach Jahren im Polizeidienst ist vom Glauben an das Gute im Menschen nicht mehr viel übrig. Ammetsrieds jugendlicher Idealismus berührt sie seltsam. Er glaubt noch dran, dass sich die Welt langfristig ändern wird, wenn er nur alle Verbrecher fängt und einsperrt. Aber die wachsen nach. Jeden Tag werden neue geboren. Noch liegen sie rosig und unschuldig in der Wiege, und keiner weiß, wer von ihnen Kinder vergewaltigen, Greise aufschlitzen oder Kriege anzetteln wird.

Bevor er ging, hatte Ammetsried ihr noch anvertraut, dass der Tote eine Bissverletzung in der Hüftgegend aufwies. Na bitte.

Sie wirft die Kippe in den Hof und schließt das Fenster.

Hinter ihr ist der Tisch für zwei gedeckt. Das gebrannte Tongeschirr aus der Provence, tiefer Teller, flacher Teller, Weingläser, aber was in der Glaskaraffe golden funkelt, ist Apfelschorle. Sogar Kerzen hat sie auf die polierte Holzplatte gestellt, dazu grünweiß karierte Servietten. Der Salat ist fertig angerichtet in einer großen Schüssel. Die Bolognese köchelt vor sich hin. Die Spaghetti warten darauf, ins Wasser geworfen zu werden. Sogar Hundefutter hat sie besorgt, zähneknirschend. Nur Melli lässt auf sich warten. Spätestens um eins wollte sie hier sein. Jetzt ist es fast zwei Uhr. Wo bleibt die Göre?

Du kannst sie nicht festbinden. Die kommen und gehen, wie sie wollen, hört sie sich sagen. Gott sei Dank geht Mellis Erziehung sie langfristig nichts an. Sie ergreift das Holzbesteck und mischt den Salat noch mal durch, der bereits zusammenfällt. Sie hätte die Sauce noch nicht drübergießen sollen, jetzt wird er matschig werden.

Schließlich greift sie zum Telefon. Vielleicht weiß Jana, wo Melli steckt. Sie hat schließlich nicht den ganzen Tag Zeit, auf das Mädel zu warten.

Es dauert eine Weile, bis sie Janas knödelige Stimme hört.

»Ach, du bist es. Ich sitze in der Kantine. Der neue Koch hat eine Vorliebe für Schwarz. Der Fisch ist total verbrannt.«

»Wo bleibt Melli?«

»Wieso? Die müsste seit Stunden bei dir sein.«

»Ist sie aber nicht. Ich hab nicht den ganzen Tag Zeit, auf deine Pflegetochter zu warten. Es ist deine Aufgabe, ihr das klar zu machen.«

»Sie ist nicht meine Pflegetochter. Wir haben uns kurz nach elf vor meinem Haus getrennt. Selbst wenn sie sehr getrödelt hat, müsste sie längst bei dir sein.«

»Ist sie aber nicht«, wiederholt Beckstein.

»Scheiße, warum kann sie nicht einmal das tun, was man ihr sagt? »

»Das frag ich dich. Und jetzt?«

»Ich ruf ihren Vater an, der soll sie sofort abholen, mir egal, wie sein Dienstplan aussieht. Ich übernehme keine Verantwortung mehr«, schimpft Jana, dann ist es einen Moment still, bevor sie sagt: »Melli ist verliebt.«

»Ach? Wie schön für sie. Und in wen?«

»Sie hat es mir heute Morgen gestanden. In einen sehr netten Neo-Nazi, der aussieht wie Edward Norton, wer immer das ist, außerdem hat er einen voll süßen Pitbull. Und wir haben alle nur Vorurteile.« In Janas Stimme schwingt ein ungewohnter Sarkasmus.

»Mach keine Witze.«

»Ist keiner. Aaron hat sie am Ostbahnhof zusammen gesehen und es mir erzählt«, stöhnt Jana, »sonst wüsste ich gar nichts. Sie selbst hat mir doch keinen Ton gesagt. Dir etwa? Ich glaub, ich dreh durch. Stell dir vor, sie wird schwanger und Hasi dazu. Zutraun würd ich ihr beides.«

»Hoffentlich war es nicht Mellis Romeo, der den Obdachlosen angezündet hat.«

»Melli behauptet, sie wäre die ganze Zeit mit diesem Ed-Norton-Verschnitt zusammen gewesen in der Nacht. »

»Sie lügt. Das würdest du an ihrer Stelle auch tun. Sie haben einen zweiten Obdachlosen verbrannt gefunden. Ammetsried hat es mir vorhin erzählt. Er muss was gesehen haben. Deswegen haben sie ihn zum Schweigen gebracht. Man muss sie kriegen, bevor der Nächste dran ist. Habt ihr die Hunde eingesetzt?«

»Wenn du einen Hund einsetzt, musst du wissen, wonach du suchst. Soviel ich mitbekommen habe, gibt es bisher keine neuen Hinweise.«

»Weil ihr nichts finden wollt. Weil so einer nicht zählt.«

»Moment mal, Beckstein, was heißt hier ihr? Ich bin dafür nicht zuständig, das weißt du genau. Außerdem, glaubst du, seit du nicht mehr da bist, bohren hier alle nur noch in der Nase?«

»Scheint so. Ein zweiter Obdachloser wurde verbrannt. Soll das jetzt so weitergehen?«

»Und was hab ich damit zu tun? Sag mal, was soll das? Ruf im Revier an, wenn du glaubst, dass nicht alles getan wird.«

»Das würdest du nie wagen, was? Weil du so verdammt autoritätsgläubig bist.«

»Ach ja, und du? Du machst wohl alles immer richtig. Dann frag doch mal deinen tollen Sohn. Der war zu der Zeit doch auch am Tatort. Genau wie du.«

»Was willst du damit sagen? Aaron hat mich heimgebracht. Der saß mit mir im Taxi, als es passiert ist.«

»Bist du sicher? Du warst doch blau wie Enzian. Du kannst dich doch gar nicht mehr erinnern. Hast du selbst gesagt.«

Beckstein schweigt.

»Stimmt«, sagt sie dann gepresst, »aber mein Sohn ist schließlich kein Verbrecher.«

»Bist du da sicher? Dann frag ihn doch mal, ob er in seiner Freizeit minderjährige Junkies vögelt. Unzucht mit Abhängigen nenn ich so was.«

Ehe Beckstein Luft holen kann, hat sie aufgelegt. Mit dem Hörer noch am Ohr bleibt Beckstein stehen. Sie beginnt Janas Nummer noch mal einzutippen und bricht nach drei Zahlen ab.

Sie geht zum Herd, schaltet das Feuer unter der Bolognese aus, greift nach dem Hausschlüssel und verlässt die Wohnung.

Was ist in Jana gefahren? Hat sie einen Rückfall? Dabei sah es seit dem Frühjahr so aus, als hätte sie den Schock vom letzten Jahr endgültig überwunden. Beckstein erinnert sich an die verhängnisvolle Besprechung im letzten Oktober. Damals war sie noch im Dienst und leitete die Fahndung nach einem brutalen Vergewaltiger, der sich seine Opfer rings um das Freizeitzentrum in der Wuhlheide suchte und mit einem Messer übel zurichtete. Das letzte Opfer hatte nur überlebt, weil es im letzten Moment gefunden wurde.

Sie erinnert sich nicht mehr, wer zuerst auf die Idee mit dem Lockvogel gekommen war. Sehr gut erinnert sie sich dagegen an Janas Gesichtsausdruck, als die sagte: Ich mach das.

Einfach so. Ich mach das. Zunächst hatten alle betreten geschwiegen. Pommer, der Revierleiter, versuchte ein paar väterliche Rückzieher. Sie selbst riet Jana, sich das noch mal genau zu überlegen. Aber die blieb dabei. Und niemand versuchte ihr das ernstlich auszureden. Warum auch? Jana war jung, sportlich und auf der Polizeischule in Selbstverteidigungstechniken trainiert worden. Außerdem attraktiv genug, um dem Täter, der sich nur an junge, hochmodisch gekleidete Frauen heranmachte, als Köder zu dienen. Die Kollegen blieben mit Handys, Funkgeräten und Nachtsichtgläsern immer in Reichweite. Eigentlich hätte nichts passieren dürfen. Eigentlich.

Beckstein seufzt bei der Erinnerung. Etwas lief schief. Plötzlich war Jana aus den Nachtgläsern verschwunden, auch der Funkkontakt riss ab. Was war in Jana gefahren? Warum schlug sie einen Weg ein, der nicht vereinbart worden war? Was wollte sie sich beweisen? Als sie Jana endlich fanden, stand sie unter Schock. Sie hatte zweimal auf den Täter geschossen. Eine Kugel war in seinem Rückgrat stecken geblieben. Es stand lange auf der Kippe, ob er überleben würde. Jetzt saß er im Rollstuhl und wartete auf seinen Prozess.

Seither hasste Jana Männer. In jedem sah sie nur noch einen Vergewaltiger. Sie bekam Schwierigkeiten mit den männlichen Kollegen. Sogar gegen Ammetsried ließ sie sich zu bösen Attacken hinreißen. Dann bekam sie einen neuen Diensthund und war abgelenkt. Allmählich wurde es besser. In den letzten Monaten machte Jana den Eindruck, als hätte sie das Erlebnis endgültig überwunden. Sie wirkte stabil, und sogar der Fund einer verbrannten Leiche schien sie nicht umzuwerfen. Dass sie ihren Männerhass nun plötzlich gegen Aaron richtete, war alarmierend. Was war los?

Beckstein grübelt. Bis ihr einfällt, dass der Prozess gegen den Täter, einen Metzger aus dem Umland, bei dem Jana wöchentlich Abfallfleisch für ihren Hund geholt hatte, endlich diese Woche beginnen soll, nachdem seine Anwälte ihn lange verzögert hatten. Wahrscheinlich lag es daran.

Vielleicht ist sie auch mit Meltem überfordert. Dass die sich aber auch ausgerechnet in einen rechten Glatzkopf verlieben muss.

Die neue Glasfront am Ostbahnhof ist fast fertig. Heute stehen auch keine Mannschaftswagen in der Auffahrt. Der kleine Trödelmarkt gegenüber dem Osteingang hat geöffnet, und ein paar junge Leute stöbern zwischen den Tischen. Blaue, grüne und lilafarbene Haare funkeln, aber Mellis roter Haarschopf ist nicht darunter. Beckstein stolpert über lose Gehwegplatten. Hühner-Hugo hatte Aaron gesagt, dort würden sie sich treffen, die Glatzen. Es riecht nach Bratwurst, Döner und Chinapfanne, und sie merkt, dass es ein Fehler war, nicht wenigstens eine Portion Spaghetti zu essen. Sie fühlt sich zittrig in den Knien. Die selbst auferlegte Abstinenz macht ihr zu schaffen. Ob sie ein alkoholfreies Bier? Stattdessen kauft sie am nächsten Stand eine Dose Cola und fragt den Verkäufer nach Hühner-Hugo. Der rollt die Augen nur vielsagend Richtung Parkplatz. Der Treffpunkt scheint allgemein bekannt zu sein. Die Dose in der Hand, bewegt sie sich zwischen den Buden und wundert sich im Vorbeigehen, dass es noch Käufer für lurexdurchwirkte, knielange Faltenröcke und staubige Plastiktassen gibt.

Beim Näherkommen riecht sie ihn, dann sieht sie ihn. HUGO steht in großer roter Schreibschrift an einem Imbisswagen. Wie an einer aufgeklappten Motorhaube hängen mindestens ein Dutzend aufgespießte Hähnchen übereinander und drehen sich vor einem riesigen Grill. Der Anblick sättigt sie augenblicklich. Man muss kein Vegetarier sein, um sofort an Tod und Verwesung zu denken. Sie stellt sich diesen Grill in einer Kirche vor, wie sich die nackten, fettigen Leiber hinter dem Rücken des Pfarrers drehen, der über das ewige Leben predigt. Merke: Es gibt kein Leben nach dem Tod.

Der Hühner-Pfarrer vor ihr deutet ihren Blick völlig falsch.

»Nur zwofuffzig, der halbe Broiler. Greifen Se zu, junge Frau.« Er widmet ihr ein kalkuliertes Lächeln. »1a-Qualität, was, Jungs?«

Die beiden Kurzhaarigen, die mit Bierdosen in der Hand davor stehen, nicken teilnahmslos.

»Stammkundschaft«, strahlt der Hühner-Hugo. »Na, was is? Noch ham Se die Wahl.« Er deutet aufmunternd auf seine Leichen.

»Ich suche ein Mädchen, sie hat kurze rote Haare und einen gelben Hund bei sich. Haben Sie die hier gesehen?«

Das Lächeln verschwindet. »Sind Sie die Oma?«

Innerhalb von Minuten um Jahrzehnte gealtert, fragt Beckstein ungerührt: »War sie hier?«

»Meinen Sie die Melanie?«, fragt der Größere. Er hat ein pausbäckiges Gesicht und bereits einen Ansatz zum Bierbauch, der allerdings noch für Babyspeck durchgehen kann. »Wenn Sie die meinen, die is grade weg.«

»Und wohin?« Beckstein wendet sich ihm zu.

»Hat sie was ausgefressen?«, fragt er zurück, und sie hat das Gefühl, dass er schon bereut, etwas gesagt zu haben. Der Kleinere verzieht missbilligend die Lippen.

»Ne Ausgeflippte, mit denen haben wir nichts zu tun.«

Er trägt eine schwarze Bomberjacke über einem weißen T-Shirt und die Haare so kurz geschnitten, dass man über seine Haarfarbe rätseln kann. Irgendetwas an ihm kommt Beckstein vage bekannt vor. Aber sein glatt rasiertes Dutzendgesicht weist keine markanten Einzelheiten auf, an die sie sich erinnert. Es ist irgendwie nichts sagend, ein Schnäuzer oder lange Haare würden es so verändern, dass er nicht wiederzuerkennen wäre.

»Aber ihr kennt sie?«

»Die läuft dem Heiko nach«, sagt er herablassend und zuckt die Schultern. »Aber der will nix von der. Die is ja nochn Kind.«

Heiko heißt der Knabe also. »Und wo ist dieser Heiko?«

»Weg.«

»Wo find ich den?«

Das Dutzendgesicht senkt sein Kinn auf die Brust, schiebt die Unterlippe vor und mustert sie aus zusammengekniffenen Augen, als müsste er erst den Blick scharf stellen.

»Ich sag Ihnen doch, der will nix von Ihrer Tochter. Wir wolln keinen Ärger.«

Verpiss dich, Alte, heißt das im Klartext, und Beckstein wundert sich, dass er das nicht genauso ausdrückt. Warum ist der so vorsichtig? Die sind doch sonst nicht so zimperlich.

»Hat der Heiko einen Pitbull?«

»Wieso?« Seine Augen sind plötzlich wachsam. »Tyson istn guter Hund, der tut niemand was.«

»Tyson ist der Größte«, bestätigt der Pausbäckige und fängt sich damit ein schnelles »Halts Maul« ein. »Stimmt doch«, mault er.

Wie er so aggressiv und unbeherrscht herumfährt, da fällt es ihr wieder ein, woher sie den Kerl kennt. Sie hatten den Film einer Demonstration von Neo-Nazis ausgewertet, den Kollegen gemacht hatten, um Straftäter zu identifizieren. Der Typ vor ihr war in einigen aufschlussreichen Szenen zu sehen gewesen, in denen er u. a. einen Hitlergruß zeigte. Lasst ihn in Ruhe, sagte der Kollege, der für die Beobachtung der rechten Szene zuständig war. Er liefert uns Informationen. Das war es. Unwillkürlich lächelt sie. Damit hat sie ihn. Es würde ihm ganz und gar nicht gefallen, wenn das bekannt würde in der Szene. Die reagiert auf Verräter ausgesprochen humorlos, typisch deutsch eben.

Sie sieht ihm fest in die Augen, und ihr Lächeln wird noch breiter.

»Sie werden mir sofort alles ausspucken, was Sie über diesen Heiko wissen«, sagt sie in leichtem Konversationston. »Alter, Gewicht, Farbe der Fingernägel, Größe der Schuheinlagen, alles, und zwar ein bisschen plötzlich.«

Der Angesprochene schaut verdutzt, und auch sein Kumpel lässt für einen Moment das Nuckeln an der Bierdose. Spinnt die Alte? Sie sehen sich an und grinsen.

»Watn fürn Heiko? Ick kenn keen Heiko«, feixt das Durchschnittsgesicht und nimmt einen Schluck aus der Dose.

»Aber den Herrn Selzig, den kennen Sie?« Gerade noch rechtzeitig ist ihr der Name des Kollegen eingefallen, der für die rechte Szene zuständig war. Aus dem überlegenen Feixen wird schlachtreifes Glotzen. Es ist sehenswert. Verblüffend, über wie viele Ausdrucksmöglichkeiten sogar so ein Dutzendgesicht verfügt. Es durchläuft die ganze Skala von Angst bis Schadensbegrenzung. Schade, dass man das jetzt nicht filmen kann, denkt Beckstein und fragt: »Wir verstehen uns?«

Mit einer rüden Geste verscheucht er den Pausbäckigen – »Verpiss dich mal kurz um die Ecke, Lars, ich muss was bereden« – und rückt panisch näher an sie ran. »Die machen mich alle, wenn die das erfahren.«

»Dieser Heiko ist also auch rechts?«

»Das sind doch alle hier. Das ist normal. Hören Sie, ich ...«

Am Ende der kurzen Unterhaltung weiß Beckstein alles, was sie über Heiko Petrowski wissen will, dass er einen Trabant fährt, einen Pitbull namens ›Tyson‹ besitzt und gelegentlich Krach mit den Pennern hat. Genau wie seine Freunde.

»Die stinken«, sagt Sven. »Ekelhaft.«

Genug jedenfalls, um Ammetsried auf ihn anzusetzen.

Angespannt versucht Heiko, den weißen Volvo-Kombi mit dem schwarzen Schriftzug »Döner-Station« auf der Seite nicht aus den Augen zu verlieren. Wenn er weg ist, sind auch die tausend Mark für die neuen Felgen weg. Tyson döst auf dem Rücksitz seinem Sieg entgegen. Es geht rauf auf die Autobahn, runter von der Autobahn, dann kreuz und quer durch kleine, unbekannte Straßen, die ihn verwirren. Längst kennt er sich nicht mehr aus. Immer nach Westen, so viel ist klar. Eine Adresse hat ihm Celim nicht gesagt. Du fährst mir einfach hinterher. Leicht gesagt. Auf freier Strecke zieht der Volvo davon wie nichts, und wenn der Trabi ihn vor der Ampel endlich eingeholt hat, schaltet die auf Grün, und weg ist der Volvo, bevor Heiko umschalten kann. Er überlegt, ob er sich langfristig, wenn alles gut läuft, nicht doch auf eine andere Automarke umstellen soll. Der Abstand zwischen den Häusern wird größer. Uralte Bäume überragen die weitläufigen Gärten. Von der Straße aus sind Säulen und bewachsene Terrassen zu erkennen. Die Hecken sind in dieser Jahreszeit noch durchsichtig. Aber die Zäune sind hoch. In der Gegend war Heiko noch nie. Celim fährt langsamer und macht Heiko ein Zeichen, sich einen Parkplatz zu suchen und zu warten.

Ein Wohnmobil mit Elchaufkleber parkt vor der Tür eines 60er-Jahre-Bungalows, der eher bescheiden wirkt in der Umgebung.

Celim steigt aus und beugt sich zu der Sprechanlage. Dann drückt er gegen das schmiedeeiserne Gartentor, und eine gepflegte ältere Dame erscheint in der Haustür. Sie wechseln ein paar Sätze, danach kommt Celim wieder heraus und stellt sich breitbeinig neben den Trabant. Heiko lässt das Fenster runter.

»Auf der Rückseite. Einmal um den Block.« Celim zeigt mit dem Arm. »In der Sackgasse ist ne Gartentür. Ich geh vor. Wart ne Viertelstunde, wenn keiner vorbeikommt, kommst du nach. Benimm dich ganz normal.« Er schlägt mit der flachen Hand aufs Autodach. »Sieg heil.« Damit setzt er sich wieder in den Volvo und fährt um die Ecke.

Heiko wartet fünf Minuten, dann steigt er nervös aus, um sich die Beine zu vertreten. Ein paar Schritte können Tyson nur gut tun. Er schließt den Trabant ab und führt Tyson um den Block. Der Bungalow steht im vorderen Teil eines vorn gepflegten und nach hinten zunehmend verwilderten Grundstücks. Heiko versucht sich einen Überblick zu verschaffen, aber die Sicht reicht nicht bis zum anderen Ende des Zauns. Im Hintergrund erkennt er einen großen Zwinger, in dem sich Hunde bewegen, die von weitem aussehen wie Eisbären. Pitbulls sind das nicht.

Celim wartet mit einem bürstenhaarigen, gedrungenen Mann unbestimmbaren Alters hinter der Gartentür. Er trägt ein sportlich kariertes Sakko über dem offenen Hemd und könnte Geschäftsführer eines mittelständischen Unternehmens sein.

»Das ist Bob«, stellt Celim ihn vor, »er ist der Veranstalter.«

Bob nickt Heiko zu, schließt die Gartentür hinter ihnen wieder ab und wirft einen prüfenden Blick auf Tyson, der unruhig witternd den Kopf hebt.

»Ihr seid im dritten Kampf dran. Im Moment läuft noch der zweite.«

Tyson wittert hinüber zu dem Zwinger im Hintergrund, in dem schneeweiße Wolfshunde am Gitter stehen und herüberstarren. Sein Nackenhaar ist gesträubt. Heiko deutet in die Richtung, in die Tysons Nase zeigt.

»Und die? Machen die auch mit?«

»Um Himmels willen! Lieber geh ich mit ner Kobra ins Bett.« Bob schüttelt sich über so eine abwegige Idee. »Das Hobby unseres Gastgebers. Das sind unberechenbare, gefährliche Biester.«

Er führt sie den Weg ums Haus zu einem Seiteneingang und ein paar Stufen hinunter in einen umgebauten Partykeller. Links ist die Garderobe. Rechts hinter einem Resopaltischchen sitzt ein Typ wie der Türsteher einer Disco. Hinter ihm an der Wand hängen zwei Verbotstafeln: »Rauchverbot« und »Fotografieren verboten.« Vor sich hat er eine Kasse.

»Zuschauer oder Teilnehmer?«

»Teilnehmer«, antwortet Celim für ihn und zeigt auf Tyson.

»Dreißig und fünf Mark Startgeld«, sagt der Rausschmeißer und streckt die Hand aus. Heiko zieht einen Zwanziger aus seinem Geldbeutel und zählt den Rest in Markstücken auf den Tisch. Danach fühlt sich sein Geldbeutel schlaff an. Dass die Teilnahme kosten würde, daran hat er nicht gedacht, nur an den Gewinn.

»Ohne Einsatz kein Gewinn, so ist das«, meint Celim fröhlich und zeigt auf die Gitterboxen an der Wand, hinter denen Hundegesichter zu sehen sind. »Steck ihn da rein, dann gehen wir erst was trinken.« Tyson kommt in eine der Boxen. Heiko folgt Celim in einen lang gestreckten Raum, der so niedrig ist, dass er unwillkürlich den Kopf einzieht. Neonröhren leuchten ihn aus wie ein Labor. Nut- und Federvertäfelung an den Wänden. Die ebenerdigen Kellerfenster unter der Decke sind vergittert. Die Zuschauer stehen in Gruppen beieinander, halten Sektgläser in Händen, diskutieren die Ergebnisse und ihre Einsätze wie auf dem Rennplatz. Es sind überwiegend Männer um die dreißig mit ihren bemerkenswert langbeinigen Freundinnen. Aber auch brave ältere Paare mit vor Aufregung geröteten Gesichtern und aufgerissenen Augen, als stünden sie unter Drogen. Sogar ein Rollstuhlfahrer ist dabei. Einzelne sportlich-englisch gekleidete Herren halten sich abseits. Ein Gesicht kommt Heiko bekannt vor, er hat es schon im Fernsehen gesehen, aber der Name fällt ihm nicht ein. Celim schüttelt Hände, küsst Wangen. Man kennt ihn.

»Wie ist Tarkan heute drauf?«, fragt ein rundfleischiger Hüne, auf dessen Handrücken das Wort »Pitbull« eintätowiert ist. »Das letzte Mal war knapp. Ich hab trotzdem wieder auf ihn gesetzt. Ich will nicht mein Geld verlieren, du. Sonst hol ich es mir von dir zurück.« Er pflanzt seine tätowierte Rechte auf Celims Hemdbrust.

»Er ist voll in Form«, beruhigt ihn Celim gut gelaunt. »Er wird dich nicht enttäuschen.«

Ein älterer Mann in kakifarbenen Travellerhosen und einer Fotografenweste mit vielen verschiedenen Taschen nimmt Celim am Arm. Kurz geschnittene weißblonde Haare umstehen seine braun gebrannte Glatze.

»Wenn der Ärger macht, fliegt er raus. Dann ist er beim nächsten Mal nicht mehr dabei. Wir wollen keine Rotlichtszene hier. Die sollen ihre eigenen Kämpfe abhalten. Da ist die Polizei immer in der Nähe. Der Ruf muss sauber bleiben. Hast du die Nachrichten gehört?«

»Im Auto, beim Herfahren.«

»Dann weißt du, was in Hamburg passiert ist. So ein Idiot! Das kommt dabei raus, wenn Dilettanten meinen, sie müssten den großen Zampano spielen. Das heißt, wir müssen noch vorsichtiger werden in Zukunft. Ein sechsjähriges Kind, da wird der Volkszorn hochkochen. Einigen Politikern kommt das sehr gelegen, sie werden versuchen, die Stimmung auszunutzen. Wir müssen sehr, sehr vorsichtig sein.«

Celim dreht sich zu Heiko um und stellt ihm den Mann mit der braunen Glatze vor. »Dr. Soerensen, unser Gastgeber. Ihm gehört das Haus hier.«

»Du bürgst für ihn?«, wendet der sich an Celim. Dann mustert er Heiko eindringlich aus sehr blauen Augen. »Sie sind neu dabei?« Er macht eine Pause, und Heiko kommt es vor, als versuchte der Mann seine Gedanken zu lesen. »Sie haben einen starken Hund? Er ist stärker als alle anderen und wird Ihnen viel Geld bringen, glauben Sie. Sie sollten sich informieren. Im Anschluss hält Prof. Richter-Vyn einen Vortrag über die neusten Trainingsmethoden in den USA. Das sollten Sie sich nicht entgehen lassen. Der besser trainierte Hund hat die größeren Chancen, wie überall im Sport.«

»Und was ist mit den Weißen da draußen?«

»Gefallen Sie Ihnen? Phantastische Tiere, wie? Gegen die hätte Ihr Hund nicht die geringste Chance. Keiner der Hunde hier hätte eine Chance. Absolute Killer. Die töten einen Puma in Sekunden. Die töten sofort, ohne zu zögern. Genickbiss. Aus. Phantastische Kreaturen.« Sein Gesicht rötet sich vor Begeisterung.

»Einen Puma?«, fragt Heiko ungläubig und überlegt, ob der so groß ist wie ein Bär.

Der Gastgeber lacht das Lachen des Besserwissenden über so viel Naivität, froh, einen gefunden zu haben, der die grandiose Geschichte seiner Zuchterfolge noch nicht kennt.

»Was Sie sehen, sind scheinbar ganz normale weiße Schäferhunde. Aber haben Sie schon mal Schäferhunde von dieser Größe gesehen? Sehen Sie sich den Knochenbau an. Nein, nein, mein Lieber, da ist mehr drin, als Sie ahnen.« Er kichert. »Meine Spezialzucht. Hausrezept. Die Zutaten werden nicht verraten.« Wieder lacht er. »Ich verrate Ihnen nur so viel: Ich habe meine Hündin extra nach Kanada fliegen lassen, um sie von einem Alaska-Wolf decken zu lassen. Das sind die Größten. Die Schwierigkeit ist, dass sie weiß bleiben, rein weiß. Nicht grau, nicht gefleckt. Die weiße Rasse. Reinheit! Sie verstehen?«

Heiko fühlt sich mulmig, alles ist fremd und ungewohnt. Er will es endlich hinter sich bringen, das Geld einstecken und nach Hause fahren. Dieser Mann mit den fiebrig glitzernden blauen Augen ist ihm unheimlich. »Nein«, sagt er.

»Ku-Klux-Klan, sagt Ihnen das was? Das waren die ursprünglichen Züchter. Weiße Rasse, weiße Hunde, verstehen Sie? Rein weiß. Die ließen sie auf die Nigger los. Der Legende nach wächst ihnen ein Muttermal auf der Zunge, wenn sie den ersten Schwarzen getötet haben. Meine Hunde haben alle ein Muttermal auf der Zunge.« Sein Lachen wird immer breiter. Er schlägt Heiko auf die Schulter, als er sein Unbehagen bemerkt. »Sie müssen noch viel lernen, junger Freund. Bedienen Sie sich.«

Eine hübsche junge Frau reicht ein Tablett mit Lachsröllchen und Käsehappen herum. An der Hausbar lädt ein Importeur zur Verkostung seiner kalifornischen Weißweine ein. Ein grauhaariger Herr starrt in das kleine Glas in seiner Hand, als wäre dort ein Geheimnis verborgen, setzt es an und gurgelt den Wein mit gedankenverlorenem Blick im Mund herum. Dann nickt er anerkennend. Außer Wein gibt es nur Sekt. Heiko hätte lieber Bier, traut sich aber nicht, das zu sagen, und nimmt ein Glas Sekt für drei Mark. Jetzt bleiben ihm etwas mehr als sechs Mark.

Celim klopft ihm von hinten auf die Schulter wie einem Freund und wedelt mit einem Bündel Hunderter vor seinem Gesicht. »Du musst wetten. Setz einen Hunderter auf Tarkan, dann hast du deinen Verlust wieder drin.«

Heiko zieht die Schultern hoch und sieht sich nach dem Schauplatz der Kämpfe um. In der Mitte des Raumes umstehen die Zuschauer ein mit müllsackblauer Folie abgestecktes Quadrat und feuern die Kämpfer an. Heiko zwängt sich zwischen die vorgeneigten Schultern. In einer Ecke, fast lautlos, ringen zwei Hunde miteinander. So scheint es auf den ersten Blick. Mit leerem Blick hängen sie sich gegenseitig an der Kehle. Der mit der schwarzen Maske hat den mit dem blutigen, falbenfarbenen Fell auf die Seite gedrückt. Ineinander verbissen, verharren sie fast reglos.

»Das is doch nix. Das geht jetzt fast ne Viertelstunde so«, murrt einer neben Heiko. »Ich will mein Geld wieder.«

Anfeuernde Rufe aus dem Publikum bringen die Kämpfenden höchstens dazu, die Hinterbeine gegen den blutigen Teppichboden zu stemmen, um sich noch weiter aufeinander zuzuschieben. Die Hinterbeine des Falben kratzen immer öfter ins Leere.

Ein Mann mit der amerikanischen Flagge auf der Krawatte kniet auf dem verschmierten Teppichboden vor den Hunden und begutachtet ihre Haltung seitlich, dann von unten.

»Das ist der Schiedsrichter«, klärt Celim auf, der neben Heiko getreten ist. Er verzieht fachmännisch abfällig das Gesicht. »Dritte Liga. Die guten Kämpfe kommen später.«

Der Schiedsrichter macht mit dem Arm ein Zeichen, der Kampf ist beendet. Schwarze Maske ist Sieger. Die Zuschauer klatschen. Die Verlierer murren. Die Sieger gehen sich ihre Gewinne abholen.

Zwei Männer steigen über die Bande, packen ihre Hunde am Nackenfell, stecken ihnen Holzpflöcke seitlich zwischen die Kiefern und hebeln sie auf. Der Falbe kann sich nicht mehr auf den Beinen halten und bricht zusammen, nachdem die Kiefern des anderen von seinem Hals gelöst worden sind.

»Spritze!«

Ein Mann mit einem Köfferchen steigt über die Bande und kniet neben dem Röchelnden, zieht eine Spritze auf und sticht sie in das blutverschmierte Fell. Der Besitzer des Hundes macht ein ärgerliches Gesicht. »Wird wohl nix mehr. Was meinen Sie, Doktor?«

Der verzieht skeptisch das Gesicht und macht eine zweifelnde Handbewegung. »Kann man nicht sagen. Hängt vom Kreislauf ab. Fifty-fifty.« Sein Akzent ist rau.

Der Hund wird über die Bande gehoben und in eine Decke gewickelt.

»Mehr als drei, vier Kämpfe übersteht kaum einer«, erklärt Celim. »Dann brauchst du einen neuen Hund. Gute Kämpfer sind teuer. Vielleicht acht- oder neuntausend, bringt aber mehr als das Doppelte. Tarkan hat mich viertausend Mark gekostet. Und ich habe gehandelt, kannst du glauben. Zwei Kämpfe hat er bis jetzt gewonnen. Er muss noch zwei gewinnen, dann kaufe ich einen echten Spitzenhund.«

Der ungewohnte Sekt stößt Heiko sauer auf. Er greift sich unter das T-Shirt und reibt sich über den Magen.

»Hast Schiss, was? Ich mach dir einen Vorschlag. Wenn Tarkan gewinnt, machen wir gemeinsame Sache, nehmen das Geld, und jeder legt noch zweitausend drauf, dann kaufen wir einen echten Spitzenhund. Und machen Geld ohne Ende. Was ist?« Celim hält ihm die ausgestreckte Hand hin.

»Tyson gewinnt«, sagt Heiko automatisch, aber ohne echte Überzeugung. Celim zuckt die Schultern. »Wie du meinst. Ich gebe dir eine Chance. Wir reden später.«

Bei den Siegern kreist eine neue Lage Sekt. Der Hund mit der schwarzen Maske wird von einer jungen Frau in Baseballkappe mit nassen Tüchern abgerieben, geküsst und dann in eine Box geschoben. Sie ergreift das Sektglas, das ihr der Besitzer hinhält, und schmiegt sich strahlend an seine Hemdbrust.

»Hol deinen Hund. Wir sind gleich dran.«

Tyson hockt eingeschüchtert in seiner Box. Heiko muss ihn rauszerren. Fragend sieht er zu seinem Herrn hoch. Heiko schluckt trocken und sagt rau: »Na, komm schon, Alter, das stehn wir durch.« Und danach nie wieder, verspricht er ihm innerlich. Nur einmal musst du gewinnen, Alter, dann ab und nix wie weg hier.

Von taxierenden Blicken begleitet, führt er ihn zu dem Podest, auf dem die Kämpfer dem Publikum vorgestellt werden. Tyson wird gewogen und vermessen. Sein Gegner Tarkan ist ein vernarbter schwarzweißer Bulle mit bis auf die Ohrmuschel kupierten Ohren, rosafarbenen Lidern und einem kurzsichtigen Blick.

Ein junger Mann mit der Stimme eines Sportschau-Moderators stellt sie dem Publikum vor.

»Tarkan, 4 Jahre, 28 Kilo. Er hat bereits zwei Kämpfe siegreich absolviert. Wer setzt auf Tarkan?« Viele Arme gehen in die Höhe, ein Buchmacher geht rum und nimmt die Einsätze entgegen.

»Tyson, 3 1/2 Jahre, 27 Kilo, ein hoffnungsvoller Neuling. Bezwingt seine Gegner mit einem mutigen Biss in die Ohren.« Gelächter. Mit einem bedeutungsvollen Seitenblick auf Tarkans praktisch nicht vorhandene Ohren fragt er: »Wer setzt auf Tyson?«

Als Einziger hebt Celim den Arm. »Ich setz zwei Mark auf

Tyson.« Schallendes Gelächter antwortet ihm. Nur ein kleiner älterer Mann folgt seinem Beispiel, setzt fünfzig Mark auf Tyson und wird von seiner Runde ausgelacht.

Ein Gong tönt. Jeder nimmt seine Ecke ein. Sobald Tyson den Gegner sieht, ist sein Selbstbewusstsein wieder da. Er zerrt an der Leine und will sich sofort auf Tarkan stürzen, der gelassen in seiner Ecke steht und herüberstarrt. Reglos steht er da und fixiert Tyson aus seinen tückischen kleinen Augen. Heiko würde am liebsten abhauen. Aber auf das Zeichen des Schiedsrichters hin hakt er die Leine los. Celim lässt seinen Hund eine Sekunde später los. Tyson stürmt sofort los, um den fremden Rüden knurrend und mit gesträubtem Fell steifbeinig zu umkreisen, wie es unter Hunden üblich ist. Zu spät erkennt er in seinem Gegner einen Kerl ohne Manieren. Lautlos stürzt sich Tarkan direkt auf ihn und verbeißt sich ohne Umschweife in seinen Hals. Dabei sträubt sich kein Haar an diesem schwarzweißen Körper, glatt wie eine Fischhaut liegt es über den vortretenden Muskeln.

Die Zuschauer jubeln. »Tarkan! Tarkan!«

Benommen von dem Aufprall, steht Tyson ohne Gegenwehr. Weit vornübergebeugt starrt Heiko auf seinen Hund, dem Blut über den Hals läuft.

»Tyson!«, brüllt er beschwörend. »Tyson!« Er ist drauf und dran, über die Bande zu springen, um seinem Hund beizustehen gegen dieses schwarzweiße Monster. Tyson sieht verblüfft aus, als müsste er sich mit der Rolle des Verlierers erst vertraut machen. Noch nie hat ihn ein anderer Hund derart hemmungslos angegriffen.

»Der schafft deinen Köter in weniger als zehn Minuten. Wetten?«, sagt der tätowierte Fleischberg neben Heiko und klopft auf seine Uhr.

»Er hat noch nie verloren«, sagt Heiko hilflos.

»Es gibt immer ein erstes Mal«, grinst der Tätowierte. »Tarkan! Tarkan, mach ihn kalt, den Nägelbeißer!«

Gelächter bei den Zuschauern.

Heiko ballt die Fäuste und würgt. Der saure Sekt drängt

wieder nach oben. Von der anderen Seite macht Celim ein Victory-Zeichen.

»Tyson!«, brüllt Heiko verzweifelt seinen reglosen Hund an. »Mensch, Alter, pack ihn doch. Mach ihn fertig! Tyson!«

Vielleicht hätt er ihm vor dem Kampf die doppelte Dosis von Svens Pillen geben sollen. Aber er war sich über die Wirkung nicht sicher. Tarkan wirft den Kopf, an dem Tyson hängt, herum, als wollte er einen Hasen totschütteln. Jetzt endlich kommt Leben in Tyson, rasend beißt er um sich, erwischt ein Stück schwarzweißes Fell und hält es fest. Eng umklammert drehen sich die beiden Hunde umeinander wie im Tanz. Blut und Staub färben ihr Fell gleichmäßig dunkel, so dass sie kaum noch zu unterscheiden sind.

Heiko wird schlecht, trotzdem kann er den Blick nicht losreißen von dem unheimlichen Tanz der acht wirbelnden Pfoten.

»Tyson!« Er schluchzt fast. »Tyson!«

Einen Atemzug lang halten die Kämpfer inne, um nach neuen Angriffsflächen zu suchen. Heikos Hals ist trocken. Der Wunsch nach einem Bier wird mit jeder Runde quälender. Die Innenflächen seiner Hände sind feucht. Suchend sieht er sich um. Etwas zieht seinen Blick nach oben. Er zuckt zusammen. Hinter einem der vergitterten Fenster erscheint Mellis blasses Gesicht. Er zwinkert, schaut zurück auf die kämpfenden Hunde und wieder hoch. Sie ist noch da. Sehr bleich. Die struppigen Brauen unter den roten Haaren bilden einen zornigen Strich. Als sich ihre Blicke kreuzen, trifft ihn das grüne Funkeln wie ein Schuss. Unfähig, sich zu bewegen, steht er da und sieht zu ihr hoch. Ein Stoß in die Rippen und das gespannte Stöhnen der Zuschauer wecken ihn. Die Lage in der Arena ist verändert. Das Kräfteverhältnis hat sich umgekehrt. Der Schwarzweiße, jetzt einfarbig staubgrau und blutverschmiert, wirkt plötzlich desorientiert. Er zittert.

»Dem ham se zu viel gegeben«, meint jemand. »Der hat sich in der Dosis vertan.«

Tyson hat seine Chance erkannt und ihn an der Kehle gepackt. Er blutet selbst aus zahlreichen Wunden und scheint es nicht zu merken. Er wirft den Kopf hin und her, und Tarkan kippt um. Tyson steht über ihm, ohne loszulassen. Der Schiedsrichter gibt das Zeichen. Der Kampf ist aus. Heiko fühlt viele Hände, die auf seine Schultern schlagen, ohne dass er begreift. Der kleine Mann, den seine Runde vorhin ausgelacht hat, stürzt auf ihn zu, zieht sein Gesicht zu sich und küsst ihn schmatzend auf beide Wangen, greift seine Rechte und schüttelt sie aus Leibeskräften, anschließend schlägt er ihm fast das Kreuz ein.

»Mann, Mann«, stammelt er und drückt ihm ein herbeigewunkenes Glas Sekt in die Hand. »Danke, Mann, das gibt ne Traumquote, der Gewinn meines Lebens. Klasse Kampf! Super! Spitze! Echt!«

Nur langsam begreift Heiko die Zusammenhänge. Sein Gehirn scheint eingefroren. Als er hochsieht, ist Mellis Gesicht am Fenster verschwunden. Vielleicht hat er es sich doch nur eingebildet.

Man gratuliert ihm. Wildfremde schütteln ihm die Hand und wollen mit ihm anstoßen. Sektgläser werden ihm in die Hand gedrückt, und er wird genötigt, sie auch auszutrinken.

Der Hausherr kommt. »Gratuliere, junger Mann. Ein viel versprechender Start. Ihr Hund ist noch unverbraucht, der hat noch eine Karriere vor sich.«

Tyson! In dem ganzen Trubel hätte er ihn fast vergessen. Der hockt in einer Ecke des Kampfplatzes und lässt die Zunge raushängen. Er wirkt apathisch, mit nach innen gekehrtem Blick. Als er Heiko sieht, wedelt er müde mit dem Schwanz. »Gut gemacht, Alter.« Er will seinem Hund das Fell klopfen, aber das ist an vielen Stellen aufgerissen und blutig. Am Hals klafft eine große Wunde. »Wird schon wieder, Alter«, spricht er sich und seinem Hund Mut zu. Er nimmt ihn auf den Arm und hebt ihn über die Bande. Eine blonde junge Frau reicht ihm einen Schwamm und Wasser.

»Toller Hund. Alle dachten, der würde verlieren gegen Tarkan. Hast du den schon lange?« Sie hockt sich neben Tyson und streichelt ihn und sieht bewundernd zu Heiko hoch.

»Seit er so klein war«, zeigt der und fühlt plötzlich wieder den hilflosen, weichen Welpen zwischen den Händen. »Ich muss los.«

»Kommst du wieder?«

»Weiß nicht.« Er hakt die Leine an Tyson fest, und der macht ein paar unsichere Schritte vorwärts. Er sieht, wie Celim sich aus der wütenden Belagerung des Tätowierten befreit und auf ihn zukommt. »Gratuliere, Mann.« Celim legt ihm den Arm um die Schultern und steckt ihm ein Bündel Hunderter in die Brusttasche. »Eine Anzahlung. Den Rest holst du dir morgen bei mir. In Ordnung? Mein Angebot steht.« Bevor Heiko antworten kann, tippt er ihm auf die Schulter. »Man sieht sich.«

Heiko schleppt Tyson hinter sich her. Tyson bewegt sich mühsam. Aber ein Sieger wird nicht hinausgetragen, der verlässt den Schauplatz auf eigenen Beinen, auch wenn die bei jedem Schritt einknicken. Heiko fühlt die Scheine an seiner Brust. Jeden Moment darauf gefasst, dass sich vor Erreichen des Ausgangs eine Hand auf seine Schulter legt, nicht freundschaftlich, um ihm das Gewonnene wieder abzunehmen. Er nimmt Tyson nun doch auf die Arme. Vor der Tür, wo ihn keiner sieht, küsst er seinen Hund auf den Kopf. »Mensch, Alter«, flüstert er, »wir haben gewonnen.«

Am Trabant wartet Melli mit finsterer Miene. Sie macht eine schnelle Bewegung auf ihn zu, als sie ihn kommen sieht. Hasi springt ihnen entgegen. Aber Tyson, mit dem Kopf an Heikos Schulter, reagiert nicht und atmet schwer.

»Ist er tot?!«, fragt Melli ängstlich von weitem.

»Quatsch,« keucht Heiko, der Hund ist schwer. »Schließ auf. Der Schlüssel ist in meiner Hosentasche. Mach schnell. Wie kommst du überhaupt hierher?«

»Die Türken haben mir gesagt, wo du bist.«

Melli öffnet die Wagentür, und Heiko legt Tyson vorsichtig auf den Rücksitz.

»Er braucht was unter den Kopf.« Melli knotet ihre Jacke auf, die sie um die Hüften geschlungen hat, und schiebt sie unter seinen Kopf. Dann zeigt sie hinter sich. »In dem Container da vorn liegen tote Katzen. Lauter totgebissene Katzen sind da drin! Die hetzen ihre Hunde auf die Katzen. Warum? Woher haben die die ganzen Katzen?« Sie schaut auf ihre Hand. Die ist ganz blutig. »Das ist doch Scheiße!«, schreit sie ihn an. »Warum hast du das gemacht?« Sie schluchzt. »Tyson muss zum Tierarzt. Wir müssen ihn sofort hinbringen.«

»Steig ein«, drängt er sie und sieht über die Schulter zurück. Aber niemand scheint ihnen zu folgen. »Los, mach schon, steig ein. Schnell.«

Melli und Hasi zwängen sich auf den Vordersitz. Rumpelnd springt der Motor an, und Heiko lenkt den Trabant aus der Parklücke. Melli beugt sich zu Tyson auf dem Rücksitz. »Er stirbt«, jammert sie. »Warum? Warum hast du das gemacht?«

Während er sich durch kleine Seitenstraßen vorwärts arbeitet, sieht Heiko immer wieder in den Rückspiegel, als erwartete er jeden Meter einen Verfolger. Endlich biegt er in eine doppelspurig befahrene breite Straße ein. Sicher hinter einem Kleintransporter von Robben und Wintjes dahinrollend, wirft Heiko plötzlich die Arme in die Höhe und stößt ein Siegesgeheul aus: »Gewonnen! Wir haben gewonnen! Tyson ist der Größte!« Er trommelt wie wild auf das Lenkrad.

»Dem Kümmeltürken haben wirs gezeigt. Der Scheißkanake kann einpacken. Soll sich nicht einbilden, dass ich den Gewinn mit ihm teile. Deutschland!!«

Er greift in die Brusttasche und wirft Melli das Bündel Scheine in den Schoß. »Is von dem Kanaken. Meinte, sein Hund sei stärker. Da hat der sich aber verrechnet, der Rattenfleischröster.«

Melli starrt auf das Geld, dann auf Heiko, der vor Siegestaumel hektische Flecken im Gesicht hat.

»Halt an«, sagt sie leise, und als er nicht gleich reagiert, schreit sie los: »Halt an, hab ich gesagt! Anhalten, du verdammtes Arschloch!«

Heiko glotzt sie verständnislos an. Beinahe fährt er dem bremsenden Kleinlaster hintendrauf.

»Wasn los?«

»Anhalten! Halt sofort an, oder ich spring raus!« Melli greift nach dem Türgriff, und Heiko tritt auf die Bremse.

»Ja, ja, schon gut, is ja gut, keine Panik«, stottert er. Ihr plötzlicher Ausbruch bringt ihn völlig aus der Fassung. »Ich kann doch nicht mitten auf der Straße ...« Er lenkt den Trabant an den Straßenrand und wendet sich zu ihr. »Spinnst du? Wasn eigentlich Sache?«

»Was Sache ist?« Sie betrachtet ihn voll Abscheu. Tuscheschwarze Tränen laufen ihr übers Gesicht. »Du bist echt das allerletzte Dreckschwein. Lässt deinen Hund für Geld halb tot beißen. Weißt du, was das ist? Tierquälerei ist das. Abartig. Jana hat Recht, sie sagt, einer ist wie der andere von euch. Und ich dachte, du wärst anders«, heult sie plötzlich wild auf, »dabei bist du genauso ein brutales, faschistisches, blödes Drecksarschloch wie ihr alle. Du warst es! Du hast auch den Penner umgebracht. Na klar, so einer zählt ja nicht für euch. Wie die Kanaken. Ich werde Jana sagen, dass wir gar nicht die ganze Zeit zusammen waren. Mörder!«

Sie reißt die Tür auf, und Hasi springt als Erste raus.

»Nein ... äh ... Melli! Warte!«, stammelt Heiko, unfähig zu reagieren. Was will sie? Das geht ihm alles zu schnell.

Melli dreht sich noch einmal um. »Und außerdem: Ich heiße Meltem. Ich bin türkisch.« Damit knallt sie die Tür hinter sich zu, dass die Scheine hochwirbeln. Heiko greift nach den umherfliegenden Hundertern, einen hat der Luftzug nach draußen geweht. Er steigt aus, um ihn einzufangen. »He, warte! Wart doch mal!«, ruft er ihr hinterher. Aber Melli rennt wie um ihr Leben und dreht sich nicht mehr um.

»Weiber«, murmelt er verwirrt. Aber sein Herz dröhnt von dem, was sie ihm da an den Kopf geworfen hat. Er steigt wieder ein und dreht sich nach Tyson um. »Weiber«, wiederholt er ratlos. »Ich wollte sie doch einladen.« Tyson hebt nicht den Kopf, als er ihn anspricht. Nur seine Augen und Ohren gehen in seine Richtung.

»Ich bring dich zum Tierarzt, Alter«, verspricht Heiko seinem Hund und startet den Motor. »Jetzt gleich. In ein paar Tagen biste wieder wie neu. Und dann …« Er lässt den Satz in der Luft hängen. Konzentriert sucht er den Weg zurück. Als er endlich den Baumschulenweg erreicht, atmet er auf. Hinter der Warschauer Straße fängt der Motor an zu speuzen und versackt. Heiko rollt auf die Seite und betätigt den Anlasser, bis er merkt, dass das Benzin alle ist. Er beugt sich über Tyson hinweg nach dem Reservekanister hinter dem Rücksitz. Aber der ist leer. Dabei ist er sich ganz sicher, dass er voll war, als er ihn hinten reingestellt hat. Sollte etwa Lars, dieser Schnorrer, mit der Friedhofskutsche wieder ne Extratour gedreht haben? Er verwirft den Verdacht, der Leichenwagen ist ein Opel, der verbraucht Super Plus. Kopfschüttelnd, heute begreift er nichts mehr, nimmt er den leeren Kanister, um ihn an einer Tankstelle nachzufüllen.

»Bis gleich, Alter«, sagt er zu Tyson und streichelt ihm die blutverkrusteten Ohren. »Schlaf ein bisschen. Ich bin gleich zurück, dann fahren wir zum Tierarzt.« Tyson bewegt einmal müde den Schwanz und schließt die Augen.

»Bis gleich«, wiederholt Heiko.

Unterwegs stellt er fest, dass es nur ein kleiner Umweg wäre bis zum Bahnhof. Er könnte den Kameraden schnell von Tysons Sieg über den Türkenhund berichten, den er insgeheim schon verloren gegeben hatte, und für später eine Runde in Aussicht stellen.

Er sieht Lars und Sven schon von weitem. Bei ihnen steht ein schlanker, dunkelhaariger Mann. Sven macht eine komische Bewegung mit dem Kopf in seine Richtung. Der Unbekannte dreht sich um und kommt auf Heiko zu.

»Sind Sie Heiko Petrowski?«

Heiko nickt. »Ja und? Was weiter?«

Der Unbekannte hält ihm eine Marke vor die Augen.

»Ammetsried, Kriminalpolizei. Wir haben ein paar Fragen an Sie. Würden Sie bitte mitkommen?«

»Wieso sollt ich? Fragen könn Se auch hier. Ich habe keine Zeit für euern Quatsch.«

»Die werden Sie sich wohl nehmen müssen.« Ammetsried zeigt auf den Kanister in Heikos Hand. »Was ist das?«

»Sehn Sie doch, n Kanister. Ich bin aufm Weg zur Tankstelle. Wollt nur schnell bei den Kumpels vorbeischaun. Was dagegen?«

»Fahren Sie einen Trabant?«

»Is det jetzt schon strafbar oder was?«

»Herr Petrowski, was ist mit Ihrem Hemd passiert?«

»Wie?« Heiko verdreht den Kopf und schielt nach unten, um zu sehen, was der meint. Seine Arme, die Vorderseite seines Hemdes, alles ist voller Blut. »Das ... das ist von meinem Hund. Ich muss mit dem zum Tierarzt.«

»Herr Petrowski, ich muss Sie bitten mitzukommen. Wir haben da ein paar Fragen an Sie.«

Melli? Der Gedanke brummt wie eine Wespe gegen seine Schädeldecke. Die können das doch nicht ernsthaft glauben. Die war wütend auf ihn. Deswegen können die ihn doch nicht gleich verhaften. Das kann nicht sein. Melli hat ihn doch gerade erst verlassen. Das muss ein Irrtum sein. Eine Verwechslung.

»Ich muss aber mit meinem Hund zum Tierarzt«, wiederholt er verwirrt.

»Wenn Sie hier den Deppen spielen wollen, wird Ihnen das auch nicht weiterhelfen. Besser, Sie kommen freiwillig mit, das erspart uns beiden Ärger.«

»Aber ich muss ...« Heiko macht den Mund auf und wieder zu. Wie soll er dem Typ Tysons Verletzungen erklären? Aber vielleicht geht das mit den Fragen ja schnell. Alles wird sich als ein Irrtum herausstellen. Danach kann er immer noch zum Tierarzt fahren.

Trotzdem. Er steckt ziemlich übel in der Scheiße.

Schlecht gelaunt kommt Jana vom Dienst, knallt die Tür hinter sich zu, zieht die Uniform aus und schlüpft in Jeans und Sandalen. Dieser Mistfick mit Aaron klemmt in ihrem Kopf wie ein schlechter Refrain. Wie konnte sie ausgerechnet auf den reinfallen? Monatelang meidet sie Männer wie schlecht gelüftete Secondhand-Läden und dann gleich mit dem Ersten eine Niete gegriffen. Was ist los mit ihr? Ihr Instinkt hatte sie doch gewarnt. Wieso hat sie sich umstimmen lassen? Aber nach Monaten ohne Sex war sie ausgehungert gewesen. So einfach war das. Peinlich einfach.

Sie holt den Fleischeimer vom Balkon, haut ein paar blauschwarze Brocken aufs Brett und beginnt sie, von Perro gespannt beobachtet, klein zu schneiden. Der Gestank bereitet ihr eine gewisse Genugtuung. Sie hätte doch jeden mitgenommen, jeden, der hübsch gewesen wäre wie Aaron. Hätte es einen in der Karaoke-Bar gegeben, wäre ihr der Reinfall mit Aaron erspart geblieben. Sie hätte mit dem Unbekannten eine hemmungslose Nacht durchgevögelt und ihn nie wieder gesehen. Nur mit sehr viel Pech wäre sie ihm in irgendeinem Netto- oder Plus-Markt begegnet und hätte sich mit einem »Sie müssen sich irren« herausgeredet. Stattdessen hat sie sich lächerlich gemacht. Harnleiterentzündung! Wie konnte sie nur auf so einen Schwachsinn reinfallen? Bei der Vorstellung, dass im Kollegenkreis etwas bekannt werden könnte, stampft sie mit dem Fuß auf wie ein Kind. Nach dem Vorfall mit dem Metzger halten die sie sowieso für labil. Oder wenn Beckstein davon erfährt. Die glaubt ja an ihren Sohn wie die Genossen an die Partei.

Bei dem Gedanken an ihre sarkastischen Kommentare schießt Jana das Blut in den Kopf, und das Messer rutscht ab. Helles Rot tropft über die dunklen Fleischbrocken. Sie steckt den bluttriefenden Zeigefinger in den Mund. Er wird nicht darüber reden, beruhigt sie sich, schließlich war das auch für ihn kein Erfolgserlebnis. Einer wie Aaron plaudert nicht mit seiner Mutter über sein Sexleben. Schon gar nicht über das misslungene. Der will doch um jeden Preis bewundert werden. Du bist so toll, Aaron. So schön, so gut. Je mehr sie über ihn nachdenkt, desto mehr gerät sie in Wut. Ein Missionar, der immer oben liegen will.

Nach Dienstschluss ist sie noch mal bei ihm vorbeigefahren und hat, ohne zu zögern, öfter auf die Klingel gedrückt. Er hat nicht aufgemacht. Dabei ist sie überzeugt, dass er zu Hause war.

Sie schiebt die Fleischbrocken in einen Napf, kippt Flocken drüber und stellt ihn vor Perro auf den Boden. Der verharrt abwartend. »Nimm!« Der Schwarze versenkt die Schnauze in seinem Futter.

Ihr Anrufbeantworter blinkt. Ob Melli inzwischen aufgetaucht ist? Schuldbewusst merkt sie, dass sie den ganzen Tag kaum an sie gedacht hat.

Das Band ist voll gestöhnt mit Drohanrufen. Schiere Mordlust packt sie. Ein Päckchen ohne Absender, das heute Morgen in der Post war, enthielt beim Öffnen ein gebrauchtes Präservativ. Hoffentlich sperren sie den Kerl bald ein. Und möglichst lange. Der blöde Witz fällt ihr ein. Warum kriegen Männer keinen Rinderwahn? Weil sie Schweine sind. In ihrer Wut hätte sie beinahe Jürgens Anruf, der seine Ankunft ankündigt, gelöscht. Das besänftigt sie kaum. Was sie jetzt braucht, ist Schnaps.

Als sie mit einer Flasche Gorbatschov unterm Arm an der Haustür steht und den Schlüssel ins Schloss fummelt, wird sie von hinten umklammert und von vorn besprungen. Tränen und Sabber durchfeuchten ihr T-Shirt und dringen ihr bis auf die Haut.

»Jaana! Jaana!« Melli klammert sich an sie und presst ihr verheultes Gesicht gegen ihre Taille. Das heftige Schluchzen rüttelt beide durch wie Lothar, der Sturm. Jana bleibt nichts anderes übrig, als ihre Arme um sie zu legen und »Wasn los?« zu murmeln. Vorläufig kriegt sie darauf keine Antwort. Dafür bellt Hasi die ganze schreckliche Geschichte lauthals heraus.

»Halt die Klappe!«, brüllt Jana sie an.

An ihrer Hand wie ein Kleinkind steigt Melli schluchzend

die Treppen zu ihrer Wohnung hoch. Dort angekommen, stellt Jana die Flasche auf den Tisch. Einen Moment lang ist sie versucht, Melli auch ein Glas davon einzuflößen. Oder sollte sie sofort einen Arzt rufen? Die Kleine zittert am ganzen Körper.

»Ich mach dir einen Tee, ja? Willst du dich so lange hinlegen? Dann erzählst du mir in aller Ruhe, was passiert ist.«

Scheißtypen. Aber der ist dran. Melli ist minderjährig. Das kostet ihn den Kopf. Dafür wird sie sorgen. Plötzlich ist sie ganz ruhig. Der Mann, der Melli das angetan hat, wird seiner gerechten Strafe nicht entgehen. Der wird sein Leben lang daran denken, und wenn sie ihn eigenhändig kastrieren müsste. Der wird keine Frau mehr belästigen, dafür wird sie sorgen. Und wenn es sie den Beruf kosten sollte. Sie will in die Küche, um Wasser aufzusetzen.

»Nicht weggehen, bitte, Jana! Bleib hier«, wimmert Melli, und Jana setzt sich zu ihr auf die Couch und legt einen Arm um sie.

»Hast du Schmerzen?«

Melli schüttelt den Kopf, dann stößt sie voller Inbrunst hervor: »Du hattest Recht. Er ist ein brutales Schwein.« Schluchzen schüttelt sie.

Jana streichelt ihre Schulter und schweigt, um ihr Zeit zu lassen. Sie fürchtet sich vor dem, was Melli ihr erzählen wird. Davor, dass die Schilderung sie dazu bringt, ihre Pistole zu nehmen, um den Kerl zu erschießen. Und diesmal würde sie richtig treffen, so oft, bis er sich garantiert nicht mehr rührt.

»Das ist so ein Arsch«, stößt Melli hervor, »so ein Arschloch! So ein blödes, gemeines Arschloch.« Sie schnieft. Ihre Augen sind rot verheult, das Gesicht ist verschmiert von Wimperntusche und Pickelcreme, nur der grüne Stein in der Braue blitzt ungerührt.

Jana reicht ihr eine Rolle Küchenkrepp. Allmählich wird Melli ruhiger.

»Außerdem ist er ein Mörder«, tönt sie dumpf.

»Wie kommst du denn darauf?« Die jähe Steigerung weckt

Janas Misstrauen. »Am besten, du erzählst mir alles von Anfang an.«

»Wir waren nämlich gar nicht die ganze Zeit zusammen an dem Abend«, sagt Melli, in ihrer Stimme ist Genugtuung. »Der hat mir nur seine Jacke aus dem Auto geholt, weil ich gefroren habe, dann haben wir zusammen eine Wurst gegessen, und dann ist er gegangen. Angeblich, weil er früh raus muss am nächsten Morgen.« Sie sieht Jana an. »Aber das hat er gelogen. In Wirklichkeit hat er den Penner angesteckt, weil für die sind wir doch alle Kanaken.« Wieder bricht sie in heftiges Schluchzen aus.

»Moment mal!« Jana ist irritiert. »Woher weißt du das mit dem Penner? Hast du das gesehen?«

Melli schüttelt den Kopf.

»Woher weißt du es dann? Hat es dir jemand anderer erzählt?«

»Ich weiß es eben.« Trotzig verzieht Melli das Gesicht. »Du hast doch selbst gesagt, das sind brutale Schweine. Die sind zu allem fähig. Ich hab dir erst nicht geglaubt. Ich dachte, er …« Sie wirft sich vornüber in Janas Schoß und heult. Die streicht mechanisch durch das rote Haar, es fühlt sich hart und klebrig an, und wirft einen sehnsüchtigen Blick nach der Flasche Gorbatschov auf dem Tisch. Ein Schluck täte ihr jetzt gut, wäre aber im Moment sicher strategisch falsch.

»Mal ganz in Ruhe, Melli, erzähl mir doch einfach mal, was heute passiert ist. Habt ihr … ? Hat er dich … ? Ich meine …«

»Ich wollte ihm doch nur helfen«, murmelt es in ihrem Schoß, »ich bin hingegangen, weil ich ihm sagen wollte, dass ich ihn nicht verraten würde. Dass er sich keine Sorgen machen muss. Dass ich der Polizei nichts sage.« Sie richtet sich plötzlich kerzengerade auf und brüllt: »Ich hätte für ihn gelogen, das hätte ich. Geschworen, dass wir die ganze Zeit zusammen waren. Ich wollte ihm doch helfen! Aber das war ihm egal, verstehst du? Es hat ihn einfach nicht interessiert. Nur diese blöde Wette hat ihn interessiert. Dass Tyson stärker ist als der Kanakenhund. Und jetzt isser tot.« Sie fängt wieder an zu weinen. »Bestimmt isser tot. Der war ganz voller Blut.«

»Wer?« Jana steht jetzt doch auf und gießt sich ein Glas randvoll mit Gorbatschov. »Ich versteh allmählich gar nichts mehr.«

»Tyson. Heiko hat doch gewettet mit dem einen Türken um tausend Mark, dass er gegen den Türkenhund gewinnt. Wie kann er so was machen?« Sie sieht Jana anklagend an, als müsste die die Antwort wissen. »Das ist brutal. Das sah schrecklich aus, alles voller Blut. Und da waren lauter tote Katzen in dem Container.«

»Tote Katzen?«

»Ja, die lassen sie von den Hunden totbeißen, damit die scharf werden. Die hetzen ihre Hunde auf die Katzen.«

»Kampfhunde, meinst du? Und wo war das? Bei ihm zu Hause?«

»Quatsch.« Melli schüttelt ungeduldig den Kopf über so viel Begriffsstutzigkeit. »Das war in Zehlendorf. Da, wo sie das gemacht haben.«

»Dieser Typ hat dich zu einem Hundekampf mitgenommen!?«

»Nein. Er wusste das nicht. Ich bin ihm doch nachgefahren, mit der S-Bahn. Deswegen hat das so lange gedauert. Da war der Kampf schon fast vorbei. Ich hab doch verstanden, was die Türken sagten. Dass sie den blöden Nazi ganz schön reinlegen werden. Die waren ganz sicher, dass Tyson verliert, weil sie dem Türkenhund irgendwas gegeben haben, damit er den kaltmacht. Aber Tyson hat gewonnen, und Heiko hat auf die Scheißkanaken geschimpft.« Sie zieht Rotz hoch und fährt sich mit dem Handrücken unter der Nase lang. »Ich hab ihm gesagt, dass ich türkisch bin und dass er ein Arschloch ist, und wenn Tyson stirbt, wird es ihm Leid tun. Mörder!« Mit der geröteten Nase und dem von Tränen blank gespülten Gesicht sieht sie aus wie ein für die Nacht gewaschenes Baby.

»Und das ist alles?« Jana gießt sich nach. »Ich meine, sonst war nichts zwischen dir und diesem Heiko? Ihr habt nicht … also das ist doch der, der aussieht wie Edward Norton, ja?«

Melli wirft ihr einen abschätzenden Blick zu. Dann streckt sie ihr Gesicht zur Begutachtung vor. »Sag mal ganz ehrlich, Jana, findest du mich hässlich?«

»Nein«, antwortet Jana und nimmt schließlich noch einen Schluck vom Gorbatschov.

»Und meine Nase«, Melli dreht ihr Gesicht ins Profil, »guck mal meine Nase, die ist viel zu groß.«

»Nein, verdammt noch mal. Deine Nase ist voll in Ordnung. Was soll der Unsinn? Ich will jetzt wissen, hat er dich …«, »gefickt« verschluckt Jana gerade noch und lässt stattdessen Wodka durch ihre Kehle rinnen. »Was war los zwischen euch? Was hat er mit dir gemacht?«

»Er hat mich nicht mal geküsst«, sagt Melli empört. »Alle in meiner Klasse haben schon mal geküsst. Nur ich nicht. Warum wollte er mich nicht küssen? Nur weil ich türkisch bin?«

Jana setzt das Glas ab und hustet. »Bestimmt nicht. Das wusste er doch gar nicht. Du hast es ihm doch erst jetzt gesagt, oder?«

»Stimmt«, sagt Melli, ihre Miene hellt sich vorübergehend auf und verdüstert sich wieder. »Aber jetzt weiß er es und wird mich deswegen nie küssen. Nie. Bestimmt wird er mich nicht küssen, weil er Türken blöd findet.«

»Ja, willst du denn immer noch, dass er dich küsst? Ich denke, er ist ein Arschloch und ein brutales Schwein.« Janas Stimme kippt ins Schrille. Sie schenkt sich nach.

»Na ja«, Melli legt den Kopf schief, »das schon. Aber er ist auch irgendwie süß, weißt du.«

Jana stellt ihr Glas hart ab, schiebt Flasche und Glas energisch von sich weg in die Tischmitte und erhebt sich ruckartig. »Weißt du was? Wir gehen jetzt zusammen auf das Revier, und du erzählst denen ganz genau, was passiert ist an dem Abend. Dass ihr gar nicht die ganze Zeit zusammen wart, und so. Hasi kann so lange bei Beckstein bleiben. Übermorgen kommt Jürgen dich abholen. Er hat angerufen.«

»Aber«, will Melli einwerfen. Jana schneidet ihr das Wort ab.

»Nichts aber. Jetzt wirst du ausnahmsweise mal genau das tun, was ich dir sage, sonst wandert dein Hasi sofort ab ins Tierheim. Das mit dem Hundekampf musst du mir später noch mal genau erzählen. Aber wasch dich erst mal.«

Mellis Kampfgeist scheint vorläufig verbraucht. Sie fügt sich erstaunlich widerstandslos Janas Anweisungen, steht auf und geht ins Bad.

»So, Freundchen, jetzt kriegen wir dich. Jetzt bist du dran«, murmelt Jana zufrieden vor sich hin und reibt sich die Hände.

Melli steckt noch mal den Kopf herein. »Und wenn er aber doch kein Mörder ist?«

»Das werden wir ja sehen.«

»Na, endlich! Glückwunsch, Andreas. Ich habs ja gewusst.«

Erleichtert hört Beckstein Ammetsrieds Bericht, dass sie den Täter gefasst haben. Seit sie ihr Wissen, das sie aus dem kleinen Spitzel herausgeholt hat, an Ammetsried weitergegeben hat, wartet sie angespannt auf seinen Anruf.

»Nein, Andreas, sei nicht so bescheiden. Das ist dein Erfolg. Ich hab damit nichts mehr zu tun. Ich bin raus. In Zukunft werde ich mich raushalten. Ich versprechs. Das kannst du deiner neuen Chefin ausrichten. Ja, ich ruf sie noch an wegen des Feuerzeugs.« Sie quetscht sich den Hörer mit einer Schulter ans Ohr und steckt sich eine Zigarette an. Neben dem Telefon wartet schon der Bordeaux, den sie für diesen Moment bereitgestellt hat. Der Täter ist gefasst. Endlich. Sie wird nach Budapest fahren und die Freuden eines ungebundenen Rentnerdaseins genießen.

»Der gesteht«, hört sie Ammetsried sagen, »das ist nur eine Frage von Stunden. Wir halten ihn erst mal vierundzwanzig Stunden fest.«

»Natürlich gesteht er. Eine Nacht allein in der Zelle, und der heult dich nass. Die sind doch nur stark in der Gruppe. Sein Alibi fällt ja nun auch weg. Die Kleine wollte ihn nur decken, weil sie verliebt in ihn ist, d.h. war. Inzwischen hat sich das ja wohl geändert. Ja, danke, machs gut.«

Sie legt den Hörer zurück und streckt sich. Es ist vorbei. Der Bordeaux wartet. Aber da ist noch eine Kleinigkeit. Eine Sache muss vorher noch geklärt werden. Beckstein greift noch mal zum Hörer und ruft die Taxizentrale an.

Sie wird ein paar Mal verbunden, dann hat sie den Taxifahrer am Apparat. Letzten Donnerstag? Ja, er kann sich gut erinnern.

Der Mann war jung und hübsch, und die Frau ... na ja. Sonst sieht man das ja eher umgekehrt. Wann? Na, schätzungsweise Viertel vor elf hat er die am Ostbahnhof eingeladen und kurz nach elf in der Muskauer Straße abgesetzt. Elf? Sind Sie sicher? Nicht zwölf? Ganz sicher. Weil um Viertel nach elf hatte er eine Anschlussfahrt vom Kottbusser Tor nach Pankow.

Beckstein fragt zweimal nach, fast hätte sie ein drittes Mal gefragt. Vielleicht irrt er sich in der Zeit. Aber er blieb dabei, kurz nach elf habe er sie vor ihrer Haustür abgesetzt. Der Fahrer sei ein zuverlässiger Mann, wird ihr von der Zentrale bestätigt. Der fährt schon seit Jahren für uns. Vielleicht ist er zu alt, vermutet Beckstein. Einen Moment ist es still in der Leitung, dann hört sie die kühle Stimme der Telefonistin: »Der Fahrer ist einundvierzig Jahre. Finden Sie das zu alt?«

Ohne zu antworten, hängt sie auf.

Demnach hat Aaron sie nicht erst nach zwölf, sondern schon um elf Uhr nach Hause gebracht. Eine Stunde früher. War das wichtig? Eine Stunde später geschah der Mord. Sie sieht hinunter auf die Leberflecken auf ihrem Handrücken und durch sie hindurch, während ein Spruchband durch ihren Kopf läuft: Der Täter ist gefasst. Kein Zweifel. Der Täter ist gefasst.

»He, du! Komm spielen!«

Hasi stupst die reglose Gestalt auf dem Stuhl in die Kniekehlen, springt um sie rum, winselt und bellt auffordernd. Aber die rührt sich nicht und starrt teilnahmslos vor sich hin. Ungestraft klaut Hasi ihren gestickten chinesischen Pantoffel und rennt damit um den Tisch. Dann stellt sie sich gerade noch in Reichweite vor Beckstein auf und schlägt sich den Pantoffel wild um die Ohren, hält kurz inne und schielt in Becksteins Richtung, in der Hoffnung, dass die aufsteht, um ihn ihr abzunehmen. Das wäre der Auftakt für ein lustiges Fangspiel. Keine Reaktion. Weil gar nichts hilft, geht Hasi dazu über, diese langweilige Person am Kleid zu ziehen. Da endlich regt die sich und sagt abwehrend: »Lass es.«

Das ist ein Wort. Hasi kommt schweifwedelnd näher und leckt ihr die Hand. Beckstein lässt es geschehen. Hasi legt ihr den Kopf aufs Knie und sieht aus nussbraunen Augen zu ihr hoch. Mit großer Anstrengung hebt Beckstein ihre bleischwere Hand und legt sie zwischen die gelben Ohren. Dort bewegen sich ihre Finger wie von selbst. Hasi stöhnt zustimmend und wedelt mit dem Schwanz.

Aaron kann sich ganz einfach geirrt haben. Schließlich guckt kein Mensch dauernd auf die Uhr. Es war nachts, er war verständlicherweise erregt. Keiner findet seine Mutter gern besoffen bei den Pennern. Da sieht einer nicht auf die Uhr. Er hat sich ganz einfach geirrt. Das muss noch gar nichts heißen. Schließlich ist der Täter inzwischen gefasst.

Kein Alibi, flüstert ihr Hirn in alter Gewohnheit. Er hat kein Alibi für die Tatzeit.

Aber auch kein Motiv, sagt sie sich. Was für ein Motiv sollte er denn gehabt haben? Er ist doch einer, der sich um die Verlierer der Gesellschaft kümmert, keiner, der sie umbringt. Er kann sich ganz einfach in der Zeit geirrt haben, so was kommt doch vor.

Wahrscheinlich hat er eine völlig einleuchtende Erklärung. Sie will ihn sofort danach fragen. Aber er ist nicht zu Hause. Jedenfalls springt nur sein Anrufbeantworter an, wenn sie alle Viertelstunde seine Nummer wählt.

Mechanisch streicheln ihre Finger den Hundekopf. Statt den Zweifel zu zerstreuen, hat der Anruf ihn bestärkt. Jetzt bläht er sich ins Riesige, Unermessliche. Sie zündet sich eine neue Zigarette an und greift wieder nach dem Telefon. Aber Aaron meldet sich nicht, und sie drückt die Zigarette fast ungeraucht auf dem Haufen ihrer Vorgänger aus. Das muss nichts heißen. Bleib logisch. Das muss gar nichts heißen. Der hockt nicht den ganzen Tag zu Hause und wartet auf deinen Anruf.

Und wenn er sie angelogen hat? Wie früher, wenn er mit der Wahrheit erst nach hartnäckigem Nachfragen rausrückte.

Wenn er ihr Dinge verschwiegen hat, um sie nicht damit zu belasten. Er wird auch diesmal seine Gründe gehabt haben, ihr etwas zu verschweigen. Die Gründe will sie von ihm erfahren.

Sie hält es nicht mehr aus, steht auf und geht in die Küche.

Hasi springt begeistert um sie rum. Sie greift nach dem Bordeaux und zögert. Noch hat der Täter nicht gestanden. Sie stellt die Flasche zurück.

Unruhig läuft sie hin und her. Ihr ganzer Körper kribbelt. Eben noch konnte sie kaum die Hand heben, jetzt hält es sie keine Sekunde mehr auf einem Stuhl. Hasi bellt auffordernd. Beckstein sieht nachdenklich auf sie hinunter. »Du willst raus, was?«

Als sie nach der neuen Leine greift, hat Hasi begriffen und springt wild bellend an ihr hoch. Kaum ist die Wohnungstür offen, stürmt sie die Treppe hinunter. Beckstein kann ihr kaum so schnell folgen.

Draußen ist es wärmer als im Haus. Das Licht blendet, rasche Wolken ziehen an der Sonne vorbei. Sie erwischt Hasis Halsband und hakt die Leine fest. Hasi zerrt sie vorwärts. Das Aneinander-gekoppelt-Sein von Hund und Herr nicht gewohnt, stolpert Beckstein ihr nach. Sie lässt sich zerren, bremst aber im letzten Moment vor einer Straße, die Hasi im Galopp überqueren will. Nicht lange, und sie ist völlig außer Atem. Aber ihr Kopf ist leicht und leer. Hasi schleppt sie über den Mariannenplatz Richtung Spree. Am anderen Ufer holen Beckstein die Gedanken wieder ein.

Auf einer Mauer vor dem Kaufhof hocken vier zerzauste Gestalten, an ihre Bierdosen geklammert, dicht beieinander, wie Hühner, die den Raubvogel fürchten. Erst Max', dann Apostels Tod hat sich rumgesprochen. Ein Stück abseits beugt sich die Malerin über ein Blatt in ihrem Schoß. Beckstein hat sie seit jener verhängnisvollen Nacht nicht mehr gesehen.

»Hallo, Maria!«

Wie üblich hebt sie nicht den Kopf. Beckstein geht einen Schritt näher, um das Bild zu betrachten.

»Nehm Se die Bestie weg!«, schreit einer, dessen Gesicht sie nicht kennt, hysterisch. »Ich hab Angst. Halten Sie das Vieh fest!«

»Seien Sie nicht albern, Hasi ist lieb, die tut nichts«, sagt Beckstein. Trotzdem steht der Mann schwerfällig auf und setzt sich ans andere Ende. Das Bild auf Marias Schoß fesselt ihre Aufmerksamkeit. Es ist schwarz und rot und blau. Etwas irritiert sie. Bis es ihr auffällt. Kein Auto, kein Mond. Und noch was anderes.

»Was ist das?« Sie zeigt auf zwei durchkreuzte Kreise und rote Strahlen, die dahinter schräg aus dem Bild laufen. Natürlich bekommt sie keine Antwort, nur der Filzschreiber schrappt über das Papier.

»Verkaufst du es mir?«, fragt sie und kramt nach Geld. Sie legt zwei Mark in die Schachtel. »Malst du heute keinen Mond?«

Die Malerin reicht ihr das Bild und greift nach einem sauberen weißen Blatt. Sofort beginnt sie das nächste Bild.

Beckstein beobachtet, wie sie die schwarzen Umrisse eines Hauses zeichnet. Schwarzes Haus, blauer Baum, schwarzer, mondloser Himmel. Darunter zwei rote Kreise. Sie verbindet die Kreise mit zwei Strichen und durchkreuzt sie zu Vierteln, zu Achteln, zu Sechzehnteln. Räder?

»Ein Fahrrad? Ist das ein Fahrrad?«

»Gehm Se sich keene Mühe, die sagt nix.« Der Nächstsitzende tippt sich vielsagend an die Stirn. »Det geht bei der wie am Fließband, n ganzen Tag geht det so, nischt anderes. Red kein Ton und malt immer detselbe.«

»Haus, Baum, Mond, Auto. Ich weiß«, sagt Beckstein, »aber auf dem Bild hier fehlt der Mond. Und das ist kein Auto, sondern ein Fahrrad.«

»Mal wat Neues, n Künstler ändert ja och mal sein Stil.«

»Und seit wann malt sie so?«

»Na, schon n ganzen Tag.«

»Un gestern och. Un vorgestern. Da wollt einer unbedingt n Auto, hat se nich gemacht. Och nich für fünf Mark. Nich mal für zehn.« Wieder tippt er sich an die Stirn.

Den Blick nachdenklich auf das Bild gesenkt, geht Beckstein weiter. Ein Fahrrad. Warum malt Maria statt eines Autos plötzlich ein Fahrrad? Bestimmt nicht aus einer künstlerischen Trendwende heraus. Ihre Bilder gleichen sich bis auf die Farben. Man könnte die Produktion eines Monats, ja des ganzen Jahres übereinander stapeln und mit einer Nadel durchstoßen und träfe den Mond immer an derselben Stelle. Nur die Farben unterscheiden sich. Als ihr jemand alle ausgemusterten gelben und grünen Stifte aus dem Büro mitbrachte, strahlten Haus, Mond, Auto, Baum wochenlang in Frühlingsfarben, bis der Vorrat verbraucht war. Dann waren ihre Bilder eine Weile nur rot und blau, bis ihr irgendjemand neue Farben mitbrachte. Vielleicht kauft sie sich auch selber welche von dem Geld, das sich in der Schachtel ansammelt.

Was haben diese merkwürdigen Strahlen zu bedeuten? Malt sie jetzt eine untergehende Sonne statt des Mondes? Eine Sonne hat Maria nie gemalt, solange Beckstein sie kennt. Aber warum soll sie ihren Stil nicht einmal ändern?

Die Erkenntnis trifft sie wie ein Stromstoß. Feuerräder kreisen vor ihren Augen. Schwindel lässt sie stolpern. Feuer.

Die Strahlen sollen Feuer darstellen. Etwas brennt, und davor steht ein Fahrrad. Sie starrt auf das Bild, als könnte sie es zwingen, etwas anderes zu zeigen. Aber wie bei einem Vexierbild kann sie ihren Blick nicht mehr in den Stand der Unschuld zurückversetzen, nachdem sie die Figur einmal erkannt hat: ein Fahrrad, hinter dem es brennt.

Aaron hat ein Fahrrad. Er besitzt kein Auto, nur ein Fahrrad. Er ist ein leidenschaftlicher Radfahrer und besitzt immer das neueste und teuerste Modell.

Das Blatt zittert in ihrer Hand. Bleib ruhig. Das beweist noch nicht viel. Es kann auch ein anderes Fahrrad sein. Oder er könnte zufällig vorbeigekommen und Zeuge geworden sein und wollte das aus unbekannten Gründen geheim halten. Er ...

Sie lässt sich auf eine Bank fallen und starrt auf das Bild.

Hasi winselt und legt ihr den Kopf auf den Schenkel. Ohne hinzusehen, streichelt Beckstein das warme Fell. Ihre Hand ist eiskalt. Vielleicht wollte Aaron einen seiner Schützlinge decken. Das wäre typisch für ihn. Sich selbst in Schwierigkeiten bringen, um einen anderen nicht zu verraten. Ja, so muss es gewesen sein.

Hasi stößt ihr die Nase an die Wade, zappelt und zerrt an der Leine. Achtlos hakt Beckstein die Leine los, und Hasi stürmt über den Platz direkt auf einen rundlichen Mann im Hawaii-Hemd zu, der einen Einkaufskorb am Arm trägt.

Beckstein betrachtet das Blatt noch mal eingehend, jedes Detail. Vielleicht gibt es noch andere Hinweise. Maria soll erklären, was sie gemalt hat. Aber sie wird nicht reden. Man müsste versuchen, mit Hilfe eines Psychologen herauszufinden, was sie gesehen hat. Sie ... Was war das? Ein Schuss? Ein Jaulen? Beckstein hebt den Kopf. Hasi versucht, vor dem Mann im Hawaii-Hemd wegzulaufen. Der hat statt des Korbes plötzlich eine Pistole in der Hand. Der Arm des Mannes folgt dem Hund.

Noch ein Schuss. Hasi knickt auf den Vorderbeinen ein, rappelt sich auf, schleppt sich laut jammernd in Becksteins

Richtung. Aber die Pistole hört nicht auf zu feuern. Knall, knall, knall. Hasi bricht zusammen. Mit jedem Schuss zuckt ihr Körper noch mal hoch. Sie versucht wegzukriechen, schreiend wie ein Kind.

Beckstein ist aufgesprungen, rast auf den Mann zu und reißt ihm die Pistole aus der Hand.

»Was machen Sie denn da um Gottes willen? Sind Sie wahnsinnig?«

Aber es ist zu spät. Der gelbe Hundekörper blutet aus mehreren Einschüssen, eine rote Lache breitet sich langsam unter ihm aus. Hasi versucht mit letzter Anstrengung den Kopf zu heben, als Beckstein sich zu ihr hinunterbeugt. Ein verständnisloser Blick trifft sie, dann werden die braunen Augen leer, der Kopf sackt zurück, das Maul öffnet sich, und die Zunge fällt heraus.

Beckstein richtet sich langsam auf. Der Schütze starrt auf den toten Hund hinunter. In seinem sonnenbankbraunen Gesicht zuckt es.

»So«, schnauft er zufrieden, »dieser Mörder! Jetzt hat er gekriegt, was er verdient.«

»Sind Sie verrückt geworden!? Warum haben Sie das gemacht?«, schreit Beckstein ihn an. »Warum? Sie hat Ihnen doch nichts getan.«

Von allen Seiten kommen Neugierige gelaufen, die die Schüsse gehört haben.

»Er hat nur gekriegt, was er verdient. Er hat meine Aphrodite umgebracht, dieser Mörder. Man sollte die alle abknallen.«

»Richtig«, mischt sich ein Mann ein, der dazugekommen ist. »Bestien sind das! Beißmaschinen! Abknallen. Die gehören alle abgeknallt.«

»Aber Hasi doch nicht«, stammelt Beckstein, »das war ein ganz lieber Hund. Völlig harmlos. Die hat doch keinem was getan.«

Höhnisches Gelächter der Umstehenden ist die Antwort.

»Hasi!! Gemeingefährliche Biester sind das. Ein Kind ham

die totgebissen, zerfleischt aufm Schulhof. Liebe Hunde, wie?«

»Ausrotten. Alle einkassieren und ab durch die Mitte.«

»Aber«, will Beckstein einwenden und bricht nach einem Blick in die hasserfüllten Gesichter ab. Es ist sinnlos. Einen Moment lang steigt ein irres Gelächter in ihrer Kehle auf. Freya Beckstein als Rufretterin der Kampfhunde!

»Beckstein. Kriminalpolizei. Woher haben Sie überhaupt die Pistole«, fährt sie den Mann im Hawaii-Hemd an und streckt die Hand nach der Waffe aus, eine russische Makarov, Kaliber 7,65. Sie sichert sie und dreht sie auf der Handfläche. Die Dinger sind leicht zu kriegen. Sie haben schon welche bei den fliegenden Händlern um das Brandenburger Tor beschlagnahmt.

»Haben Sie überhaupt einen Waffenschein?«

Ihr veränderter Tonfall zeigt die übliche Wirkung. Der Schütze wird kleinlaut, druckst rum, dass er erst vor kurzem nach Berlin gezogen sei, und von seinem Freund, dem die Waffe gehört. Der habe sie ihm geliehen, zur Verteidigung, weil man in dieser Stadt ja nicht sicher sei vor all den Verbrechern, den zwei- und vierbeinigen.

»Ihr Freund kann sich die Waffe im Polizeirevier abholen«, sagt Beckstein, »vorausgesetzt, er kann den legalen Besitz nachweisen und einen Waffenschein vorlegen. Ihren Namen und Anschrift brauche ich noch.«

»Kann ich Ihren Ausweis sehen?«, muckt der Runde auf.

»Beckstein, Kriminalhauptkommissar a.D. Fragen Sie im Revier nach. Aber das wird Ihnen auch nicht helfen.«

Verunsichert schreibt er »Norbert Wenz« und eine Adresse in der Nähe auf einen Zettel. Beckstein steckt ihn kommentarlos ein.

»Was glotzen Sie so?«, fährt sie die Umstehenden an. »Besorgen Sie mir einen Karton. Man kann den Hund ja nicht so einfach hier rumliegen lassen.« Sie wischt sich die Haare aus der Stirn. Ein leichter Nieselregen hat eingesetzt und vermischt sich mit dem Blut, das sich auf dem Asphalt ausbreitet.

»Und du?«, wendet sich Andreas Ammetsried an Melli, die hinter ihm in der Reihe steht.

»Cola und Pommes.«

»Keine Wurst dazu?« Melli schüttelt den Kopf, dass die roten Haare waagerecht in der Luft liegen. »Für mich bitte den Gemüseeintopf und eine Nachspeise«, fügt er hinzu.

»Hühnerfrikassee«, sagt Jana zu der Weißbekittelten hinter der Kantinentheke.

»Ich denke, du bist vegetarisch«, sagt Ammetsried und stellt den Suppentopf auf sein Tablett.

»Meistens. So wie du Nichtraucher.«

Sie schieben ihre Tabletts zur Kasse und zahlen. Ammetsried geht voraus zu einem freien Tisch am hinteren Ende.

»Na, überstanden?«, lächelt er auf Melli herunter, die ihre Schnute am Colaglas festsaugt und nicht antwortet. Jana stochert lustlos in ihrem blassen Frikassee. »Was sagt er?«

»Nichts sagt er.« Ammetsried faltet seine Serviette auf. »Hartnäckig, der Junge. Nicht mal, wer noch dabei war. Dabei könnte ihn das ja entlasten.« Er beginnt seine Gemüsesuppe zu löffeln. »Er faselt nur ständig was von seinem Hund, dass er mit dem zum Tierarzt muss. Später, Junge, später. Erst sagst du uns, was wir wissen wollen. So wies derzeit aussieht, landet der sowieso im Tierheim. Und dann …« Er macht eine Geste quer zum Hals und greift nach Salz und Pfeffer. »Etwas mutlos, der neue Koch, was die Gewürze angeht. Jedenfalls behalten wir ihn erst mal vierundzwanzig Stunden da. Dann wird er schon reden.«

»Aber Tyson muss wirklich zum Tierarzt«, drängt Melli und wischt sich den Colarand von der Oberlippe.

»Kommt er auch, keine Sorge. Sobald wir hier fertig sind, kümmer ich mich drum«, beruhigt Jana sie.

»Und wenn er es vielleicht gar nicht war?«, wendet Melli ein.

»Er war es. Glaub mir. Alles passt. Die Zeit, Mix-Benzin für den Trabi. Dass sein Hund den anderen Penner gebissen hat, hat er übrigens zugegeben. Aus Notwehr! Da lachste dich doch tot, n kräftiger junger Mann, der sich nicht anders gegen so ein Alkoholwrack wehren kann?« Ammetsried tippt sich an die Stirn. »Der lügt doch. Ganz klar. Und warum? Beckstein hat Recht. Auf ihre Nase konnte man sich bisher immer verlassen. Sie klang richtig erleichtert, als ich sie anrief, um ihr zu sagen, dass wir ihn haben.«

»Ja«, murmelt Jana, »die ist wie ein Pitbull, wenn sie sich in eine Idee verbissen hat, dann lässt sie nicht mehr los.«

»Zu gut, um wahr zu sein.« Wie kommt dieser Satz plötzlich in ihren Kopf? »Der ist mir zu gut, schön, intelligent und auch noch ein guter Mensch, der sich für andere aufopfert. Das ist mir zu viel des Guten. Dein Sohn ist ja zu gut, um wahr zu sein.« Jana erinnert sich daran, wie sie gelacht hat.

»Hast du das gehört von den beiden Pitbulls in Hamburg, die den kleinen Jungen zerfleischt haben?«, unterbricht Ammetsried ihre Gedanken. »Es kann doch nicht angehen, dass solche Typen sich vierbeinige Waffen halten. Da können wir ihnen ja gleich erlauben, mit einer Kalaschnikow über die Straße zu laufen.«

»Quatsch«, tönt Melli, »Hasi ist auch ein Pitbull. Die würde nie so was tun. Hasi ist lieb.«

Jana betrachtet sie abwesend. Ihr Blick geht durch das Mädchengesicht hindurch. Irgendwo dahinter verbirgt sich etwas, etwas Wichtiges, eine Wahrheit, die sich ihr nicht zeigt, weil ihr Blick verstellt ist von …

»Das glaubst du, weil du sie lieb hast. Du wolltest auch nicht glauben, dass dein Edward Norton ein brutales Schwein ist.«

»Vielleicht war er es ja gar nicht. Er hat gesagt, er muss nach Hause, noch was erledigen.« Nachdenklich taucht Melli ihre Pommes abwechselnd in Ketchup und Mayo. »Und wenn er wirklich nach Hause gefahren ist? Ich glaub nicht, dass er es war«, sagt sie schließlich kauend. »Bestimmt war er es nicht.«

»Weil du es nicht glauben willst«, antwortet Jana automatisch und zuckt zusammen. Das ist es! Genau. Weil sie es nicht glauben will. Deswegen. Fast schreit sie Melli an: »An dem Abend. Du hast gesagt, dass dich ein Radfahrer umgefahren hat. Was hatte das Rad für eine Farbe?«

Melli verzieht genervt das Gesicht. »Wieso? Warum willstn das wissen? Ich hab dir doch schon alles gesagt. Wasn auf einmal los?«

Jana schüttelt sie. »Was für eine Farbe? Erinner dich! Schnell!«

Melli starrt sie einen Moment an, dann sagt sie: »Gelb. Das Fahrrad war gelb. Der hatte ja kein Licht. Aber das Fahrrad hat geleuchtet im Dunkeln.«

Jana springt auf, dass ihr Stuhl umkippt. »Ich habs doch gewusst. Ich ... Betet, dass ich nicht zu spät komme!« Sie stürzt los. Melli und Ammetsried starren ihr perplex hinterher.

»Beten, hat sie wirklich beten gesagt?«, wundert sich Ammetsried. »Ich wusste gar nicht, dass Jana religiös ist.«

Melli tippt sich an die Stirn und stopft die letzten Pommes rein. »Die spinnt«, sagt sie mit vollem Mund. »Jana spinnt.«

Das Gesicht ist dem Betrachter ausgeliefert. Der Kopf ist nach hinten gekippt, das Kinn zeigt himmelwärts. Die Wangenknochen drücken sich durch die gelbliche Haut, die um die Augen herum eingesunken ist. Das dünne Haar gibt eng am Kopf liegende Ohren frei. Ein schmuckloses Gesicht, das nichts anderes darstellt als sich selbst. Der rote Strumpf zottelt seitlich vom Hals. Der Pullover hat dunkle Schweißflecken unter den Achseln. Die mageren Lippen stehen einen Spalt offen, genug, um Luft zu holen. Der Mund schreit nicht. Ihre Augen, ausdruckslose Glaskörper, zeigen irgendwo hinauf in die Parkbäume. Nehmen sie die reglose Frau zwischen den Bäumen wahr, die sie beobachtet?

Der Kopf der Malerin schwankt im harten Rhythmus

eines fremden Körpers, von dem nur der Rücken sichtbar ist. Der Rücken trägt ein weißes Hemd.

Die Sonne ist untergegangen. Die Farben verlieren ihren Glanz. Der Horizont ist ein gelber Strich zwischen Himmel und Erde.

Eine Amsel singt. Die warme Luft transportiert die fauligen Gerüche nach dem Müll aus den nahen Containern. Jemand wirft Flaschen hinein und ruft seinen Hund. Ein kleiner Wind kommt auf, wirbelt Plastiktüten hoch und legt sie wieder ins Gras. Ein gelbes Fahrrad lehnt an einem Baum.

Beckstein starrt auf den weißen Rücken und spürt ein heftiges Ziehen zwischen ihren Beinen. Sie rührt sich nicht.

Das Rütteln und Schütteln vor ihr wird schwächer, stoppt endlich.

»So«, sagt der Mann und bückt sich nach seiner unsichtbaren Hose und zieht sie hoch. »So.«

Seine Hand streichelt ihre gleichgültige Wange, fährt durchs dünne Haar und kämmt es mit den Fingern glatt.

»Jetzt bist du wieder ein braves Mädchen und malst Mond und Auto, verstanden? Mond und Auto?!« Ein leichter Griff im Nacken, ein scherzhaftes Beuteln hin und her. »Mond und Auto, hörst du? Mond und Auto, sonst …« Raschelnd erscheint ein Stapel Bilder aufgefächert in seiner Hand. Ein Feuerzeug schnappt auf und entfacht eine blaurote Stichflamme. Die Hand schwenkt die Bilder wie eine Fackel. »So. Und jetzt verschwinde.« Er wedelt das Feuer aus, verstreut den glühenden Rest und klopft sich die Hände sauber. Dann zieht er einen Schein aus der Tasche.

»Hier. Für neue Stifte. Aber denk dran: Mond und Auto.«

Der Mann nimmt die Malerin an den Schultern, dreht sie um und schubst sie auf den Weg, der direkt auf Beckstein zuführt.

Der Mann ist ihr Sohn.

»Maria!«

Ihre Lippen formen die notwendigen Vokale und Konsonanten, aber kein Ton kommt aus ihrem Mund. Urin fließt lauwarm die Innenseite ihrer Beine herab.

Als wäre sie unsichtbar, geht die Malerin blicklos an ihr vorbei. Beckstein will sie festhalten, aber ihre Arme gehorchen nicht.

Der Mann geht zu seinem Fahrrad.

»Aaron!!?« Ihre Stimme klingt hoch und fremd, brüchig von dem Wunsch, der Mann dort vorn möge ein Fremder sein, sobald er sich zu ihr umdreht.

Einen Moment lang verharrt der über sein Fahrrad gebückt. Als er sich endlich aufrichtet und zu ihr umwendet, ist seine Miene wie immer, sein Lächeln halb erfreut, halb verwundert: »Mutter, was machst du denn hier?«

Eine wahnsinnige Hoffnung schießt in ihr hoch. Dieses Lächeln, diese Augen. Ein Irrtum. Alles ist doch nur ein Irrtum. Es kann gar nicht anders sein. Arglos kommt Aaron auf sie zu und fragt verwundert: »Wie siehst du denn aus? Ist dir nicht gut?«

Sie beobachtet sein Gesicht, auf dem weder Schreck noch Schuld aufscheint. Bitte, sag, dass es nicht stimmt, fleht sie stumm. Überzeug mich!

»Warum?«, stößt sie mühsam hervor.

»Wie? Was meinst du damit? Warum?« Er kommt noch näher und sieht sie verständnislos an. Plötzlich verändert sich sein Ausdruck. Das Lächeln verschwindet und weicht einem verlegenen Schmollen.

»Ach so, du meinst das mit Maria. Hast du uns beobachtet?« Er zuckt trotzig die Schultern. »Wieso hast du was gegen Maria? Sie ist eine Frau wie jede andere. Glaubst du, sie ist nicht begehrenswert, weil sie obdachlos ist? Solche Vorurteile hätte ich dir gar nicht zugetraut.« Das überlegene Lächeln kommt zurück und breitet sich aus, bis sein ganzes Gesicht davon glüht.

»Das Antlitz des Satans leuchtet wie ein Engel!« Apostels letzter Satz ist plötzlich in ihrem Kopf. Das Antlitz des Satans leuchtet. Sie starrt ihn an. Das Antlitz des Satans? Das hier ist das Gesicht ihres Sohnes. Ein vertrautes Gesicht. Das vertrauteste Gesicht außer ihrem eigenen. Vielleicht ist sie wirklich verrückt. Auf Turkey, wie ein Junkie ohne Stoff. Vielleicht hat der Alkohol sie stärker im Griff, als sie glaubt.

»Warum sagst du so was? Ich habe keine Vorurteile gegen Maria. Das weißt du genau. Aber sie ist zurückgeblieben. Sie kann sich nicht wehren. Du benutzt sie.«

Sie sucht nach Spuren eines Verbrechens in seinem Gesicht. Aber es sieht aus wie immer. Sie fühlt kalten Schweiß auf der Haut und schluckt trocken.

»Jana sagt, du treibst es auch mit minderjährigen Junkies«, stößt sie mit äußerster Anstrengung hervor.

»Ach, Jana«. Er macht eine nachsichtig-abfällige Geste. »Du kennst doch ihr Problem. Erst gibt sie die Starke, Unangreifbare, dann dreht sie den Spieß um und meint, alle müssten nach ihrer Pfeife tanzen. Knips, und der Mann geht an, knaps, und so stell ich ihn wieder ab. Aber so funktioniere ich nun mal nicht. Erst ist sie scharf auf mich, und dann kann sie es nicht zugeben. Deswegen erfindet sie solche Geschichten wie das mit den Junkies.« Er schüttelt nachsichtig den Kopf. »Jana glaubt, sie könnte sich einen Mann einfach so greifen wie Zucker zum Kaffee. Und wenn er sein Plansoll nicht erfüllt, ist sie sauer. Für die ist Romantik doch ein Fremdwort.« Er sagt es wegwerfend, als wäre das Thema damit für ihn erledigt.

Ihr Blick sucht sein Gesicht ab nach Lügen, wie früher. Ihr Finger unter seinem Kinn: »Sieh mich an.« Sie erinnert sich an den zitternden, feuchten Mund kurz vor einem tränenreichen Geständnis. Aber danach war alles wieder gut.

»Jana sagt, dass sie dich gesehen hat.«

»Meine Güte, Freya, was soll das? Glaubst du ihr etwa? Bist du mir nachgeschlichen, um mich über mein Intimleben auszuhorchen? Ich bin nicht schwul, das habe ich dir neulich schon gesagt. Ich bin ein ganz normaler Mann mit normalen Bedürfnissen. Muss ich dir jetzt Rechenschaft darüber ablegen, mit wem ich ins Bett gehe? Das hat dich doch sonst nie interessiert. Wieso auf einmal jetzt?«, fragt er gereizt.

Sie lässt nicht locker. »Stimmt es, dass du minderjährige Drogenabhängige, um die du dich kümmern sollst, für deine sexuellen Vorlieben missbrauchst?«

Er ist sauer und bemüht, es nicht zu zeigen. So kennt sie ihn. Immer locker, immer cool. Wer sich ärgert, hat das Spiel verloren. »Sag mal, du redest ja wie eine von diesen radikalfeministischen Lesben von den Beratungsstellen. Die reden auch wie die Kuh von der Farbe. Die wissen doch gar nicht, was das ist, Sex. Die haben ne Theorie im Kopf und wollen politisch korrekt ficken. Aber Sex geht anders. Sex ist ...«, er stockt, als hätte er sein Stichwort vergessen, »... eine Urgewalt, eine Kraft, ein ... etwas, das dich packt ...« Er sucht nach Worten, und sie unterbricht ihn scharf. »Macht? Es gibt dir ein Gefühl der Überlegenheit, wenn du mit Abhängigen vögelst. Einen Schwächeren unter sich haben. Ist es das? Weißt du, wie oft ich so ne Scheiße schon gehört habe? Ich hätte nie gedacht, auch von dir.«

Eigensinnig presst er die Lippen aufeinander, dann schüttelt er den Kopf. »Das stimmt so nicht. Ich meins ernst. Weißt du, wonach die ihr ganzes Leben lang suchen? Was sie nie erfahren haben? Warum sie Drogen nehmen? Warum sie sich verkaufen? Liebe. Die können gar nicht genug Liebe kriegen, weil sie nie welche bekommen haben. Die brauchen Liebe, Liebe, Liebe ...«

»Und die gibst du ihnen?« Sie möchte lachen, aber es klingt wie Schluchzen.

»Ich weiß nicht, was daran falsch ist. Die bieten sich doch jedem hergelaufenen Perversen auf der Straße an, für Geld oder Drogen.«

Sie betrachtet ihren Sohn wie einen Fremden. »Aber von dir da bekommen sie Liebe, was?«

»Warum nicht? Ich zwing sie ja nicht, mit mir zu schlafen. Die betteln geradezu darum. Was denkst du, wie die mir die Bude einrennen. Eine hat neulich ein Mordstheater gemacht, weil ich sie nicht reinlassen wollte. Nachbarn haben geschellt und gefragt, warum ich meine Freundin vor der Tür stehen lasse. Es hat geregnet. Peinlich war das. Nur deswegen hab ich sie schließlich reingelassen.«

»Sie sind abhängig.«

»Das sind sie so und so. Besser von mir als von irgend so einem perversen Schwein, der sie auf den Strich schickt.«

Sie weicht seinem Blick aus und sucht ihre Taschen ab nach Zigaretten. Dabei berühren ihre Finger die Makarov, die sie Hasis Mörder abgenommen hat.

»Und Maria?«

»Was ist mit Maria?«

»Sie hat dir nicht die Tür eingerannt. Ganz im Gegenteil. Sie ist vor dir weggelaufen. Liebe will die nicht, nicht von dir. Und Sex schon gar nicht. Du hast sie …« Sie kann es nicht aussprechen. »Das war Gewalt. Damit sie den Mund hält.«

»Was redest du da für einen Blödsinn?«

»Warum soll sie Mond und Auto malen? Nur Mond und Auto, wie vorher.« Sie sieht hoch und sagt auf gut Glück: »Ich will es dir sagen: Weil sie Feuer und ein Fahrrad malt, seit sie gesehen hat, wie du Max angezündet hast. Sie hat dich beobachtet, genau wie Apostel.«

»Hat sie dir das erzählt?« Unwillkürlich ist ihm der Satz entschlüpft, und er versucht ihn zurückzunehmen. »So ein Quatsch. Das bildest du dir ein. Du hast wieder zu viel getrunken. Mal ganz im Ernst, du solltest endlich einen Entzug machen.«

»Im Gegenteil. So nüchtern war ich lange nicht mehr«, sagt sie und sieht auf ihre Finger, die die Zigarettenschachtel halten. Sie zittern nicht. »Nein, Maria hat mir nichts gesagt. Ich hab es auf ihrem Bild gesehen.«

»Was ist los mit dir, Freya? Du bist ja inzwischen krank im Kopf. Du siehst überall nur noch Verbrecher. Seit du nicht mehr im Dienst bist, wird es immer schlimmer. Paranoia.« Er fuchtelt mit den Händen vor ihrem Gesicht. »Aber ich bin dein Sohn. Hallo, ich bins, Aaron.« Er huhut ihr mit diesem künstlichen Fernsehgrinsen zu. Ein Fremder, ein Idiot, ein Mann ohne Gewissen? Oder doch nur ihr Sohn, den sie zu Unrecht verdächtigt? Hat er Recht? Hat sie sich alles nur eingebildet? Leidet sie tatsächlich unter Zwangsvorstellungen? Ist sie inzwischen ein Fall für den Psychiater? Wäre ihr das lieber?

Sie hat die Zigaretten gefunden, jetzt sucht sie das Feuerzeug.

»Ich habe die Taxizentrale angerufen«, sagt sie ruhig und beobachtet seine Reaktion. »Der Taxifahrer, der uns gefahren hat, sagt, es war elf, nicht zwölf, als er uns in der Muskauer abgesetzt hat.«

»Ja, und? Dann war es eben elf. Dann habe ich mich eben geirrt. Ich war durcheinander, war ja kein schöner Anblick, den du geboten hast. Vielleicht ging meine Uhr falsch, was weiß ich. Und? Was beweist das?«

»Dass du kein Alibi hast für die Tatzeit. Max wurde zwischen elf und zwölf umgebracht.« Ihr Gehirn funktioniert wieder unabhängig und professionell. Innerlich ist sie ganz kalt.

»Ich war bei dir, das weißt du doch hoffentlich noch. Ich habe dich heimgebracht.« Sein Nasenrücken kräuselt sich wie bei dem kleinen Jungen früher. Er schneidet eine scherzhaft gemeinte Grimasse, die jämmerlich verrutscht. »Das nächste Mal lass ich dich wahrscheinlich besser liegen«, ulkt er und versucht den Clown zu spielen, um sie abzulenken. Auch das Spiel kennt sie und geht nicht darauf ein.

»Nachdem du mich abgesetzt hattest, bist du gleich wieder gegangen. Du hattest also Zeit genug, die Tat zu begehen.«

Die eben noch lockend weichen Züge verhärten sich. Sein Blick wird verschlagen. »Bist du da sicher? Du warst stockbesoffen. Auf dein Zeitgefühl würde ich mich an deiner Stelle nicht berufen.«

Sie sind nicht mehr Mutter und Sohn. Das ist ein Verhör. Sie hat einen Mordverdächtigen vor sich, den sie überführen will. Sie wird ihm die Lügen nachweisen, eine nach der anderen. Das ist nicht mehr ihr Sohn. Punkt, Punkt, Komma, Strich, fertig ist das Mondgesicht. Nase, Mund, Augen verschwimmen, fließen ineinander, lösen sich auf. Er ist der Mann ohne Gesicht.

»Ich weiß, dass du es warst«, sagt sie ruhig zu dem Fremden vor ihr und wundert sich, dass sie nichts fühlt. »Ich will nur wissen, warum.«

Sie starren sich wortlos an. Es ist das feindliche Schweigen aus ihrem Traum. Auf der Suche nach Feuer durchwühlen ihre Finger die Taschen und streifen immer wieder das Metall der Pistole. Endlich hat sie ein Feuerzeug gefunden, zündet sich eine Zigarette an und bläst den Rauch an seiner Schulter vorbei.

»Das Feuerzeug«, stößt er mit plötzlich verzerrtem Gesicht hervor. »Du hättest ihm das Feuerzeug nicht schenken dürfen. Mein Feuerzeug! Es war doch ein Geschenk von mir. Wie kannst du? Das kannst du doch nicht so einfach so einem Kerl schenken. Du hättest sein besoffenes Grinsen sehen sollen. Deine Mutter? Die fick ich. Widerlich. Aber du hast ja nichts mehr mitgekriegt. Jean Gabin? Lächerlich! Du hättest ihn sehen sollen. Voll gekotzt. Der Hosenstall stand offen. Und gestunken hat der … und ausgerechnet so einem schenkst du mein Feuerzeug! Das war ein Designer-Stück. Weißt du, wie viel das gekostet hat?«, fragt er anklagend mit dieser quengelnden Kinderstimme.

»Ich hab dir immer gesagt, du sollst mir keine so teuren Geschenke machen. Ich verlier die doch nur.«

»Ich konnte es einfach nicht ertragen, dass der dich anfasst. Allein der Gedanke.« Er schüttelt sich. »Das kann ich nicht zulassen. Ich muss dich doch beschützen.«

»Nein, das musst du nicht. Wie kommst du auf so eine Idee?« Sie zieht an ihrer Zigarette und inhaliert, bis es wehtut, dann sagt sie, und der ausgestoßene Rauch begleitet jedes Wort: »Du bist also noch mal dorthin zurückgefahren, nachdem du mich zu Hause abgesetzt hattest. Du hast einen Menschen mit Benzin überschüttet und angezündet. Nur, weil der mich vielleicht angefasst hat? Das glaub ich nicht.« Das ist nicht ihr Sohn, das kann er nicht sein. Das ist doch ein schrecklich schlechter Witz. Gleich werden sie die Masken fallen lassen und rufen: War alles nur ein Spiel. Aber er rührt sich nicht. Endlich fragt sie wieder sachlich. »Wo hattest du überhaupt das Benzin her?«

Er senkt den Kopf, sein Blick weicht ihr aus, irrt in die Runde und kehrt zu seinen Fußspitzen zurück, wo er hängen bleibt. Die Haltung des kleinen Jungen, der ihr einen besonders üblen Streich beichtet.

»Der Glatzkopf war an seinem Trabant. Er hat was rausgeholt und ist wieder weg, ohne abzuschließen. Das war die Gelegenheit. So einer wäre sowieso verdächtig.« Zufrieden setzt er hinzu: »Und jetzt haben sie ihn ja auch geschnappt. Das wolltest du doch auch.« Sein Tonfall wartet auf Beifall.

»Aber er wars nicht.«

»Aber er hätte es sein können. Einer weniger von der Sorte. Verdient hat er es, so oder so. Rattenpack. Erinner dich! Nie mehr Faschismus. Weißt du noch, wie du dich immer aufgeregt hast, weil ihr diese rechten Typen nicht gekriegt habt? Die sollte man alle einsperren, hast du selbst gesagt. Dann könnten sie kein Unheil mehr anrichten. Nie mehr.«

Das Licht nimmt stetig ab. Ihr Blick geht an ihm vorbei in das schwarze Gebüsch dahinter.

»Und du?«

»Ich?« Er hebt verwundert den Kopf. »Wieso ich? Mich verdächtigt doch keiner.«

»Ich.«

»Aber du bist meine Mutter«, winkt er ab, als müsste er einen Komplizen beruhigen, »außerdem gibt es keine Beweise.«

»Und Maria?«

»Die redet doch nicht.«

Er schiebt sein Rad in Position, um sich draufzuschwingen. »Okay? Ich muss dann mal los.«

Während er auf ein Zeichen von ihr wartet, das ihn entlässt, wirft sie ihre Zigarette auf den Boden und tritt sie sorgfältig aus. Umständlich fummelt sie eine neue aus der Packung, steckt sie an und macht einen langen Zug, bevor sie feststellt: »Apostel hat dich gesehen. Deswegen musste auch er sterben.«

Aaron wirft den Kopf hoch wie ein jäh scheuendes Pferd. Einen Moment lang sieht es so aus, als wollte er auf sein Rad springen und flüchten. Dann sagt er heftig: »Dieses Arschloch wollte mich erpressen. Er ließ mir gar keine Wahl. So ein kleiner Wichser!« Er beugt sich über den Lenker zu ihr hinüber, als wäre sie begriffsstutzig. »Keiner trauert um den. Nicht mal die Penner. Keiner. Diesen Scheinheiligen konnte keiner leiden. Seine Frau? Die wollte ihn doch schon für tot erklären lassen. Jetzt hat sie den Beweis und kann die Versicherung kassieren. Früher oder später wäre er sowieso am Suff gestorben.« Seine Stimme wird eifrig, wie ein Schüler, der alles genau erklären will. »Glaubst du, das war ein Leben? Du hast selbst gesagt, dass es keinen Zweck hat. Die fressen uns auf. Du gibst dir Mühe, opferst dein Leben, machst und tust. Und die? Lachen sich eins. Nur saufen und scheißen und kotzen. Wie die Krätze, ansteckend. Ein paar gibt es, die eine Chance erkennen und ergreifen. Aber die anderen, die Irreparablen. An die ist jede Anstrengung verschwendet ... alles für die Katz. Die wollen nicht. Was du auch tust, die machen es kaputt. Scheißen drauf. Die kannst du vergessen. Die muss man aussortieren. Lass sie in ihrem Dreck verrecken. Das würde dem Staat Geld sparen und uns Energie für die anderen, die noch zu retten sind. Für die es sich lohnt. Aber für die ist dann kein Geld mehr da und keine Kraft.«

»Du redest wie ein Nazi.«

Verbissen schüttelt er den Kopf. »Du bist noch die Generation mit dem Schuldkomplex. Wart mal in hundert Jahren, wenn es doppelt so viele Menschen auf der Welt gibt. Sei doch mal ehrlich, das ist es doch, was alle wollen, die Normalen, eine saubere, sichere Umwelt. Straßen, auf denen du gehen kannst, ohne angebettelt zu werden, über Betrunkene zu stolpern und in Hundescheiße zu treten. Was ist daran falsch?«

Ihre Finger tasten über das von ihrem Körper angewärmte Metall und schließen sich um den Griff.

»Warum diese Grausamkeit? Verbrennen. Warum?«

Er zuckt die Schultern, spielt am Lenker. »Es musste doch so aussehen wie beim ersten Mal.«

Sie betrachtet ihn, als müsste sie sich jede Einzelheit seines Gesichts einprägen, für immer. Dann sagt sie: »Sie würden dich ficken im Knast.« Sie zieht die Pistole aus der Tasche. »Vorsätzlicher Mord. Das bedeutet lebenslänglich, mindestens fünfzehn Jahre. Das würdest du nicht aushalten. Und ich auch nicht.«

Sie richtet die Pistole auf ihn.

Er starrt sie verständnislos an. »Was soll das jetzt?«

Breitbeinig steht sie da und zeigt zwischen ihre Beine, wo der Urin antrocknet und die Haut darunter zu brennen beginnt.

»Hier bist du herausgekommen, damals. Ich habe mich von Arthur überreden lassen. Es war ein Fehler. Ich mach ihn rückgängig.«

»MUND AUF! Verdammt noch mal, mach den Mund auf!«

Jana ist den Tränen nahe. Aber Beckstein presst die Kiefer aufeinander wie im Krampf, und der Flaschenhals, den sie ihr zwischen die Lippen bohrt, klappert wirkungslos gegen die Zähne. Der Schnaps läuft über Kinn und Hals auf die blutverschmierte Bluse, die schon ganz durchweicht ist und scharf nach Lichtenberger Goldbrand riecht.

»Komm! Bitte! Mach auf! Bitte!«, fleht Jana und schüttelt sie und schlägt ihr mit ihrer von Rotz, Blut und Schleim glitschigen Hand ins Gesicht, links und rechts und wieder und wieder.

»Scheiße, du sollst das Maul aufmachen!«

Aber Becksteins Mund bleibt fest geschlossen wie ihre Augen. Schließlich packt Jana ihre Nase und klemmt die Nasenlöcher zu. Beckstein versucht den Kopf wegzudrehen, ihr Körper bäumt sich auf, versucht, Jana abzuschütteln, aber die hält sie umklammert und drückt sie nieder. Sobald sich die Lippen zum Luftholen öffnen, kippt sie Schnaps in den Spalt, bis er überläuft.

»Schlucken!«

Beckstein spuckt und hustet. Sobald sie wieder zu Atem kommt, gießt Jana nach. Schlucken, Atem holen, schlucken. Wenn sich die Lippen wieder zu verschließen drohen, hält sie die Nase zu. Allmählich wird Becksteins Gegenwehr schwächer. Mit jedem weiteren Schluck wird ihr Körper willenloser. Ihr Kopf pendelt zur Seite. Jana greift in die Haare und holt ihn unnachgiebig zur Mitte zurück und gießt Schnaps nach, bis er an der Seite rausläuft.

»Los! Weiter! Schluck endlich!«

Sie wirft die leere Flasche weg und schraubt eine zweite auf und hält sie Beckstein an die Lippen.

»Genug«, blubbert die mit pendelndem Kopf und versucht ihn wegzudrehen. Aber Jana zerrt ihn an den Haaren nach vorn.

»Die noch. Dann weißt du nichts mehr. Vollrausch. Blackout. Ja, brav, schön schlucken.«

Sie ist schweißgebadet und blutverschmiert und wischt sich mit dem Arm über die Stirn. Alles riecht nach Schnaps und Urin. Endlich ist es so weit. Nichts geht mehr. Becksteins Körper wird schlaff. Ihre Hände lassen den Kopf in ihrem Schoß los, und Jana drückt ihr stattdessen die leere Flasche in die Hand, die haltlos herausrollt. Jetzt endlich kann sie den Toten an den Füßen packen und ein Stück wegziehen.

Noch in der Hocke greift sie zu ihrem Handy. Ihre Stimme ist plötzlich hoch und aufgeregt. »Ammetsried? Schnell! Beckstein hatte einen Unfall. Ich habe sie grad gefunden. Total weggetreten. Ach so, ja, Volkspark Friedrichshain, hinter der Freilichtbühne. Und bring einen Krankenwagen mit. Mach schnell!«

Sie steht auf und verwischt die Schleifspuren, die zu dem reglosen Körper führen, neben dem Perro angespannt liegt und sie mit wachsam hochgestellten Ohren beobachtet.

Leichter Niesel sprenkelt das bleigraue Wasser des Rummelsburger Sees. Kleine Wellen nippen an der Mauer vor ihnen. Melli und Heiko lehnen an dem feuchten Geländer.

»Wirdn beschissener Sommer«, bricht Heiko endlich das Schweigen. Von oben blickt er auf den Ansatz schwarzer Haare unter ihrem roten Schopf. »Tut mir echt Leid. Ich wollt nicht …«

Melli nickt und wischt Wassertropfen vom Geländer. »Ich bin froh, dass du es nicht warst.«

Heiko zieht die Schultern hoch und ruckt mit dem Kopf gegen die neuen Balkone über ihnen. »Wohnst du hier?«

»Bei Jana. Mein Vater ist oben. Wir fahren nachher zurück nach Frankfurt.«

»Ich wollt mich entschuldigen. Tut mir Leid wegen Hasi.«

»Jana sagt, Hasi ist tot. Aber ich glaub ihr nicht. Ich glaub, die haben die einfach ins Tierheim gesteckt.« Ihr Hände umklammern das Geländer.

»Ich hab dir was mitgebracht.« Er greift nach der Plastiktüte zwischen seinen Füßen und holt eine Tonvase heraus. Sie ist oben verschlossen, HASI & TYSON steht mit großen schwarzen Buchstaben drauf, umrahmt von einem roten Herz. Er hält sie Melli hin. »Für dich. Ich hab die andere Hälfte.«

»Wasn das?«

»Eine Urne.«

»Für was?«

»Na, die Asche von Hasi und Tyson is da drin.«

Melli sieht verständnislos zu ihm hoch. »Und was ist mit Tyson passiert?«

Heiko umklammert das Geländer, schaukelt daran vor und zurück, als wollte er die Stirn gegen eine Wand schlagen. Dann schwenkt er seinen Kopf von einer Seite zur anderen. Es hilft alles nichts.

»Es war meine Schuld«, schluchzt er. »Wie ich den da im Trabant gefunden habe! Das war das Schlimmste. Der konnt sich ja nich helfen.« Er wischt sich die Tränen ab. »Ich wollt ja zum Tierarzt. Ich hätt ihn doch sofort hingebracht. Aber die haben mich ja erst am nächsten Tag rausgelassen. Das konnt ich doch nich ahnen. Es war doch warm. Ich wusste doch nicht ...« Er schnäuzt sich und wischt sich über die Augen. »Ach, du mein alter Vater, sah der aus! Der war glatt doppelt so dick wie vorher. Ick hab gleich neben den Trabant gekotzt. Die Sitze kannste wegschmeißen.«

Melli dreht die Urne in der Hand.

»Ja, aber wie ...?«

»Also der Lars, ne, so n Langer, den haste doch gesehen, oder? Der verdient sich was bei seim Onkel im Krematorium, also da, wo sie die Leichen verbrennen. Und Tyson war dochn Kamerad, den konnt ich doch nich so einfach wegschmeißen. Und ich hatte doch auch noch die Scheine von dem Kana ... ich meine, von der Wette, na, du weißt schon ... und dann hab ick das von Hasi gehört. Ich hat ja nun was gut bei den Bullen. Ich hab denen gesagt, ich wollt sie mit Tyson begraben, die wärn dann zusammen. Für immer. Aber dann hat ick ne bessere Idee. Also der Lars ... der hat die zwei auf eine Schiene und dann ne Extraschicht gefahren mit dem Ofen. Ham die gar nich gemerkt.« Erschöpft von seiner langen Rede, hält er inne und sieht auf sie runter. »Ich dachte, du würdst dich freuen.«

»Tu ich auch«, sagt Melli und sieht nicht so aus. Endlich hebt sie den Kopf. »Du findest Türken scheiße, nicht?«

»Nee, du, also, das war nich so gemeint«, stammelt Heiko.

»Also ich find dich echt nett, ich … Ich könnt dich ja mal besuchen.«

»Papa sagt, ein Nazi kommt ihm nicht ins Haus.« Melli rückt einen Schritt näher und starrt ihn an, als wollte sie ihn hypnotisieren.

»Nein, echt, ich bin nicht, also, ich …«, stottert Heiko.

»Und warum küsst du mich dann nicht?«, fragt Melli streng.

»Und ich dacht schon, du küsst keine Türken«, seufzt Melli hinterher.

»Son Quatsch.«